UN COCKTAIL D'ÉTOILES DE NEIGE

JENNY HALE

UN COCKTAIL D'ÉTOILES DE NEIGE

Traduit de l'anglais par Marion McGuinness

ÉDITIONS PRISMA

Titre de l'édition originale :
The Memory Keeper

ISBN : 978-2-8104-4243-0

Aux grands noms de l'écriture qui m'ont nourrie,
inspirée… et supportée : vous vous reconnaîtrez.

Chapitre 1

Elle avait réussi.

– Ça fera trente-huit dollars, lança le chauffeur de taxi, ses mots s'envolant en petites volutes blanches dans le ciel d'hiver, tandis qu'il empilait les bagages d'Hannah Townsend et de son petit ami Miles sur un monticule de neige fondue sur le trottoir devant l'aéroport de LaGuardia.

– Merci, répondit-elle tout en s'apprêtant à courir sous les étoiles de neige.

Elle contourna un amas de saletés rejetées par l'hiver au bord de la chaussée et tendit la somme au chauffeur d'une main tremblante. Il faisait un froid glacial, mais Hannah le remarqua à peine. Son pouls s'accéléra, l'impatience s'empara d'elle, et elle compta mentalement les secondes qu'elle perdait à rester plantée là.

Hannah devait se rendre à la salle des bagages avant l'arrivée du vol de Miles. Miles Monahan était propriétaire et P-DG de Monahan Enterprises, le plus grand développeur de technologies d'interface de programmation d'applications à New York. ME, comme il appelait son entreprise, était son bébé, disait-il. Miles passait tout son temps à la développer, à la nourrir et à lui donner tout ce qu'elle voulait, quitte à passer un temps fou loin d'Hannah pour se concentrer sur son travail. Mais les efforts finiraient par payer, lui avait-il promis.

Il arrivait à New York en provenance de Chicago, après une dernière réunion et juste avant de prendre des vacances bien méritées. Un timing parfait : il ne se doutait pas qu'Hannah avait prévu de lui annoncer que leur prochain vol décollait à peine deux heures plus tard.

À son nouveau poste de directrice artistique du magazine *Farmhouse Living*, Hannah enchaînait aussi les longues journées de travail. Elle avait pris des congés, acheté des billets pour Miles et elle, direction la Barbade, et réservé une semaine magique dans un hôtel de luxe en bord de mer. Les températures sur cette île des Caraïbes atteignaient les 29 °C en février – elle avait tellement hâte d'y être. Elle avait même réservé un massage en couple pour le premier jour.

Hannah allait fêter ses trente-cinq ans le lendemain et comptait annoncer à Miles qu'elle était prête à fonder une famille. Ce ne serait pas une franche surprise : ils en avaient déjà discuté ensemble, et il s'était même arrêté chez *Tiffany* avec elle une fois pendant des courses pour savoir ce qu'elle aimerait comme bague de fiançailles. Pour autant, il avait toujours repoussé l'échéance à cause de son travail.

Hannah tripota la fleur de lys oriental qu'elle avait glissée dans ses cheveux, juste au-dessus de son oreille. Demain, ils seraient allongés côte à côte sur des chaises longues, un bras tendu au-dessus du sable pour entrelacer leurs doigts pendant qu'ils siroteraient des piña coladas et parleraient de l'avenir. Ils n'étaient plus qu'à un court vol de sentir la chaleur du soleil sur la peau et de n'être plus entourés que par le clapotis tranquille des vagues – elle mourait d'envie d'y être déjà.

Alors qu'elle sautillait sur place pour se réchauffer, attendant que l'agent de circulation lui fasse signe de traverser, son téléphone sonna. Elle tâtonna pour l'extirper de la poche de son manteau, s'efforçant en vain d'essuyer les gouttes qui tombaient sur l'écran.

Maman.

Hannah la rappellerait plus tard. Dès qu'elle aurait rejoint Miles au carrousel à bagages et qu'elle lui aurait fait part de son plan, elle la rappellerait.

Quand l'agent fit signe à Hannah de passer, elle rangea son téléphone et réajusta ses sacs, trottinant aussi vite que ses talons compensés le lui permettaient sur la surface glissante.

Les portes coulissantes du terminal de l'aéroport s'ouvrirent dans un sifflement et Hannah s'y engouffra. Elle tourna la tête à droite puis à gauche, ignorant les affiches rouges et roses de la Saint-Valentin, en quête des panneaux indiquant la zone de récupération des valises. Une fois sa destination repérée, elle se précipita vers l'ascenseur.

– Attendez, s'il vous plaît ! lança-t-elle à la ronde, une main tendue entre les portes qui se rouvrirent automatiquement.

Hannah se faufila dans l'ascenseur bondé et tira ses sacs derrière elle, au milieu des soupirs et des raclements de gorge, tandis que tout le monde s'ajustait à cette réduction de son espace personnel. Son portable sonna encore une fois et elle glissa la main dans sa poche pour le faire taire. Elle jeta un coup d'œil à l'écran : sa mère, encore.

Sa mère se réjouissait toujours tellement de l'anniversaire d'Hannah, et comme cette année, c'était une étape importante, elle était probablement impatiente d'avoir avec sa fille une longue et douce conversation comme elle les aimait tant. Hannah avait hâte de lui parler aussi, mais elle préférait décrocher quand elle aurait vraiment le temps de donner à sa mère l'attention qu'elle méritait.

Les portes s'ouvrirent et Hannah courut jusqu'au carrousel à bagages qui affichait le numéro de vol de Miles en provenance de Chicago. Ses épaules se détendirent un peu : elle était arrivée avec quelques minutes d'avance. Le tapis roulant circulaire se mit en branle, et elle à trépigner, tout excitée à l'idée de la surprise qu'elle lui avait préparée.

Hannah avait fait la valise de Miles en prenant soin d'emporter tous ses vêtements d'été préférés. Elle avait même pensé à la visière de tennis qu'il aimait porter à la plage pour protéger ses yeux du soleil. Bien sûr, Hannah avait pris toutes ses robes légères, les nouvelles sandales à lanières achetées pour la saison estivale, et un maillot de bain super mignon déniché en ligne. Une fois à la Barbade, il ne leur restait plus qu'à s'offrir des tubes de crème solaire et des cocktails fruités, qui, selon le site web, étaient disponibles au bar de la piscine.

Les bandes de plastique au bout du tunnel de tri se relevèrent, et deux valises apparurent sur le tapis roulant avec un bruit sourd, juste au moment où le téléphone d'Hannah sonnait encore. Sa mère serait morte d'inquiétude si Hannah ne répondait pas à sa troisième tentative.

– Bonjour, maman, la salua-t-elle, et aussitôt, l'accent du sud des États-Unis de sa jeunesse remonta à la surface.

Elle rouvrit la bouche pour expliquer pourquoi elle n'avait pas pu répondre plus tôt, mais au bout du fil, les reniflements de sa mère la coupèrent dans son élan.

– Qu'est-ce qui ne va pas ?

– Mamie est à l'hôpital, répondit sa mère, la voix saccadée. Elle ne va pas bien, Hannah. Ton père et moi sommes arrivés tard hier soir, on va rester chez elle jusqu'à ce que la situation se soit stabilisée. Il faut que tu rentres dès que possible pour la voir.

Hannah s'appuya sur sa valise et laissa sa tête retomber, tout son corps soudainement mou. Piquée de culpabilité, elle se rendit compte que ça faisait des années qu'elle n'était pas retournée dans sa ville natale pour plus qu'une visite en coup de vent, et qu'elle n'avait pas séjourné chez mamie depuis son départ pour l'université de New York à ses dix-huit ans. Le temps lui avait complètement échappé, et tout à coup, les années qu'elle avait ratées avec mamie s'effondraient dans un immense fracas.

– Oh non.

Sa grand-mère n'était jamais malade, aussi, Hannah ne s'était pas préparée à la vague de peur qui la submergea en entendant les mots hoquetants et paniqués de sa mère. Mamie était leur matriarche, la voix solitaire de la sagesse, et celle vers qui tous se tournaient dans la famille lorsqu'ils avaient besoin de soutien. À quatre-vingt-quinze ans, elle respirait la santé, et aussi incroyable que cela puisse paraître, elle continuait de faire ce qu'elle aimait : tenir sa boutique de fleurs au 110 Ivy Lane pendant quelques courtes heures et promettre de ne jamais prendre sa retraite, même si la mère d'Hannah lui avait confié que l'endroit était complètement délabré, ce qui était pour le moins alarmant.

– Qu'est-ce qu'elle a ? demanda Hannah en se bouchant l'autre oreille pour mieux entendre sa mère par-dessus le vacarme, alors que la zone de récupération des bagages commençait à se remplir de passagers qui passaient devant elle et attrapaient à la hâte leurs affaires.

– Elle s'est effondrée dans la rue en ville il y a quelques jours. Un voisin m'a appelée, et ton père et moi avons immédiatement pris l'avion pour l'emmener à l'hôpital. Je voulais un diagnostic sûr avant de t'inquiéter. Je te raconterai tout à ton arrivée, mais il faut que tu viennes maintenant, insista sa mère. Tu peux être ici dans combien de temps ?

Hannah s'efforça de réfléchir en vitesse.

– Je vais prendre un vol tout de suite.

– Ethan est passé me voir. Je vais voir si je peux l'envoyer te chercher à l'aéroport, se hâta de proposer sa mère.

Hannah n'avait revu que fugacement son meilleur ami d'enfance, Ethan, lors de quelques week-ends depuis son départ, après le lycée. Le temps avait passé, leurs routes s'étaient séparées, et elle avait fini par ne plus avoir de nouvelles de lui. Elle ne lui avait pas parlé depuis des années.

– Ne t'embête pas avec ça, la rassura-t-elle, soudain envahie par la culpabilité d'avoir été absente si longtemps. Je louerai une voiture à l'aéroport de Nashville. Bon, là il faut que je file, mais j'arrive.

– D'accord, ma chérie. Je t'aime.

– Je t'aime aussi, maman.

Hannah raccrocha. Son voyage d'anniversaire à la Barbade avec Miles devrait attendre. Certes, elle détestait mettre leur relation en pause un peu plus longtemps, mais elle n'avait pas d'autre choix, et Miles comprendrait certainement.

Alors qu'elle le cherchait à nouveau des yeux, une vague de peur grossit lentement au fond de son ventre, avant de déferler dans ses veines. Trop de pensées se bousculaient dans son esprit. Ses deux mondes – les racines sudistes de son enfance et cette nouvelle version d'elle-même qu'elle avait façonnée à l'âge adulte – convergeaient soudain, et elle avait du mal à maîtriser toutes les émotions qui la gagnaient. Hannah avait l'impression d'être en pilote automatique, et se reprocha silencieusement d'être restée si longtemps loin de sa mamie.

Les personnes les plus importantes dans la vie de mamie étaient les membres de sa famille, et avec Hannah à New York, et les parents d'Hannah désormais en Floride, elle s'était retrouvée toute seule. Hannah avait du mal à imaginer le bungalow de mamie plongé dans le silence, ou le calme qui avait dû saturer les lieux après le départ de tout le monde. Et sa boutique qui s'écroulait littéralement autour d'elle... Hannah fut prise d'une crise de larmes. *Allez, concentre-toi*, se dit-elle. *Trouve Miles et dis-lui ce qui se passe.* Elle avait besoin de lui plus que jamais.

Elle scruta frénétiquement la foule des passagers, mais Miles n'avait pas encore atteint la zone des bagages. Elle aurait besoin de son soutien pour faire face à cette épreuve, et même si les circonstances étaient loin d'être idéales, cela leur ferait du bien d'être ensemble sans les exigences de leur travail. Elle ne l'avait même pas encore présenté à ses parents. Il était amplement temps de le faire.

Un groupe se dirigeait vers elle, mais toujours aucun signe de Miles. Elle fit quelques pas pour les laisser passer.

– Oh pardon, lui lança un homme de son âge en la cognant par mégarde, alors qu'elle tentait de se frayer un chemin vers la périphérie de la foule grandissante.

Leurs regards se croisèrent pendant une seconde, et une étrange impression de familiarité surgit dans un recoin de son cerveau déboussolé. Des souvenirs flous remontèrent, un garçon torse nu, s'exhibant et sautant dans la rivière tandis que son amie d'enfance Morgan Pete et elle riaient timidement. L'homme face à elle était élégant, quoique maussade, mais il y avait quelque chose chez lui qui la titillait : elle avait l'impression de le connaître. Attendez, Liam McGuire ?

Comme s'il lisait dans ses pensées, ses yeux s'attardèrent sur elle tandis qu'il s'affairait à démêler son sac pris avec l'un des siens lorsqu'elle avait roulé avec sa valise dessus.

– Désolé, ajouta-t-il.

Hannah tenta d'écarter ses affaires. Liam tira rapidement, visiblement pressé de sortir de cette situation, le sérieux de son visage ne faisant rien pour atténuer l'incroyable beauté qu'il avait gardée depuis leur enfance.

– Pas de problème, dit-elle, essayant de l'aider.

Il semblait si pressé qu'elle se demanda s'il craignait d'être reconnu. De toute façon, elle n'avait pas franchement le loisir de papoter pour rattraper le temps perdu.

Du bout des doigts, elle trouva la sangle de son sac coincée sous une roue, mais elle ne réussit qu'à le tirer dans le mauvais sens, distraite par l'arrivée d'un nouveau groupe de passagers. Elle se tourna vers l'escalator pour voir si Miles était en train de descendre.

– C'est bon, j'ai réussi ! lui dit Liam, mais elle l'entendit à peine.

Lorsqu'elle répondit finalement, il était déjà parti, prenant un appel sur son téléphone portable tout en sortant son ordinateur de son sac. Elle se retourna vers l'escalier roulant bondé.

Soudain, le temps s'arrêta.

Hannah plissa les yeux en direction des marches pour s'assurer que son esprit ne lui jouait pas de mauvais tours. Elle voyait distinctement Miles, mais il avait un bras autour des épaules d'une autre femme. Horrifiée, Hannah le vit se pencher vers elle et l'embrasser sur les lèvres, tandis que sa main remontait le long de son dos jusqu'à sa nuque, comme il l'avait toujours fait lorsqu'il l'enlaçait, elle. Un froid glacial glissa le long de sa colonne vertébrale et sa gorge commença à se serrer sous le coup de l'émotion. Hannah resta silencieusement bouche bée, le cœur battant la chamade, tandis que Miles et la femme s'approchaient de l'étage des bagages où elle attendait.

Un frisson parcourut Hannah au moment où Miles la remarqua, quelques mètres plus bas. Il écarquilla les yeux et se tint droit avant de dévaler les dernières marches en trottinant, laissant la femme derrière lui.

– Salut, s'exclama-t-il un peu fuyant, la culpabilité se lisant sur le visage. Qu'est-ce que tu fais ici ?

Hannah voulait lui hurler dessus, mais sa bouche resta fermée, des larmes brouillant son regard furieux.

– Hannah…

Il fit une vague tentative d'apaisement, mais tous deux savaient qu'aucun mot ne pourrait effacer ce qu'elle venait de voir. Conscient qu'il avait été pris en flagrant délit, il céda, visiblement honteux.

– Je voulais te le dire, mais il fallait que je trouve le bon moment…

Il ne semblait même pas bouleversé, juste embarrassé.

Hannah détourna les yeux, son regard se posant par hasard sur Liam. Il observait la scène avec curiosité et son corps se pencha vers l'avant comme s'il allait s'élancer vers elle pour intervenir, mais peut-être qu'elle l'avait juste imaginé, car à cet instant, il rompit le contact visuel et se tourna vers le carrousel à bagages comme pour lui laisser de l'intimité – si c'était possible. De toute façon, elle n'avait vraiment pas besoin que Liam se mêle de cette histoire. Elle pouvait très bien gérer toute seule.

La femme sublime avec laquelle Miles avait descendu l'escalier roulant s'approcha d'eux sur ses talons à la mode, enveloppée dans un long manteau.

– Bonjour, dit-elle avec un sourire, avant de s'inquiéter de l'angoisse évidente d'Hannah et de reprendre plus prudemment : Je m'appelle Becky… Et vous êtes ?

– L'ex-petite amie de Miles, répliqua Hannah tout en tournant vers lui un regard assez acéré pour lui transpercer le visage.

Tremblant de la tête aux pieds, elle jeta devant lui le sac d'affaires de toilette qu'elle lui avait préparé et poussa sa valise vers l'avant.

– Ça, c'est à toi. Quelle chance, c'est déjà emballé. À mon retour, il vaudrait mieux pour toi que le reste de tes affaires soit parti aussi.

Elle passa la sangle de l'autre sac sur son épaule et souleva la poignée de sa valise, s'efforçant de ne pas s'effondrer ou de faire un scandale.

Alors qu'elle commençait à s'éloigner, Miles lui attrapa le bras.

– Hannah, attends, lâcha-t-il sans grand enthousiasme.

– J'ai bien assez attendu.

À cet instant, elle comprit pourquoi elle s'était plongée autant dans le boulot : elle avait eu besoin de se noyer dedans pour ne pas faire face à la vérité. Elle avait attendu que Miles change, alors qu'il ne changerait probablement jamais. Elle avait besoin de plus, et, clairement, elle avait perdu son temps à croire que Miles serait celui qui le lui donnerait.

Hannah s'éloigna à grands pas, tirant sa valise derrière elle jusqu'à tourner au coin d'un couloir, hors de sa vue. Elle s'arrêta alors et s'appuya contre le mur pour garder l'équilibre, s'efforçant de refouler les sanglots qui montaient dans sa gorge sous une avalanche d'émotions qui voulaient l'ensevelir. Tout son avenir, tout ce pour quoi elle avait travaillé, venait de lui être arraché en l'espace de quelques secondes. Elle retira d'un coup sec le lys de ses cheveux, le jeta dans une poubelle toute proche et se laissa glisser par terre. Complètement submergée, elle laissa sa tête tomber entre ses bras et ses larmes couler.

Chapitre 2

Hannah savait qu'elle devait se ressaisir juste assez pour se relever et trouver comment changer son vol, mais elle avait besoin d'une petite minute de plus. Elle avait l'impression que son corps s'enfonçait dans des sables mouvants. Les cartes d'embarquement qu'elle avait imprimées et nouées avec un ruban pour les offrir à Miles et ajouter un peu de magie à la surprise étaient tombées de la poche avant de son sac et gisaient à côté d'elle sur le sol. Elle les ramassa et retira le ruban. Elle les contempla entre ses mains – tous ses projets s'écroulaient, son univers entier était bouleversé.

Elle laissa les feuilles retomber par terre, remonta les genoux contre sa poitrine et s'y blottit pour essayer de se calmer et se concentrer sur la question la plus pressante : elle devait trouver un moyen d'aller voir sa grand-mère. Mais comment pourrait-elle la soutenir dans cet état ? Elle sentit sa poitrine se gonfler d'une douleur jamais ressentie auparavant tandis qu'elle prenait conscience de tout ce qui lui manquait dans la vie. Elle était creuse, entièrement vide.

– C'est dur, hein ? lança une femme au-dessus d'elle.

Hannah reconnut aussitôt l'accent du Sud, et elle se sentit comme téléportée chez elle. Elle leva la tête et vit une femme d'une bonne quarantaine d'années, avec un large sourire et des yeux sombres qui la fixaient. Elle était naturellement belle sans effort, ses cheveux ondulés ambrés attachés en un chignon lâche, et manifestement sans le moindre maquillage.

Debout à côté d'une valise plus large qu'elle, elle tenait une boîte de transport d'où s'échappaient des gémissements, une sorte de grand portfolio coincé sous le bras, et un sac à appareil photo autour du cou, contre la poitrine. La femme sourit à Hannah, révélant le chewing-gum calé entre ses dents du fond. Malgré son sourire, son regard était empreint d'une tristesse indéniable, que même sa beauté ne pouvait masquer.

La femme inclina la tête pour lire les cartes d'embarquement d'Hannah, ses boucles d'oreilles en or surdimensionnées très à la mode tintant avec le mouvement. Lorsqu'elle se pencha pour mieux voir, son long manteau qui ressemblait à un pull voleta autour de ses fines jambes glissées dans un jean.

– Surtout quand vous allez à la Barbade. C'est vraiment dur, répéta-t-elle nonchalamment en jouant avec une mèche de cheveux échappée de son chignon.

Elle s'adressait à Hannah comme si elles venaient de se rencontrer dans un café.

L'esprit encore embrumé par tout ce qui s'était passé, Hannah dévisagea la femme, hébétée, sans la moindre idée de quoi elle parlait. Comment savait-elle qu'Hannah n'allait pas prendre son vol pour la Barbade ? Avait-elle assisté à sa dispute avec Miles ?

La femme pointa alors du doigt l'écran des départs et tout devint clair comme de l'eau de roche. La mâchoire d'Hannah retomba : une mer de rouge remplissait la partie droite de l'écran, presque tous les vols portaient désormais la mention « Annulé ».

– Sacrée tempête qu'on a là, reprit la femme en remontant son sac à main usé jusqu'à la corde sur son épaule. Si vous arrivez à trouver une chambre d'hôtel, je serais ravie de la partager avec vous. Vous avez l'air assez sympa... Je m'appelle Georgia Graves.

– Une chambre d'hôtel ? demanda Hannah, la voix tremblante sous le coup de l'émotion.

– Si vous arrivez encore à en dénicher une. On dirait bien que personne ici ne va aller nulle part pendant un bon moment...

Hannah se leva d'un bond, les yeux écarquillés, comprenant enfin la gravité de la situation : les avions étaient cloués au sol, la neige ne cessait de tomber. L'aéroport tout entier était rempli de gens qui allaient chercher d'autres vols, des chambres d'hôtel, des taxis et des voitures de location – n'importe quel moyen de se rendre là où ils voulaient aller. Il fallait qu'elle voie mamie le plus tôt possible – au ton de sa mère au cours de leur conversation, le temps ne jouait pas en faveur d'Hannah.

– Il faut que j'aille à Franklin, dans le Tennessee, déclara-t-elle avec détermination.

Elle se pencha pour ramasser ses cartes d'embarquement, sans même remarquer les tentatives de la femme pour attirer son attention, un doigt levé en l'air.

– Merci de m'avoir prévenue, lança Hannah par-dessus son épaule en courant vers le guichet, traînant sa valise derrière elle.

– Je suis désolée, madame, dit l'agente de la compagnie.

Elle secoua la tête d'un air compatissant, son rouge à lèvres appliqué en une ligne parfaite tandis qu'elle tapait fébrilement sur son clavier, les yeux rivés sur son écran d'ordinateur pour revérifier les départs à la demande d'Hannah. Elle lui rendit ses cartes d'embarquement calmement, malgré l'atmosphère peu sereine qui régnait tout autour.

– Nous pouvons reporter votre vol à un autre jour, mais nous n'avons rien à destination du Tennessee au départ de LaGuardia aujourd'hui en raison de la météo. Je vous prie de bien vouloir nous en excuser.

– Il faut que je rentre chez moi pour voir un membre de ma famille très malade, insista Hannah, bouleversée. Je vais devoir essayer une autre compagnie aérienne. Vous savez s'il y a d'autres vols ?

– C'est une tempête de neige sans précédent. Tous les départs ont été annulés pour le moment. Nous faisons de notre mieux pour que tout le monde arrive à destination en toute sécurité, mais nos avions ne peuvent pas décoller à cause de la glace. Je peux vous donner un bon et vous pouvez nous appeler demain matin pour voir si nous avons un trajet disponible…

– D'accord, lâcha Hannah sans même voir l'agente, comme si elle avait la tête sous l'eau.

Qu'allait-elle faire ? Peut-être devrait-elle rentrer à l'appartement et réfléchir à la suite des événements. Enfin, si elle réussissait à retourner chez elle. En plus, Miles serait probablement là, occupé à remballer ses affaires, et elle n'avait clairement aucune envie de le croiser pour le moment. Malgré l'anxiété grandissante que lui inspirait la situation, elle prit une grande inspiration pour se calmer et se dirigea vers les taxis pour en trouver un qui la ramènerait jusqu'à son appartement, mais s'arrêta net. Ses épaules s'affaissèrent en signe de défaite lorsqu'elle découvrit la foule de passagers en train de patienter. Elle ferma ses yeux brûlants, respira profondément et sentit une tension poindre dans son épaule.

Il y avait tellement de monde dans la file d'attente que certains étaient assis par terre, en cercle, et discutaient, manifestement résignés face aux heures d'attente avant leur tour. Elle se remit à marcher dans le couloir habituellement désert vers l'arrêt de bus, se faufilant entre les hordes de voyageurs fatigués qui se pressaient aux guichets et autres bureaux d'information. Mais quand elle y arriva enfin, la file d'attente était encore plus longue que celle des taxis. Peut-être pourrait-elle atteindre la zone de location de voitures avant que tout le monde ne comprenne que c'était la seule option possible.

Hannah accéléra le pas.

– Pardon, pardon, répéta-t-elle à plusieurs reprises tout en croisant des voyageurs irrités, s'efforçant de chasser sa peur pour se concentrer sur la tâche devant elle.

Dès qu'elle entrevoyait une trouée dans la foule, elle courait, les larmes lui montaient aux yeux, mais elle les essuyait d'un revers de la main. Elle préférait ne pas penser au fait que le kiosque des loueurs de véhicules se trouvait à vingt-cinq minutes de marche, principalement en extérieur. Comme son anxiété atteignait son paroxysme, elle décida de s'arrêter et de se reprendre. Elle prit une profonde inspiration et tenta de se calmer. D'accord, elle allait d'abord appeler les sociétés de location pour voir si elles avaient des voitures disponibles. Elle pourrait réserver par téléphone – oui, c'était la meilleure solution.

Hannah s'assit sur un banc tout proche, tira sa valise vers elle et posa son autre sac dessus. Elle s'accorda une seconde pour reprendre son souffle, puis glissa son doigt sur l'écran de son téléphone pour le ranimer. Son bureau savait qu'elle ne serait pas joignable, mais elle avait déjà reçu deux appels manqués et cinq courriels. Il faudrait qu'elle les consulte plus tard. Elle chercha le numéro de la première société de location et appuya sur appel.

Occupé.

Elle en chercha un autre.

Occupé.

Un écran de télévision diffusait des informations sur la météo, et toutes les routes et artères principales étaient en rouge vif, encombrées par les accidents et les gens qui essayaient de se déplacer dans la ville malgré la tempête de neige. L'heure de pointe de l'après-midi commençait plus tôt que d'habitude, car les banlieusards essayaient de rentrer chez eux avant le plus gros du mauvais temps.

Hannah continua ses appels sans réussir à avoir une seule personne au bout du fil. Dans un geste lent, elle reposa son portable sur ses genoux et laissa ses larmes couler. Comment tout avait pu si mal tourner ? *Réfléchis*, se dit-elle. Mais face à la confusion ambiante, elle se sentait sidérée.

Sans même trop savoir ce qu'elle faisait, Hannah se leva et se mit à marcher, dans l'espoir qu'une nouvelle idée lui viendrait. Certaines personnes avaient étalé des manteaux et des couvertures sur le sol, comme autant de lits d'appoint pour la nuit. Une femme allaitait son bébé agité, le berçant tout en regardant autour d'elle d'un air ahuri. Deux bambins couraient en rond dans un jeu de chat, tandis que leurs parents étaient perdus dans leurs conversations, l'inquiétude lisible sur leurs traits. D'autres parlaient frénétiquement dans leur téléphone ou pianotaient sur leur ordinateur portable. Les agents des compagnies aériennes distribuaient des encas, des bouteilles d'eau ou de soda.

Les passagers aboyaient contre les employés des guichets, frustrés, tandis que ces derniers s'évertuaient à les calmer. Plus Hannah piétinait, plus elle comprenait que tout le monde était bloqué et que personne ne pourrait s'échapper. C'était le chaos total.

Alors qu'elle se résignait au fait qu'elle n'irait nulle part, elle s'appuya contre une large fenêtre pour ne pas s'effondrer. Elle remarqua que certaines personnes avaient fabriqué des panneaux indiquant leur destination, afin de trouver d'autres passagers qui allaient au même endroit. Elle capitula, sans aucune solution, et trouva un coin vide par terre où poser ses bagages contre le mur derrière elle et s'asseoir. Elle décida qu'après tout, elle n'avait rien à perdre à afficher aussi un écriteau – elle pouvait au moins essayer comme les autres. Elle sortit un bloc de papier de son sac à main, y inscrivit « Franklin, Tennessee » en grosses lettres et le posa à côté d'elle à même le sol. Il lui vint à l'esprit que Liam se rendait peut-être là-bas aussi, et pendant un moment elle observa les passants – peut-être le repérerait-elle ? Mais c'était comme essayer de trouver une aiguille dans une botte de foin.

Hannah avait mal aux pieds et sa tête pulsait à cause du stress. Elle ferma les yeux et essaya de visualiser des images heureuses. Elle s'imagina franchir la porte d'entrée vitrée du petit bungalow bleu de sa grand-mère, avec ses fleurs rouges de saison qui ornaient l'entrée, passer devant la balancelle chargée de coussins, la lueur douce de la lampe du soir qui éclairait le couloir, les bruits de la vieille femme qui se déplaçait dans la cuisine en dansant sur la musique ancienne qui jouait sur la chaîne, et l'odeur de vanille sucrée de ses biscuits à la cannelle lorsqu'elle les emportait sous le porche arrière qui donnait sur le jardin luxuriant et verdoyant. Elle se remémora les doux mouvements de sa grand-mère lorsqu'elle s'installait avec Hannah sur l'un de ses fauteuils à bascule blancs et étalait une couverture sur ses jambes... Hannah ferma fort les yeux pour retenir ses larmes, mais elles inondaient quand même ses joues.

Soudain, elle fut tirée de ses pensées : quelqu'un se tenait debout à côté d'elle. Elle s'essuya rapidement le visage. Lorsqu'elle releva la tête, elle recula, surprise et soulagée de voir Liam. Il avait les mêmes yeux verts mouchetés d'or que dans ses souvenirs de jeunesse.

– Hannah ?

Il avait l'air encore plus épuisé qu'elle. Elle hocha la tête en clignant des yeux à travers ses cils mouillés. Chaque fois qu'elle tenta de refouler ses larmes, d'autres surgissaient.

Il resta tranquillement là près d'elle. Même si elle était gênée par l'effusion de ses émotions, elle se sentait aussi réconfortée par sa présence. C'était comme si, finalement, elle n'était pas si seule. Lorsque ses larmes se tarirent enfin, il s'accroupit à côté d'elle, visiblement sans trop savoir comment l'aborder. Il s'éclaircit la voix, puis demanda :

– Tu te souviens quand on était jeunes et que ton amie Morgane a refusé de se balancer sur cette liane au-dessus de la rivière parce qu'elle avait trop peur de grimper sur le rocher pour l'attraper ?

– Oui.

– Tu te rappelles ce que tu lui as dit ?

Elle secoua la tête.

– Moi je me rappelle encore. Tu as dit : « Parfois, il faut se forcer à surmonter les étapes difficiles pour pouvoir profiter des étapes agréables. »

Quand il prononça ces mots, l'intensité de son regard la poussa à se demander s'il avait fait l'épreuve de ce conseil quelque part en cours de route.

Elle sourit malgré son désarroi.

– Ma grand-mère me disait ça. C'est drôle, elle est toujours tellement positive que je me demande si elle a déjà été confrontée à des « étapes difficiles ». Je suppose que oui, bien sûr, mais c'est difficile à imaginer.

Sa lèvre commença à trembloter en évoquant sa grand-mère. Elle se tourna vers lui, et il reprit une expression mélancolique. Il semblait si différent du garçon qu'elle avait connu dans l'enfance. Ce garçon-là riait tout le temps, avait l'esprit vif, toujours intrépide et sûr de lui. Aujourd'hui, il semblait sérieux, terre à terre, concentré.

– Ta grand-mère t'a donné de sages conseils.

Elle revit alors mamie virevoltant dans son magasin de fleurs, niché à l'écart du centre, dans une petite rue, enchaînant les chocolats tout en choisissant des fleurs dans des seaux pour un bouquet en préparation, tandis que la musique du vieux tourne-disque remplissait l'atmosphère. Une femme était entrée par les antiques portes à double vitrage, et le carillon avait tinté pour avertir sa grand-mère de son arrivée – sa vieille amie. « Oh, bonjour, Darlene ! » s'était-elle exclamée en posant ses fleurs pour sortir un pichet de thé glacé afin de lui en offrir. Elle lui avait tendu un verre et toutes deux avaient papoté comme deux écolières avant que Darlene ne passe finalement commande pour un panier de fleurs sauvages qu'elle apporterait à son club de lecture.

Lorsque Darlene était partie, mamie avait dit : « Darlene se sent seule depuis qu'elle a perdu son emploi et qu'elle a dû en prendre un qu'elle n'aime pas vraiment. Elle s'est inscrite au club de lecture pour trouver un peu de joie. Et je l'ai fait sourire aujourd'hui. Il n'y a rien que la danse ne puisse résoudre. » Elle avait ri en attrapant les mains d'Hannah, alors adolescente, et l'avait fait tourner sur elle-même. « La plupart de nos problèmes sont de ce monde – c'est nous qui les créons – alors qu'en réalité, nos âmes n'aspirent qu'à chanter et à danser. Lorsque nous nous laissons aller, nous redevenons nous-mêmes et nous nous élevons au-dessus de tout ce qui nous tracasse. Mais nous devons d'abord surmonter les étapes difficiles. C'est ainsi que nous voyons le bien, lorsque nous sommes en mesure de le comparer au mal. »

Malgré sa sagesse, mamie semblait toujours si jeune pour son âge, avec sa peau éclatante, ses yeux vibrants et joyeux. Elle parvenait à faire fondre toutes les peurs d'Hannah en un instant.

– Ma grand-mère n'est pas très bien en ce moment, expliqua Hannah à Liam, tout en prenant son sac à main et en se mettant à fouiller dedans. Je n'ai pas de mouchoir.

La voix tremblante, elle renifla et s'essuya les yeux avec ses doigts.

– Ma pauvre chérie, résonna une voix de femme empreinte de compassion, et Hannah se rendit compte qu'ils avaient une spectatrice : la femme de tout à l'heure, Georgia, secouait franchement la tête devant la détresse d'Hannah.

– Oh, rebonjour, lança Hannah en essayant de se ressaisir.

Georgia fit un signe du menton vers le petit panneau qu'Hannah avait rédigé.

– Tu t'es enfuie avant que je ne puisse dire quoi que ce soit, mais on va aussi à Franklin, lui annonça-t-elle, avant de tendre le doigt vers Liam. On dirait que vous vous connaissez déjà tous les deux ?

– Oui, confirma Hannah avec un petit sourire, en songeant à la coïncidence d'être tombée sur lui, tout en s'efforçant toujours de cligner des yeux pour en chasser les larmes. On se connaissait quand on était petits.

– Waouh, incroyable ! répondit Georgia, radieuse. Le monde est petit.

Liam sourit à Hannah d'un air entendu.

– Oui, c'est vrai, confirma-t-il en souriant à son tour. Quelqu'un a besoin de passer aux toilettes ?

Hannah récupéra sa pancarte et son portable et les glissa dans son sac à main, intriguée par sa question.

Georgia lui tendit la main et l'aida à se remettre debout. La femme donna un petit coup de coude à Liam, visiblement surpris que Georgia l'ait touché.

– J'ai convaincu Liam de rester avec moi, et puis j'ai vu ton visage triste à la réception des bagages, et j'ai su que tu avais besoin de quelqu'un avec toi, alors on vient de passer quelques minutes à te chercher, raconta Georgia en se tournant vers Liam. Allez, dis-lui.

Elle trépignait, à tel point que l'animal dans la cage de transport finit par aboyer – c'était donc bien un petit chien.

Liam ouvrit une application sur son téléphone et pencha l'écran vers Hannah. C'était une sorte de numéro de confirmation. Il haussa les sourcils, et elle vit enfin dans ses yeux une lueur d'excitation.

– J'ai une voiture…

– Tu as une voiture ? répéta Hannah, bouche bée.

Elle n'en revenait pas : cet homme sorti de son passé était la réponse à ses prières. Non seulement elle avait un moyen de rentrer chez elle, mais en plus elle pouvait se faire raccompagner par une personne en qui elle avait entièrement confiance, et non par un parfait inconnu. Des larmes de joie coulèrent tellement elle était soulagée et elle jeta ses bras autour du cou de Liam pour le serrer contre elle. Manifestement, cet élan le surprit.

Il recula rapidement et la dévisagea avec une expression indéchiffrable. Leur histoire commune remplit tout l'espace entre eux, comme un pont entre deux vies séparées et perdues de vue depuis longtemps, et un bref instant, Hannah redevint celle qu'elle avait été alors, avec son esprit sauvage, en simple short et T-shirt.

– On devrait y aller, lança-t-il en se tournant vers Georgia. Prête ?

– Absolument, s'écria Georgia, tout en glissant un regard inquisiteur entre Liam et Hannah.

Chapitre 3

À son réveil ce matin-là, Hannah n'aurait jamais imaginé qu'elle se retrouverait assise dans une Chevrolet Malibu impersonnelle avec Liam, Georgia et un chihuahua nommé Jerry, vêtu d'un chandail bleu. Ils sortirent du garage réservé aux véhicules de location de l'aéroport et s'engouffrèrent dans les embouteillages de Grand Central Parkway, en direction du Tennessee.

Ils avaient tous convenu de partager le coût de la location, même si Liam avait proposé de tout payer – Hannah avait sorti sa carte de crédit avant qu'il ne puisse s'y opposer. Elle était tellement reconnaissante et pressée de rentrer chez elle.

Liam mit son clignotant et avança légèrement pour changer de voie afin de prendre la sortie surlignée sur la carte de navigation. Hannah essayait de comprendre ce qui avait changé dans sa vie pour qu'il devienne si stoïque, mais il semblait impossible à cerner. À en juger par ses pantalons bien coupés, sa coupe de cheveux à la mode et ses chaussures haut de gamme, il s'en sortait plutôt bien. L'employé s'était également excusé de ne pas avoir la voiture de luxe qu'il avait initialement réservée. Cependant, il y avait encore un peu du Sud en lui. Peut-être dans sa façon décontractée de se caler au fond du siège ou de poser son poignet sur le volant lorsque la voiture roulait au ralenti, tout comme Ethan l'avait fait dans son vieux camion de ferme sur le trajet de retour du lycée tous les après-midi.

– Comment as-tu réussi à louer une voiture ? demanda Hannah pour faire la conversation.

– C'était un coup de chance, vraiment. La vente d'un immeuble que ma société va acquérir à Chicago dépend de mon arrivée à Franklin pour en assurer le financement, et la réunion de Chicago a été reprogrammée pour hier soir, j'ai donc dû changer mon vol à la dernière minute. J'ai fini par trouver un vol pour New York, puis un autre pour Nashville. Je suis arrivé plus tard que prévu et j'ai vu que la tempête se renforçait. Par précaution, j'ai réservé une voiture en ligne depuis l'hôtel avant de partir ce matin, au cas où la deuxième étape de mon voyage serait fortement retardée ou annulée.

Il tenta de passer la main derrière lui pour fouiller dans son bagage à main sur la banquette arrière.

La valise de Liam – comme elle l'avait découvert – avait été perdue en transit et devait être expédiée directement à l'aéroport de Nashville, ce qui, même si c'était assez pénible pour lui, laissait aux autres assez de place pour ranger leurs bagages dans le coffre. Hannah et Georgia avaient donc chargé leurs grosses valises à l'arrière, mais gardé les plus petits sacs avec elles, ce qui ne laissait que peu d'espace pour les jambes alors que quatorze heures de trajet les attendaient, au moins.

– Moi non plus, je n'aurais pas dû prendre ce vol pour New York, mais j'ai raté mon vol initial et ils ont dû me rediriger vers New York. Tu es notre sauveur, lança Georgia à Liam. Et la personne la plus organisée que j'aie jamais rencontrée !

Elle attrapa son sac sur la banquette arrière et le posa sur la console entre eux.

Jerry, le chihuahua, trônait sur les genoux de Georgia et poussait des grognements de protestation chaque fois qu'elle se penchait au-dessus de lui. Quand elle se recala au fond du siège, le chien se blottit en boule blonde sur les jambes de Georgia et enfouit sa petite tête dans les plis de son chemisier.

Liam sortit du sac une boîte en carton rouge en forme de cœur, remplie de chocolats, l'observa puis la posa sur ses genoux, avant de plonger à nouveau la main dans son bagage. Il s'empara de son téléphone portable et le plaça sur la console centrale.

– Vous en voulez un ? demanda-t-il en tendant le cœur rouge.

– Tu as toujours des chocolats de la Saint-Valentin à portée de main ? demanda Hannah, se laissant aller à un léger moment d'humour.

– On ne sait jamais si on ne va pas se retrouver coincé dans une voiture, en infériorité numérique, avec deux passagères affamées juste après la Saint-Valentin, répondit-il en plaisantant. Je les ai achetés dans un bac à promos à l'aéroport de Chicago. Les files d'attente étaient si longues que c'était ma seule option. Enfin, ça ou des roses en chocolat sur des bâtonnets.

Hannah déclina son offre avec un large sourire, et leur badinage l'aida à se détendre un peu.

Il passa la boîte à Georgia pour lui en proposer, mais elle la rangea dans le sac de Liam. Jerry se dégagea de son étreinte et plongea à la suite de l'odeur chocolatée. Georgia le serra dans ses bras et le retint affectueusement contre sa poitrine, ses minuscules pattes s'agitant dans le vide sous son bras.

Une notification arriva sur le portable d'Hannah – elle venait de recevoir un message. Elle se rappela alors les messages du travail qu'elle devait consulter. Mais son attention se porta plutôt sur le texto qui s'affichait à l'écran : *Je pensais que c'était une simple tempête de neige, mais non. Il doit même neiger en enfer : j'ai entendu dire que tu rentrais à la maison.*

Elle bascula la tête en arrière, secouée d'un rire silencieux devant la petite blague. Ethan. Liam lui jeta un coup d'œil avant de se reconcentrer sur la route.

Un autre message apparut : *Tes pieds savent toujours marcher avec des bottes ? Ou tu as oublié avec tous ces talons hauts que tu portes ?*

Elle se mordit la lèvre pour réprimer un sourire, et un souvenir flotta jusqu'à la surface de sa mémoire comme une plume dans le vent d'été.

« Qu'est-ce que c'est que ce truc ? » avait demandé Ethan, dix-huit ans, en entrant dans sa chambre de jeune fille. Il l'avait fixée sous la courbe bien usée de sa visière de casquette de base-ball, l'ourlet de son T-shirt froncé derrière ses mains au fond de ses poches de Levi's usé.

Hannah avait tourné sur elle-même devant son miroir en pied, vêtue d'un short en jean effiloché et d'un débardeur. Ses vieilles bottes de cow-girl, ainsi nommées parce qu'elles s'arrêtaient aux chevilles, avaient été balancées plus loin, et elle se tenait debout dans la paire noire de talons de huit centimètres qu'elle s'était achetée pour New York. Elle avait légèrement vacillé.

« Pourquoi tu veux porter un truc dans lequel tu ne peux pas tenir debout ? avait-il demandé, avec une grimace perplexe, mais elle avait aussi perçu la désapprobation sous-jacente dans son regard.

– J'ai besoin d'avoir l'air d'une professionnelle, avait-elle expliqué, tout en domptant de la main ses cheveux en pagaille pour les remonter en un chignon.

– Professionnelle de quoi ? Par ici, tous les professionnels portent ça ! »

Il avait ramassé ses bottes et les lui avait tendues avec deux doigts.

« Comment tu vas monter à cheval avec ces chaussures ? »

Elle s'était retournée vers lui avec un sourire.

« Je ne ferai plus de rodéos là où je vais.

– Désolé pour toi », avait-il lâché, désinvolte, clairement navré que New York n'ait pas de rodéos comme le Tennessee.

Hannah avait commencé à monter à cheval dans les festivals locaux dès ses treize ans. Tous les troisièmes vendredis soir du mois, elle soulevait la poussière dans le manège sous les drapeaux qui voletaient et la musique ambiante. La force du vent lorsque le cheval galopait à toute allure dans l'arène lui arrachait son chapeau de cow-girl, si bien qu'elle devait s'y accrocher d'une main tout en tenant les rênes de l'autre. Elle avait compris que le premier vendredi qu'elle raterait serait étrange, mais elle devait le faire.

« Je ne peux pas faire du rodéo pour toujours », avait-elle expliqué à son ami.

Son air solennel et grave à cet instant-là était resté gravé dans la mémoire de la jeune fille.

« Et pourquoi pas ? » avait-il demandé.

Et elle n'avait pas de réponse à lui donner. Il avait levé les yeux au ciel, frustré.

« Comme tu veux. Si on n'est pas assez bien pour toi, tu ferais peut-être mieux de partir, en effet. »

Le souvenir encore vif dans son esprit, elle répondit à Ethan : *Je rentre à la maison pour voir mamie. Tu es au courant ?*

Il lui réécrit aussitôt : *Tu me connais un peu, non ? Je suis déjà allé la voir trois fois.*

Hannah se demanda si cette question n'était pas le reflet de la frustration qu'elle avait ressentie chez lui bien des années auparavant. Ce dernier soir d'été avant qu'elle ne parte pour l'université de New York, ils s'étaient assis sur la racine massive exposée du vieux chêne dans le jardin d'Ethan, le soleil se couchant à l'horizon sur les champs de chevaux. « Tu vas m'oublier, s'était-il inquiété, ses lèvres minces en une ligne droite. Tu vas oublier tout cet endroit... »

Il avait eu raison. Un sentiment de culpabilité s'insinua au creux du ventre d'Hannah. Elle répliqua, toujours par message : *Je te connais très bien. Je n'étais pas sûre que tu aies entendu la nouvelle pour mamie, c'est tout.* La réponse ne se fit pas attendre : *Tu ne me connais plus aussi bien que tu le crois. Il s'est passé pas mal de choses depuis que tu as laissé tes bottes derrière toi et que tu as déguerpi. Je te raconterai tout quand tu seras de retour. J'ai hâte que tu arrives !* Elle laissa échapper un petit soupir de soulagement en lisant la dernière ligne. Une partie d'elle s'attendait à ce qu'il la déteste encore d'avoir osé partir, et c'était sûrement partiellement vrai, mais il était toujours gentil avec elle – il était juste comme ça.

Un autre message s'afficha : *Et au fait, joyeux anniversaire !* Il s'en était souvenu. Soudain, tel un raz-de-marée, les moments passés ensemble au fil de leur enfance et de leur adolescence lui manquèrent tellement qu'elle eut du mal à respirer. Ethan était la personne la plus adorable qu'elle connaissait. Pourquoi l'avait-elle quitté sans un mot ? Les larmes lui montèrent aux yeux lorsqu'elle tapa : *Merci. À très vite !*

Hannah se concentra alors sur l'étendue infinie de béton enneigé et le paysage urbain par la fenêtre pour essayer de s'aérer l'esprit, avant de reporter son attention sur ses courriels professionnels.

– J'ai d'autres trucs à grignoter si vous voulez, proposa Georgia en retirant le sac de Liam de la console centrale et en le remplaçant par plusieurs paquets de crackers assortis, et Jerry se remit à frétiller.

– Non, merci, dit Hannah en se retournant pour caresser Jerry.

Elle avait l'estomac noué et pas le moindre appétit après tout ce qu'elle avait traversé aujourd'hui. Et puis à cause de l'idée même d'un périple en voiture de quatorze heures qui la ramenait vers toutes les personnes qu'elle avait pour ainsi dire abandonnées.

– C'est gentil, merci, répondit Liam. On pourra sûrement s'arrêter pour dîner une fois qu'on sera enfin sortis des embouteillages.

Il prit la sortie, s'engagea sur l'autoroute et freina au milieu d'un immense flot de voitures s'étendant à perte de vue.

– Je vais peut-être prendre un chocolat, en fait, se ravisa Hannah.

La douceur du cacao pourrait peut-être l'aider à retrouver le moral.

La Saint-Valentin remontait à deux semaines, mais les chocolats à l'aéroport avaient toujours cet air délicieusement festif. Miles et elle avaient été tellement accaparés par leurs projets respectifs qu'ils avaient tout bonnement raté la journée des amoureux. Elle s'était réveillée ce matin-là et s'était brièvement demandé s'il lui ferait une surprise, mais en arrivant au travail, elle avait été tellement occupée qu'elle en avait oublié jusqu'à l'existence – jusqu'à ce que sa collègue Amanda reçoive un énorme bouquet de roses et deux ballons géants en forme de cœur. Sur le chemin du retour, Hannah avait acheté une carte à Miles, mais il ne lui avait pas semblé la mériter puisque lui avait oublié la sienne, aussi l'avait-elle fourrée dans le sac de son ordinateur portable jusqu'à trouver une poubelle publique où la jeter. Le lendemain au déjeuner, elle s'était efforcée de faire bonne figure lorsque ses collègues avaient raconté ce que leurs partenaires respectifs leur avaient offert, mais intérieurement, elle s'était sentie seule et triste.

Georgia lui tendit la boîte en forme de cœur depuis la banquette arrière et, tandis qu'Hannah en examinait le contenu, la femme lui en montra un rond avec des flocons de noix de coco sur le dessus.

– Celui-là est vraiment bon. J'ai aussi reçu un de ces cœurs de l'aéroport, mais j'ai déjà fini le mien.

– C'est ce que tu mangeais quand tu m'as demandé de t'aider à récupérer ta valise sur le carrousel ? demanda Liam en riant, les yeux rivés sur la route.

– Oui ! J'avais la bouche pleine et je ne pouvais pas articuler, avoua-t-elle à Hannah, mais mon sac est super lourd et avançait trop vite sur le tapis roulant pour que je réussisse à l'attraper. Il avait déjà fait deux fois le tour quand j'ai demandé de l'aide à Liam. J'ai fait des pieds et des mains pour l'attraper tout en cherchant ma carte d'embarquement. À ce moment-là, je pensais encore que j'allais devoir sprinter jusqu'à mon prochain vol.

Georgia posa Jerry sur un coussin dans sa boîte de transport et la cala à côté d'elle sur la banquette.

Lorsque Georgia parla de cet avion qu'elle voulait prendre, l'image de Miles et Becky sur l'escalator lui revint en mémoire.

– J'étais en route pour la Barbade, raconta Hannah. J'ai toujours voulu y aller, et j'avais enfin décidé de le faire.

Liam tourna les yeux vers elle tandis qu'elle pinçait le chocolat recouvert de noix de coco entre ses doigts.

– J'ai voulu surprendre Miles…, hésita-t-elle. Mon ex, avec un voyage pour nous deux. Mais apparemment, il avait déjà prévu une escapade romantique avec une autre.

Les traits de Liam s'assombrirent.

– Je suis désolé, souffla-t-il, pensif.

Un silence pesant tomba entre eux. On n'entendait plus que le bruit des pneus sur la neige qui recouvrait l'autoroute et la radio en fond sonore. Hannah regarda à nouveau par la fenêtre, mais sans rien voir. Des souvenirs de ces deux dernières années ne cessaient de surgir dans son esprit. Tous les soirs où Miles était rentré tard, sur la pointe des pieds, alors qu'elle dormait, les fois où il avait dit qu'il devait sortir au lieu de rester à l'appartement, le vin qu'un « collègue » avait renversé sur sa chemise, le cadeau qu'elle avait trouvé dans sa commode alors qu'elle rangeait le linge et qu'il avait prétendu devoir envoyer à sa mère… De toute évidence, il la trompait depuis un certain temps. Elle enfourna le chocolat et se concentra sur la dégustation de sa riche saveur. C'était ça ou elle risquait de s'effondrer en larmes devant Liam et Georgia.

– Les hommes peuvent être si cons parfois, réagit Georgia. Sans vouloir te vexer.

Elle se pencha en avant et tapota l'épaule de Liam, dont l'attention vacilla quelques instants avant de se reporter sur sa conduite.

– Pas de problème, répondit-il à voix basse.

Hannah repensa à la confrontation à la réception des bagages et se demanda une nouvelle fois si Liam avait été sur le point de s'interposer entre Miles et elle. Elle jeta un œil vers lui alors qu'il tournait la tête vers elle et leurs regards se croisèrent pendant une seconde. Il lui offrit un sourire complice, comme s'il lisait dans ses pensées, ce qui provoqua chez elle un frisson inattendu. Cette surprise l'incita à se retourner pour parler à Georgia et se reconcentrer, mais Georgia avait mis son casque audio et griffonnait sur un bloc de papier posé sur ses genoux. Les yeux de Liam étaient de nouveau rivés sur la route, et Hannah s'enfonça de nouveau dans ses pensées.

Elle étouffa un bâillement et Liam l'observa à nouveau. Toutes les émotions de la journée l'avaient épuisée.

– En supposant qu'on conduise à tour de rôle, lui dit-elle, je n'y arriverai jamais si on tente de faire le trajet en entier cette nuit.

Hannah bâilla à nouveau.

– L'un de vous deux serait-il noctambule et capable de conduire ce soir ? demanda-t-elle à voix haute en se retournant pour attirer l'attention de Georgia.

Georgia retira l'un de ses écouteurs.

– Je suis atteinte de cécité nocturne, alors je ne pense vraiment pas que vous ayez envie que je conduise, expliqua-t-elle en ouvrant un paquet de crackers au beurre de cacahuète, ce qui provoqua un remue-ménage dans la caisse à côté d'elle.

Elle glissa ses gribouillis dans le grand portfolio en cuir qu'elle portait quand Hannah l'avait rencontrée.

– Mais je paierai l'essence ! ajouta Georgia en portant un cracker à sa bouche et en chassant les miettes de ses cuisses. Jerry aura aussi besoin d'une pause pipi à un moment ou à un autre.

– Faites-moi savoir quand vous voudrez tous vous arrêter. Et puis voyons jusqu'où on peut descendre aujourd'hui avant que tout le monde ne soit trop fatigué, proposa Liam, tout en observant la circulation devant eux. Si on doit faire le voyage en deux jours, il faut qu'on s'éloigne suffisamment de la ville pour trouver un hôtel avec des chambres disponibles. Ils vont être pleins à des kilomètres à la ronde. Et il faudra trouver un hôtel qui accepte les animaux.

– C'est gentil de penser à Jerry, répondit Georgia, mais inutile de s'embêter à trouver un hôtel qui accepte les animaux. Je le cacherai dans mon sac et il dormira jusqu'à notre arrivée dans la chambre. Personne ne saura qu'il est là.

Liam acquiesça, visiblement incertain.

– J'espère qu'on va bientôt se remettre à rouler.

Hannah reprit son portable et ouvrit les e-mails d'Amanda, sa directrice adjointe au sein de l'équipe de conception, et qui la remplaçait cette semaine sur les dossiers en cours. Amanda avait toujours été une amie fidèle au bureau, et Hannah savait qu'elle serait juste et gentille. Elle lui avait donc confié un grand nombre de tâches pour la rubrique dont elle était responsable. Le magazine était entre de bonnes mains pendant ses vacances.

Le premier message disait simplement à Hannah qu'ils avaient besoin du formulaire d'autorisation signé par l'un des photographes qu'ils avaient fait travailler en free-lance à Los Angeles. Elle joignit le fichier à sa réponse et réussit à l'envoyer malgré le signal plus qu'inégal. Puis elle passa en revue ses autres e-mails : approbation du budget pour le recadrage et l'ajustement de deux des images, demande de changement de délai pour la séance photo d'octobre, suggestion de modification de la mise en page pour la section *lifestyle*… Elle répondit à chacun, l'un après l'autre.

– Depuis combien de temps n'es-tu pas rentrée à la maison ? demanda Liam.

Elle éteignit son téléphone et le posa sur ses genoux.

– Quelques années, mais ça fait bien plus longtemps que je n'ai pas croisé une de nos connaissances mutuelles. La plupart de mes visites ont été rapides – je prenais l'avion pour rentrer chez moi et voir ma grand-mère ou mes parents, puis je repartais aussitôt. J'avais toujours beaucoup de boulot…

Son excuse lui parut bien mince maintenant qu'elle la prononçait à haute voix. Tout ce stress et cette course incessante semblaient insignifiants à côté du temps perdu loin des gens qu'elle aimait.

– Et toi ?

– Je rentre assez souvent. Je vis à Charleston maintenant...

– Charleston ? Je m'attendais à ce que tu enregistres des disques à Nashville.

Un petit rire nostalgique lui échappa.

– Non, j'ai fini par prendre une direction totalement différente : je me suis lancé dans les affaires. Et j'ai fondé une famille... J'ai un fils, il s'appelle Noah.

Hannah le dévisagea, curieuse.

– Ma mère s'énerve si on reste loin d'elle trop longtemps.

Les petites rides qui se creusèrent aux coins des yeux de Liam révélèrent toute l'affection qu'il portait à sa mère.

– Tu as un fils, répéta Hannah, et le mot lui laissa un goût étrange en bouche.

Une petite partie d'elle restait ancrée dans leur jeunesse lorsqu'elle lui parlait, et il lui semblait bien étrange qu'ils aient tous deux vécu tant de choses entre cette époque-là et aujourd'hui.

– Oui, Noah a quatre ans.

Il la regarda d'un air avenant, mais elle perçut une autre émotion indiscernable cachée dans son regard. Une sorte d'hésitation.

– Tu as des enfants ? lui demanda-t-il.

– Non, répondit-elle en secouant la tête.

Elle se força à rire doucement pour ne pas se remettre à pleurer.

– Je ne sais pas pourquoi, mais j'ai toujours pensé que tu aurais plein d'enfants.

– Vraiment ?

– Oui, absolument. Tu as toujours eu un côté très maternel.

– Merci, lui lança-t-elle en inspirant la bouffée de bonheur que lui procurait cette remarque.

Le silence retomba tandis que la circulation se densifiait, et Hannah envoya un texto à sa mère pour lui demander si mamie pouvait recevoir des appels ou des messages. Sa mère lui répondit qu'elle avait son téléphone et qu'elle serait sûrement ravie d'avoir de ses nouvelles. Aussi, comme elle n'avait rien d'autre à faire dans les embouteillages, Hannah rédigea quelques mots pour sa grand-mère : *Je suis en route pour venir te voir. Je t'appellerais bien, mais je suis dans une voiture pleine de gens qui étaient aussi coincés à l'aéroport. C'était le seul moyen de rentrer à la maison avec cette tempête.*

Mamie répondit immédiatement : *J'ai hâte de te voir. Es-tu en sécurité avec ces gens dans la voiture ?*

Je pense qu'ils sont tout à fait inoffensifs, la rassura-t-elle. *Je connais l'un d'eux de Franklin, on a grandi ensemble là-bas, et il y a un chihuahua nommé Jerry sur la banquette arrière, qui porte un pull bleu clair avec « Petit ange » écrit dans le dos.*

Mamie revint à la charge : *J'avais bien besoin de ton humour. Tu me manques terriblement. Comment vas-tu ? Comment va Miles ?*

Hannah n'avait aucune envie de plomber le moral de sa grand-mère compte tenu de son état de santé. Elle devait réfléchir à une réponse honnête : *Je ne sais pas vraiment. Je t'explique quand j'arrive.*

Dis-moi tout de suite, insista sa grand-mère.

Hannah voulait à tout prix éviter de s'effondrer dans cette voiture sans savoir où aller, mais en même temps, elle était rassurée à l'idée que mamie soit disponible pour l'écouter. Elle avait été là lors de toutes les ruptures d'Hannah pendant sa jeunesse et avait toujours prodigué les meilleurs conseils.

Je pensais que c'était l'homme de ma vie, mais il s'avère que pas du tout. C'est un sale con. On a rompu.

Qu'est-ce qui s'est passé ? demanda sa grand-mère.

Je l'ai surpris en train d'embrasser une autre femme aujourd'hui. Rien que de taper ces mots la fit bouillir intérieurement.

Aujourd'hui ? Bonté divine. Je suis terriblement désolée de l'apprendre, ma chérie. Souviens-toi de ça chaque fois que tu as mal, parce que ça va durer un certain temps : tu n'en as peut-être pas l'impression pour l'instant, mais ce n'est qu'une étape sur le chemin qui te permettra de devenir la personne que tu es destinée à être.

Mamie disait toujours des phrases de ce genre, mais Hannah n'était plus très sûre d'y croire. Existait-il un chemin idéal qu'ils étaient tous censés emprunter, ou sa vie n'était-elle qu'une succession de rencontres fortuites, de millions de variations et de possibilités ? Quand elle était petite, elle croyait sa grand-mère quand elle répétait ces maximes, mais avec le temps, c'était devenu plus ardu. Hannah réfléchit à ses choix. Aurait-elle été plus heureuse de passer ses matinées comme elle autrefois : à lire dans l'un des fauteuils à bascule sous le porche de mamie, avec une couverture sur ses jambes nues pour parer à la fraîcheur du matin avant que le soleil n'envahisse le ciel ? Aurait-elle été une personne différente si elle était restée dans le Sud ? Aurait-elle été plus heureuse ?

Merci, mamie. Je t'appelle pendant notre prochaine pause, d'accord ?

Très bien, ma douce. Je vais compter les minutes jusqu'à ce que je te voie.

Cette simple conversation par écrit avec mamie remplit Hannah d'une chaleur qu'elle n'avait pas ressentie depuis des années. Sa grand-mère arrivait toujours à lui faire croire que tout irait bien.

Les flocons voletaient autour de la voiture, et la visibilité était extrêmement mauvaise. Rien ne permettait de distinguer la chaussée du paysage alentour, hormis le chapelet de feux stop des voitures quasi à l'arrêt qui s'étirait devant eux à perte de vue. Liam gardait les deux mains crispées sur le volant à dix heures dix, les essuie-glaces battaient à toute allure, mais ne réussissaient qu'à étaler deux grands demi-cercles de flocons de neige fondus sur le pare-brise.

– Quelqu'un connaît un mot de sept lettres pour désigner un ustensile de cuisine qui commence par un S ?

Georgia parlait bien trop fort pour un espace si confiné, car elle n'avait pas ôté son casque. Elle se pencha en avant et tapota la rangée de cases de la grille de mots fléchés qu'elle tentait de remplir.

– Spatule, répondit Liam, les yeux toujours rivés sur la route.

Georgia poussa un soupir.

– Comment est-ce que j'ai pu passer à côté ?

Ils se turent tous à nouveau et Liam alluma la radio pour combler le vide – une émission interactive avec des auditeurs.

– Nous demandons aux gens de répondre à cette question. Êtes-vous prêts ? demanda l'animateur. Quelle est la chose la plus folle que vous ayez jamais faite ? Nous serons de retour pour écouter les réponses de nos auditeurs après cette page de pubs.

Liam jeta un œil dans le rétroviseur avant de changer de voie.

– À part faire un trajet de quatorze heures avec deux personnes depuis l'aéroport après avoir passé toute la matinée en avion ? Je ne saurais dire, rit-il, répondant lui-même à la question juste diffusée.

– Oh, je t'en prie, le taquina Hannah. Je t'ai connu adolescent. Tu as fait des trucs bien plus dingues que ça, j'en suis presque certaine.

Il la regarda, goguenard, et elle entrevit alors le jeune garçon qu'elle avait côtoyé.

– J'ai escaladé le vieux château d'eau de Franklin une fois, quand j'avais seize ans.

– Quel rebelle, plaisanta Georgia depuis la banquette arrière.

– C'est plus haut que ça en a l'air, s'esclaffa-t-il en baissant le volume de la radio pour qu'ils puissent s'entendre. On m'a mis au défi de peindre quelques mots dessus, mais je me suis dégonflé.

– Qu'est-ce que tu avais prévu de peindre ? s'enquit Hannah.

– Aucune idée. Mon ami a fini par peindre autre chose à la place. C'était Billy Robertson. Il était dans mon lycée, tu te souviens de lui ?

Hannah secoua la tête.

– Attends, c'est la fois où quelqu'un a peint « C'est ici la fête » avec une flèche pointant vers la ville ? Je me souviens que ma grand-mère siégeait au conseil municipal et qu'ils ont débattu pour savoir s'il fallait ou non le laisser là – certains l'aimaient bien.

– Oui, c'était ça ! C'est Billy qui a peint ce message. La flèche pointait en fait vers Leiper's Fork, où je vivais. Mes parents devaient partir pour le week-end, et il n'arrêtait pas de menacer d'organiser une fête chez moi.

– Tu l'as fait ? demanda Georgia.

– Non. Je suis allé à un feu de joie à la place.

Il sourit à Hannah, et elle comprit immédiatement ce dont il parlait.

– C'est ça, le truc le plus dingue que tu aies fait ? s'insurgea Georgia en levant les yeux au ciel. Presque peindre un château d'eau ? Ou aller au feu de joie ?

– D'accord, d'accord, j'en ai un autre. À la fac, à la mi-temps d'un match de basket, j'ai réussi l'un de ces tirs de l'autre bout du terrain qu'on offre à un fan, vous savez ? Et j'ai gagné un énorme prix.

– Qu'est-ce que tu as gagné ? demanda Hannah.

– Vingt mille dollars pour une œuvre de charité. Je les ai donnés à une association socioculturelle du coin.

Georgia se pencha en avant.

– Tu existes pour de vrai ou tu es un personnage de livre pour enfants ?

Liam éclata de rire.

– Très bien, alors dis-moi, c'est quoi le truc le plus dingue que tu aies fait ?

– À dix-huit ans, j'ai quitté la maison pour devenir photographe, raconta Georgia. J'ai vécu dans la forêt pendant trois ans, je photographiais des paysages et je prenais des petits boulots pour payer ma nourriture. J'envoyais des lettres à mes parents chaque semaine pour leur dire que j'allais bien, et je vivais ma vie comme je l'entendais.

– Waouh, souffla Hannah, presque sans voix.

Liam et elle échangèrent un regard, parfaitement stupéfaits.

– J'ai vendu une des photos que j'avais agrandies et encadrées pour cinq cents dollars, et j'ai suivi le type qui l'avait achetée jusqu'à Chicago. C'est comme ça que j'ai atterri là-bas. On n'a pas fait long feu ensemble, mais je ne suis jamais repartie.

Elle haussa les épaules comme si ce n'était pas grand-chose.

– Je crois que tu gagnes haut la main la palme du truc le plus dingue jamais fait par l'un d'entre nous, estima Liam. À moins qu'Hannah ne te surpasse… Tu as fait un truc fou ?

Hannah commença à parler, mais remarqua le changement d'humeur de Liam qui zieutait la jauge d'essence.

– Qu'est-ce qu'il y a ? demanda-t-elle alors.

– On dirait que le loueur n'a pas fait le plein. Le réservoir est presque vide. On va devoir s'arrêter pour reprendre de l'essence dès que possible.

Inquiète, Hannah jeta un coup d'œil par la fenêtre sur les trois voies de circulation embouteillées qui les séparaient de la prochaine sortie à droite. Est-ce que tout ça n'était pas un horrible cauchemar dont elle allait finir par se réveiller ? Peut-être que rien n'était réel…

Liam mit son clignotant, mais personne ne bougeait.

– Bordel, râla Georgia en tapant doucement ses mots fléchés contre son genou, l'un de ses écouteurs ramené à l'avant de son oreille alors qu'elle évaluait rapidement la situation actuelle. Je vais déposer une plainte auprès de la société de location quand tout sera derrière nous.

Liam fit un geste de la main pour attirer l'attention de la voiture à côté d'eux et lui demander de le laisser s'insérer. Le conducteur laissa un espace devant lui et Liam s'engagea dans la voie adjacente en le remerciant d'un geste de la main.

– Le guichet de location de l'aéroport était envahi de passagers, se souvint-il. On ne peut pas vraiment leur en vouloir d'avoir zappé le réservoir d'essence. Ils essayaient de contenter le plus grand nombre de personnes possible.

Il tenta de faire signe à la voiture qui se trouvait sur la voie juste à leur droite, mais en vain. Ils se trouvèrent pris dans le flot et dépassèrent la sortie. Aucune importance, car la sortie n'affichait aucun panneau indiquant la présence d'une station. Mais la visibilité était si réduite qu'ils n'auraient pas su reconnaître une bonne sortie avant de l'avoir empruntée.

Hannah sortit son téléphone et envoya un SMS à sa mère pour la tenir au courant. Tout à ses efforts pour réussir à sortir de l'aéroport, elle n'avait pas eu le temps de lui dire ce qui se passait. Hannah voulait d'abord discuter avec mamie, car elle savait qu'elle se sentirait plus à l'aise une fois qu'elle aurait pu déterminer par elle-même si sa grand-mère était capable de communiquer avec elle. Sa mère lui répondit immédiatement : *Fais aussi vite que tu peux, ma puce. Tu as appelé mamie ?*

Elle confirma à sa mère qu'elle avait échangé des messages avec sa grand-mère et lui avait promis de l'appeler au prochain arrêt, qui, d'après la jauge d'essence, n'était guère plus très loin.

Le numéro de la chambre d'hôpital de mamie s'afficha à l'écran, ainsi que la ligne directe de la chambre au cas où la batterie du téléphone portable de sa grand-mère serait épuisée, car, comme expliqua sa mère, « ça arrive parfois ». Hannah lui répéta qu'elle l'appellerait dès que possible.

Finalement, quelques bons Samaritains les laissèrent se frayer un chemin vers la droite, juste à temps pour repérer une sortie avec une station-service. Liam quitta l'autoroute et s'engagea sur la petite voie, au grand soulagement d'Hannah.

– Je vais prendre un café à l'intérieur, annonça Georgia en enroulant son écharpe autour de son cou avant d'attacher Jerry et de le blottir contre elle. Quelqu'un d'autre en veut un ?

– Non, merci, Georgia, répondit Hannah, reconnaissante.

– Merci, mais je vais y aller aussi, pour prendre quelques affaires pour le trajet, expliqua Liam. Et je dois envoyer quelques e-mails pendant qu'on est à l'arrêt.

Il se tourna vers Hannah.

– Tu es sûre que tu n'as besoin de rien ?

– Eh bien, s'ils ont des chocolats chauds, j'en prendrai bien un.

Elle fouilla dans son portefeuille et lui tendit quelques billets.

– C'est bon, c'est pour moi.

– Merci.

Elle replia les billets et les fourra dans son sac à main. Une fois seule, elle appela mamie, juste pour lui dire coucou et lui confirmer qu'elle discuterait plus longuement avec elle sous peu.

Au bout de deux sonneries, sa grand-mère décrocha.

– Allô ?

Du téléphone d'Hannah surgit une voix fragile et son cœur se serra. Ce n'était pas la voix pétillante habituelle qu'elle attendait.

– Bonjour, c'est Hannah.

Elle s'efforça de paraître heureuse malgré l'inquiétude qui la gagnait – sa grand-mère n'allait vraiment pas bien. Elle n'avait pas pu s'en rendre compte au fil de leurs textos, mais la voix de mamie ne manqua pas de lui révéler son état.

– Oh, ma chère Hannah, se requinqua mamie. C'est merveilleux d'entendre ta voix. Je me suis tellement ennuyée à rester assise dans ce lit toute la journée.

Certes, sa voix restait un peu éraillée, mais son intonation était rassurante.

– J'ai entendu dire qu'Ethan était venu te voir, enchaîna Hannah.

– Oh, Dieu du ciel, ce garçon.

Hannah s'esclaffa : l'amitié entre Ethan et mamie était vraiment peu commune.

Quand ils étaient petits, Ethan aurait fait n'importe quoi pour mamie, mais il adorait aussi la taquiner. Ce qu'il préférait, c'était quand elle entrait dans la pièce et qu'il était allongé sur son canapé, ses gros pieds bien larges dans ses pantoufles.

« Ôte-moi ça de tes pieds, lui disait-elle d'un ton sec.

– J'ai froid, se plaignait-il. Tu ne voudrais pas qu'un enfant innocent tombe malade, si ? »

Sa grand-mère roulait les yeux et lui arrachait les chaussons, en feignant une grimace pour ne pas laisser transparaître son amusement.

– Je n'avais pas vu ce garçon depuis des années. C'est gentil à lui d'être passé.

Hannah acquiesça, même si elle savait que personne ne le verrait. Une boule d'angoisse gonflait au creux de son ventre.

– Comment ça va, après ta rupture avec Miles ? Tu vas bien ? Tu es bien silencieuse.

– Je vais bien ! mentit-elle.

Elle ne voulait pas détourner l'attention de sa grand-mère, même si elle faisait déjà tous les efforts du monde pour ne pas se laisser émouvoir par la fragilité de sa voix. Elle devait rester forte pour elle.

Un soupir de satisfaction s'échappa au bout de la ligne.

– Je suis ravie de l'entendre, Hannah, mon adorable petite-fille.

– Parlons de toi. Comment tu te sens ?

– Je vais bien, je crois. Mais Hannah, j'ai besoin de ton aide.

Ses mots prirent soudain un ton désespéré.

– Tout ce que tu veux. Dis-moi ?

– Je parie que la boutique n'a pas été ouverte depuis au moins une semaine et que personne ne passe les commandes. Ne la laisse pas péricliter.

Hannah détestait l'idée que *Le Bouquet de Souvenirs* puisse faire faillite. Si son commerce mourait, mamie suivrait. Mais le lieu se détériorait malgré les efforts de sa grand-mère, et Hannah savait que celle-ci était bien trop âgée pour le tenir. Aucune dose d'amour ne pourrait le sauver à ce stade.

– Ta mère y est là, reprit mamie, mais elle a dit qu'elle ne restait pas parce qu'elle allait venir me voir à l'hôpital. Et si un client passe et que le magasin est dans le noir ?

– Je vais y passer dès que possible, la rassura Hannah. Il me faut un peu plus de temps pour rentrer à la maison à cause de la neige. Les vols sont cloués au sol, c'est pour ça que je prends une voiture. Mais dès que j'arrive, je fonce directement au magasin.

– Merci, souffla la vieille dame, manifestement soulagée.

– Mamie, comment vas-tu ? osa Hannah.

– Je vais mieux, répondit-elle rapidement, avant de ramener la conversation vers sa boutique, au grand dam d'Hannah. Steven, mon comptable, a besoin de connaître mon chiffre d'affaires de l'année dernière pour remplir les déclarations d'impôts. Il aime l'avoir avant la fin du mois de février. Tout est enregistré dans le système sous CA. Tu te souviens comment marche l'ordinateur ?

– Non, mais papa peut s'en occuper pour moi, dit-elle tandis que Liam ouvrait la portière.

Il se pencha et lui passa une tasse de chocolat chaud avant de refermer et de faire le tour du véhicule pour remplir le réservoir d'essence. Hannah lui adressa un sourire de remerciement par la fenêtre. Elle le suivit des yeux pendant une minute, les mains enroulées autour de la tasse pour se réchauffer, alors que sa grand-mère reprenait la parole.

– Et je parie que personne ne s'est occupé des géraniums le soir, poursuivit-elle, alors ils doivent être morts et gâcher complètement la vue. Regarde si tu peux trouver quelque chose à la pépinière de Nell pour les remplacer. Aussi, Confetti n'a probablement pas eu de lait ou de nourriture depuis plusieurs jours. Je suis terriblement inquiète pour elle.

Confetti était la chatte sauvage noir de jais avec laquelle sa grand-mère s'était liée d'amitié. Le matin, elle sortait toujours un bol d'eau fraîche pour les chiens qui venaient avec leurs maîtres, et du lait pour le félin. Parfois, la petite chatte suivait mamie depuis la boutique jusqu'à la maison.

Georgia revint vers la voiture et y grimpa avec Jerry, saluant Hannah d'un petit geste de la main avant de remettre le chien dans sa cage de transport et son casque sur ses oreilles.

– Et le gars que tu as engagé ? Il ne bosse plus pour toi ? Est-ce qu'il ne peut pas venir faire quelques heures sup ?

Elle fit sauter le couvercle de son gobelet pour en inspecter le contenu, et l'arôme riche de cacao dansa dans l'air. Une épaisse couche de marshmallows flottait à la surface, et elle ne put s'empêcher de sourire.

– Il est parti à l'université. Je suis la seule à travailler en ce moment, c'est pour ça que je n'ouvre que deux jours par semaine... J'attends une livraison demain. D'habitude, c'est vers dix heures. Quand est-ce que tu arrives ? S'il n'y a personne, il laissera les cartons sur le perron, et les fleurs vont geler par ce froid.

– Avec cette tempête, je ne sais pas du tout quand je vais pouvoir arriver, mamie, expliqua Hannah, prête à tout pour apaiser sa grand-mère. On fera tout ce qu'il faut pour toi. Je vais envoyer un message à maman pour qu'elle soit là pour la livraison. Toi, tu te reposes.

– Je ne veux pas me reposer ! s'emporta-t-elle, avant d'ajouter, frustrée : Et mon bailleur me fait encore des misères. Il menace de fermer la boutique et de prendre un nouveau locataire si je n'accepte pas la dernière augmentation de loyer, mais elle est astronomique...

Sa voix se brisa.

– Il n'est pas question que je laisse tomber, se ressaisit mamie. Je suis censée avoir un entretien téléphonique avec le directeur à ce sujet, et je suis coincée dans cet hôpital.

Je n'arrête pas d'appeler, mais personne ne répond. J'ai laissé pas mal de messages.

Mamie ne parlait pas beaucoup de ses problèmes. Elle préférait les affronter plutôt que d'en débattre sans fin, avait-elle dit une fois à Hannah. Mais elle avait fait part à sa petite-fille de ses désaccords avec le bailleur. L'entreprise, Mercer Properties, avait racheté l'immeuble quelques années auparavant aux anciens propriétaires et avait continué à augmenter les loyers, la mettant dans l'impossibilité de faire des bénéfices.

– Mamie, on s'occupe de tout. Mais si tu ne te reposes pas, tu n'iras pas mieux, lui dit gentiment Hannah.

Cette remarque sembla la calmer temporairement. Liam finit de faire le plein et démarra le moteur. Une vague de douceur déferla aussitôt des bouches d'aération, une chaleur bienvenue dans le froid glacial.

– Bon, mamie, je te rappelle bientôt, d'accord ? On est sur le point de reprendre la route.

– D'accord, mais juste une chose : ton papa et ta maman séjournent déjà chez moi. Quand tu arrives, s'ils ne sont pas là, le double des clés est toujours sous le paillasson, là où je le range d'habitude.

– Merci, mamie, dit-elle avec un sourire.

Sa grand-mère avait passé sa vie à s'occuper de tout le monde. Elle devait avoir bien du mal à supporter d'être alitée et impuissante, mais il était temps qu'elle se concentre sur elle-même. Hannah espérait juste parvenir à la convaincre. Elle avait hâte de la voir. Sa prochaine visite dans le Sud serait très certainement mémorable.

Chapitre 4

Ils roulaient déjà depuis quelques heures et avançaient bien. La circulation dense et la neige s'étaient estompées, même si la tempête avait laissé dans son sillage une épaisse couverture nuageuse grise qui semblait prête à exploser à tout moment et à faire tomber sur eux de nouvelles précipitations gelées. Les routes n'étaient pas beaucoup mieux non plus.

Hannah était restée silencieuse, sirotant son chocolat chaud, perdue dans ses pensées, tandis que Georgia bavardait de temps à autre depuis la banquette arrière.

– Alors, je t'ai entendu dire que tu venais de Charleston, Liam ? demanda Georgia en reprenant la parole.

– J'ai grandi juste à côté de Franklin, dans le même coin qu'Hannah, répondit-il, et son regard se posa sur elle, mais j'habite à Charleston depuis cinq ans.

Hannah et son amie Morgan avaient toutes deux eu le béguin pour Liam quand elles étaient plus jeunes. Mais il avait invité Morgan à sortir et non Hannah, et son amie était tombée amoureuse de lui. Hannah avait consolé son amie quand il lui avait brisé le cœur.

– Et toi, Hannah ? demanda Georgia en se penchant vers l'avant.

– Je vis à New York.

– Mmmm, murmura Georgia en se recalant au fond du fauteuil, la tête en arrière, en pleine réflexion. C'est drôle, tu as l'air très new-yorkaise avec tes vêtements chics et ta manucure super éclatante.

Hannah lui sourit en retour, mais sa remarque la fit un peu complexer. Au fil de ses jeunes années, Ethan lui avait toujours donné l'impression que c'était mal d'être glamour, mais une fois arrivée à New York, elle s'était parfaitement intégrée.

Georgia secoua la tête.

– C'est pas un peu fou de se dire qu'on ne se serait probablement jamais rencontrés sans cette tempête de neige ?

Elle croisa les bras avec un sourire satisfait.

– Tu vas à Franklin pour les vacances, Georgia ? demanda Hannah.

Elle ne se sentait pas encore totalement impliquée dans la conversation, mais avait besoin de se recentrer pour empêcher son esprit de rejouer le film de ce baiser à l'aéroport.

– Pas vraiment. Je vais rencontrer mes parents pour la première fois de ma vie.

La réponse de Georgia poussa Hannah à se retourner pour s'assurer qu'elle avait bien entendu. Georgia arborait un immense sourire.

– Mes parents biologiques, précisa-t-elle. J'ai été adoptée.

Liam lui jeta un rapide coup d'œil dans le rétroviseur, visiblement intéressé. Mais Hannah n'arrivait pas à saisir comment Georgia pouvait afficher une telle nonchalance tout en annonçant une telle nouvelle, comme si c'était une activité parfaitement banale.

Incapable de cacher son étonnement, Hannah demanda à Georgia :

– C'est donc la première fois que tu vas poser les yeux sur les deux personnes qui t'ont donné la vie ?

– Oui, l'agence d'adoption n'a pas pu me dire grand-chose, mais ils se souvenaient que mes parents étaient incroyablement jeunes lorsqu'ils m'ont eue, et qu'ils avaient cru ne pas pouvoir m'offrir la vie que je méritais.

– Quel geste si désintéressé et honorable, estima Hannah. Je n'imagine même pas ce que je ferais dans une telle situation. La décision serait incroyablement difficile.

– J'ai hâte de les voir, poursuivit Georgia. Je n'ai aucune rancune. Je veux juste savoir qui ils sont, tu vois ?

– Bien sûr.

La conversation retomba un peu et Georgia se lova au fond de la banquette, une main sur Jerry. Le chien avait fermé les yeux et s'était allongé sur ses genoux pour qu'elle puisse lui caresser le ventre.

– Et toi, Liam ? demanda Hannah. Combien de temps tu restes à Franklin ?

– J'ai des affaires en cours dans la région et j'aide ma mère à régler quelques détails concernant l'assurance. Mon père est décédé il y a six mois et on s'occupe de la succession… Je récupère mon héritage, conclut-il d'une voix posée.

Prise au dépourvu par cette triste nouvelle, Hannah le dévisagea, mais il semblait parfaitement impassible, comme s'il s'était entraîné à répéter ces mots.

– Je suis vraiment désolée.

Liam hocha la tête en guise de remerciement, mais il ne donna pas plus de détails. Il se concentra sur la route, laissant Hannah plonger dans ses pensées une fois de plus. Des journées très incertaines à traverser s'étiraient devant elle. Elle se laissa retomber contre l'appui-tête et ferma les yeux.

– Hannah ?

Une voix masculine lui parvenait de loin, mais ce n'était pas celle de Miles. Elle ne savait pas très bien où elle se trouvait.

– Hannah ? répéta la voix.

Une main chaude se posa sur son avant-bras, et elle se sentit en sécurité, comme si tout allait bien se passer.

Elle prit une grande inspiration en revenant pleinement à la réalité, ouvrit les yeux et s'aperçut qu'ils étaient garés quelque part. Liam lui faisait face, debout dans l'embrasure de la portière ouverte. Une rafale les balaya et elle prit soudain conscience de la température glaciale qui régnait.

– On s'est arrêtés pour dîner, expliqua-t-il.

Hannah réussit à dissiper les restes de sommeil qui embrumaient sa vision et se concentra sur son visage dans l'obscurité. Elle ne voyait pas ce qu'il y avait derrière lui. Le soleil avait complètement disparu.

– Georgia était affamée et il y avait un restaurant encore ouvert à cette sortie.

Il fit un pas sur le côté, révélant un minuscule bâtiment qui ressemblait à une sorte de croisement entre une taverne et une friperie. Son air hésitant suggérait qu'il partageait le scepticisme d'Hannah quant à ce choix.

– Georgia est à l'intérieur avec Jerry dans son sac, elle nous a trouvé une table.

Avec une pointe d'amusement en pensant au chien, Hannah glissa ses bras dans son manteau, qui avait glissé contre le dossier pendant le voyage, puis attrapa son sac à main.

– J'ai dormi combien de temps ? demanda-t-elle en se dirigeant vers le restaurant aux côtés de Liam.

– Environ trois heures.

– Vraiment ?

Elle comprit à ce moment à quel point la journée l'avait épuisée. C'était comme si un sac de briques lui était tombé dessus. Ses yeux réclamaient de retourner dormir, et la tristesse sourde de sa rupture et l'inquiétude pour mamie s'étaient posées sur elle comme une couverture lestée. Elle voulait juste se blottir quelque part et s'assoupir, pour ne se réveiller que lorsque tout irait mieux, mais elle savait qu'elle devait persévérer pour sa grand-mère.

Liam ouvrit la porte du restaurant et invita Hannah à entrer.

Les effluves de fritures l'assaillirent aussitôt, ainsi qu'une vague de chaleur irradiant de la vieille cheminée à bois au fond de la salle étroite. Une scène vide avec une guitare et un tabouret trônait à l'autre extrémité. À mesure qu'ils avançaient, l'odeur du chêne brûlé ramena Hannah aux nuits d'hiver qu'elle avait l'habitude de passer chez mamie.

Georgia leur fit un signe de la main depuis une minuscule table au milieu de la salle, en face du bar, son sac à main sur les genoux révélant une bosse inhabituellement grosse et mouvante. Elle posa les mains sur Jerry pour le calmer, et sa truffe brillante apparut. Lorsqu'ils atteignirent Georgia et Jerry, Hannah repoussa l'arrangement de table en fleurs de soie fanées sur le bord, à côté des salières et des poivrières, pour leur laisser plus de place.

Liam sortit une chaise pour Hannah.

– Merci, dit-elle en s'asseyant à côté de lui.

Georgia glissa un élastique de son poignet jusqu'à son chignon lâche tout juste refait en un geste expert, et quelques mèches d'un brun cuivré encadrèrent son visage.

– Bon, les gars, il se fait tard et il nous faut un plan. Est-ce qu'on fait tout le trajet d'un coup ou est-ce qu'on s'arrête pour la nuit ?

Une serveuse déposa trois gobelets en plastique remplis d'eau du robinet et une pile de menus sur la table à côté d'eux. Elle jeta un coup d'œil sur le sac de friandises pour chiens à côté de Georgia, mais décida de l'ignorer. Liam avait les yeux rivés sur son portable, occupé à rattraper ses messages en retard, et lorsqu'il tourna finalement son attention vers la serveuse, il remarqua enfin ce qu'Hannah était déjà en train d'assimiler : la femme, assez grande, l'air passablement désenchantée et aux boucles rondes retombant en paquets frisés sur chaque épaule, portait un sweat brodé des mots « Ouais, c'est ma vie ! » sur la poitrine.

Liam et Hannah échangèrent un petit regard, et Hannah se cacha derrière son menu pour ne pas pouffer – la tête qu'il avait faite en voyant le pull ! Ils devaient tous les deux être épuisés, car ils se retenaient de rire. Hannah détourna les yeux pour ne pas faire de scène, mais lorsqu'elle se retourna vers Liam, elle le surprit en train de la dévisager curieusement.

– Je reviens dans une minute pour vos commandes, annonça la serveuse. Je m'appelle Rose. Appelez-moi en cas de besoin, je serai derrière le bar.

Hannah passa en revue les entrées proposées : *onion rings* bien gras, frites sauce chili et au fromage fondu, *nachos* au jalapeño... Rien ne l'attirait, aussi releva-t-elle la tête.

– On en est où du voyage ?

Malgré l'atmosphère plus légère, elle avait encore mal à la tête à cause du stress, et un pincement à l'épaule l'empêchait de trouver une position confortable. Elle remua maladroitement pour mieux s'asseoir à cette petite table.

– Pas encore à la moitié, répondit Liam en déplaçant sa chaise dans l'allée pour laisser à Hannah plus de place entre le mur et lui. Il nous reste encore neuf heures de route, je ne nous vois clairement pas faire le reste d'un coup. Est-ce qu'on est tous d'accord pour passer la nuit quelque part ?

– Absolument partante pour trouver un hôtel, confirma Georgia, en ouvrant le sachet de biscuits pour chiens avant d'en glisser discrètement un dans son sac à main.

Même si Hannah voulait rejoindre sa grand-mère aussi vite que possible, elle avait besoin de prendre une douche chaude, d'ajouter plein de gel douche, de rester sous le jet d'eau jusqu'à ce que la chaleur l'imprègne jusqu'aux os, puis de se glisser dans le lit. Elle acquiesça.

– Moi aussi.

– Pendant qu'on mange, je vais voir si je peux réserver quelque chose à deux-trois heures d'ici, décida-t-il en tapotant l'écran de son téléphone. On sera à mi-chemin.

Hannah envoya un texto à sa mère pour lui dire où elle se trouvait et pour l'informer de la livraison de mamie demain à dix heures. Mais comme sa mère ne répondait pas, elle se mit à craindre que rien ne se passe comme prévu à la boutique. En ce moment, mamie n'avait vraiment pas besoin de payer un stock de fleurs qui resterait sur son perron et qu'elle ne pourrait pas vendre à cause du gel. Hannah posa son portable et se repencha sur le menu tandis que Liam consultait les hôtels.

La serveuse se matérialisa à côté de la table.

– Vous êtes tous prêts à commander ? demanda-t-elle, la pointe de son stylo plume en l'air au-dessus de son petit bloc-notes.

Hannah essaya de parcourir les plats rapidement, mais aucun ne lui faisait envie. Tout était frit et, compte tenu des événements de la journée, tout se tasserait comme un parpaing dans son estomac si elle essayait de manger quoi que ce soit.

– Je vais prendre juste la salade d'accompagnement, dit-elle, incapable de trouver une option convenable.

La serveuse l'observa bizarrement pendant une seconde avant de hausser les épaules avec indifférence et de noter la commande. Les lumières de la scène au fond du restaurant s'allumèrent et un homme installa un micro.

– Quelle vinaigrette ? On a sauce ranch, au bleu ou italienne.

Hannah réfléchit.

– La ranch, s'il vous plaît. Est-ce qu'il va chanter ? demanda-t-elle en désignant l'homme.

– Non, c'est le manager. Notre chanteur est en retard. Il ferait mieux de se dépêcher, sinon il va décevoir tous ses fans, dit-elle sèchement, en embrassant d'un geste du bras la salle presque vide.

Liam retrouva son air amusé, puis baissa la tête pour choisir son repas.

– Je vais prendre pareil, dit-il en offrant à Hannah un sourire de solidarité derrière son menu.

– Sauce ranch aussi ? lança la serveuse, sans se laisser impressionner.

– Ranch, c'est parfait.

Georgia tapota du doigt le menu sous l'une des entrées.

– Pour moi, ce sera le double cheeseburger, une portion de frites, les bâtonnets à la mozzarella avec leur sauce en entrée, et les petites pommes de terre farcies au bacon.

Elle referma le menu et le tendit à la serveuse.

Liam et Hannah la dévisagèrent. Comment Georgia pourrait-elle faire entrer autant de nourriture dans corps si menu ?

– Quoi ? dit Georgia, tandis que la femme récupérait les menus. Je suis affamée. Je vais partager mon entrée avec vous tous si vous voulez.

– Non, non, c'est bon, la rassura Hannah avec un sourire et un petit gloussement réprimé quand Liam croisa son regard.

Elle aimait bien ces œillades entre eux, et elle se rendit compte que c'était la première fois de la journée qu'elle s'amusait.

Le micro émit un son strident qui perça les oreilles d'Hannah, et son regard se porta sur la scène.

– Désolé, les amis, dit le manager, sa voix résonnant dans les amplificateurs. Notre chanteur de ce soir est... en retard. On essaie de lui trouver un remplaçant.

Une femme d'un certain âge, assise avec un petit groupe à une table derrière eux, gémit.

– Marty, trouve-moi de la musique, cria-t-elle au gérant.

Lorsque Hannah se retourna sur sa chaise pour voir la femme, celle-ci lui lança :

– C'est mon anniversaire.

Le gérant la remercia d'un signe de tête cordial, avant de se détourner, manifestement nerveux, son téléphone collé à l'oreille.

– Joyeux anniversaire, lui répondit Hannah.

– Merci, enchaîna la femme en prenant une grande inspiration. C'est le deuxième anniversaire que je fête depuis le décès de mon mari – il avait l'habitude de jouer ici, expliqua-t-elle en rapprochant sa chaise d'Hannah, son regard flottant une nouvelle fois vers la scène. Je sais que ce n'est pas très chic, mais c'est le seul endroit où on peut écouter un petit concert dans le coin, et ça m'aide à oublier qu'il est parti pendant un moment.

Ses yeux se mirent à briller et elle s'empara d'une serviette avant de se lever en s'excusant.

Hannah se tourna vers Liam et nota que la femme qui se dirigeait maintenant vers les toilettes avait attiré son attention à lui aussi. Le manager sur scène composa un autre numéro en soupirant.

– Je me sens très mal pour elle, avoua Hannah. J'aimerais bien pouvoir l'aider.

Liam acquiesça, pensif, et une légère ride se creusa entre ses yeux.

– Pourquoi tu ne monterais pas sur scène, comme tu le faisais aux feux de joie quand on était jeunes ? suggéra-t-elle dans un murmure. Tu es très doué.

– Oh… non, déclina-t-il en secouant la tête. Je ne joue plus. Je n'ai pas joué depuis des lustres.

Sa réponse la choqua.

– Comment c'est possible ? Tu as tellement de talent !

– J'étais un gamin, Hannah, dit-il doucement. J'ai grandi.

Il leva la tête vers la scène vide, le regard bien lointain. La femme assise à la table derrière eux revint et s'assit, quelques autres s'installèrent.

– Oh, allez, Liam, renchérit Georgia. Je suis curieuse. Je n'arrive pas à t'imaginer en train de chanter quoi que ce soit.

– Et pourquoi donc ? demanda-t-il, visiblement surpris par sa remarque, une lueur enjouée dans les yeux.

– Parce que… et avec tout le respect que je te dois, tu ressembles à un banquier.

Liam rejeta la tête en arrière et éclata de rire.

– Mais pas du tout !

– Tu ne pourrais pas être plus soigneusement coiffé même si tu y passais des heures. Ta coupe rivalise avec celle de Clark Kent, rétorqua Georgia. Et ce n'est pas la tenue d'une rock star, ça.

Liam baissa les yeux sur son jean.

– Ta coupe est très bien, réagit Hannah en prenant sa défense. Même si elle était un peu plus longue et sauvage quand tu étais jeune.

Liam se passa une main dans les cheveux.

– Je suis désolé, annonça le manager dans le micro. Je crains qu'il n'y ait pas de musique ce soir.

La femme derrière eux renifla.

– Essaie, Liam, insista Hannah. On s'en moque que tu sois rouillé ! Cette dame devrait avoir un peu de musique pour son anniversaire.

Il fixa la guitare abandonnée sur la scène.

– Juste une ou deux chansons, l'exhorta-t-elle.

Il secoua la tête, incrédule.

– Je n'arrive pas à croire que je me laisse convaincre par toi, souffla-t-il avec un petit rire en se débarrassant de son manteau, avant de repousser sa chaise et de se lever.

Hannah se fendit d'un immense sourire et frappa dans ses mains.

– Clark Kent va nous sauver, plaisanta Georgia.

– Tu ne l'as pas encore entendu jouer. Peut-être qu'il va nous surprendre et se transformer en Superman, répliqua Hannah.

Liam ne réagit pas à ces mots et se dirigea vers le gérant de l'établissement. Après une brève conversation, il grimpa sur scène, prit la guitare et s'installa sur le tabouret. Il régla la hauteur du micro, en approcha sa bouche et prit la parole :

– Hum, retentit sa voix dans la salle, suivie d'un petit raclement de gorge. J'ai entendu dire que le musicien prévu ce soir n'avait pas pu venir, alors je vais le remplacer. J'espère que ça ne vous dérangera pas.

La salle resta silencieuse.

Liam gratta les cordes pour accorder l'instrument, un peu mal à l'aise. Il tentait clairement de retrouver ses marques. Il avait l'air si différent du jeune homme qui avait joué pour elle toutes ces années auparavant. Hannah se souvint des soirs passés à l'arrière du camion d'Ethan dans le champ où ils se réunissaient quand ils étaient ados, ses pieds nus se balançant au-dessus des herbes folles. À la tombée de la nuit, les garçons conduisaient tous leurs camions et ouvraient les hayons pour que les filles puissent s'asseoir. Et quand Liam arrivait, toutes les filles le regardaient. Il était comme entouré d'un champ magnétique partout où il allait, une charge électrique qui poussait tout le monde à lui prêter attention. Elle se rappelait encore cette nuit en particulier, quand il s'était assis à l'arrière de son camion pour jouer de la guitare. Il l'avait regardée droit dans les yeux en chantant, et elle avait détourné les yeux, mais un frisson inédit l'avait traversée. Elle avait espéré qu'il viendrait lui parler, mais en vain.

– C'est l'anniversaire de quelqu'un ce soir, reprit Liam depuis la scène alors que Rose posait leurs salades sur la table. Alors on ne peut pas la laisser rentrer chez elle sans une chanson ou deux.

Il adressa un clin d'œil amical à la femme.

Hannah se leva et rapprocha sa chaise de la scène. La femme l'imita et s'installa juste à côté d'Hannah.

– Je m'appelle Daphne, se présenta-t-elle en lui tendant la main.

Hannah la serra et lui donna son prénom. Daphne leva le menton vers Liam.

– Il est bon ?

– Oh oui. Je crois qu'il va vous surprendre… et peut-être se surprendre lui-même.

Liam se mit à gratter les cordes, les notes prirent forme et dessinèrent une mélodie. Il fredonna dans le micro pour prendre ses marques.

– C'est une chanson que j'ai écrite moi-même, annonça-t-il.

Puis il se lança dans une vieille chanson qu'il avait l'habitude de jouer tout le temps. Elle parlait des chances qui risquaient de nous échapper si nous ne les saisissions pas. Hannah s'en souvenait très bien. En dernière année, elle s'était perdue dans ces paroles, mourant d'envie de quitter cette ville et se promettant de ne jamais laisser passer la moindre chance.

– Il est doué ! s'exclama Daphne.

– Oui, absolument, confirma Hannah. Toujours aussi talentueux.

Une fois le rythme trouvé, les doigts de Liam dansèrent sans effort, comme lorsqu'ils étaient jeunes. Sa voix était plus retenue qu'autrefois, et il était plus calme, mais l'ado était toujours là, quelque part. Pendant qu'il jouait, Hannah ferma les yeux juste une seconde et sentit presque le vent estival du sud sur son visage. Lorsqu'elle les rouvrit, le regard de Liam était posé sur elle comme il l'avait été tant d'années plus tôt, mais cette fois-ci, elle ne détourna pas les yeux. Au contraire, elle lui sourit, et ce moment partagé la soulagea de tout ce qu'elle allait devoir affronter une fois de retour à la maison.

Chapitre 5

– Je n'arrive toujours pas à croire que tu saches chanter comme ça !

Georgia hissa le sac contenant Jerry sur son épaule, laissant la boîte de transport dans la voiture, les yeux levés vers l'imposant hôtel. Ils avaient repris la route après le dîner et, quelques heures plus tard, s'étaient arrêtés pour la nuit en Virginie du Nord.

– Ça faisait longtemps, répondit Liam.

Pour le plus grand plaisir de Daphne, Liam avait fini par jouer environ cinq chansons. Elle lui avait confié que c'était le meilleur anniversaire qu'elle avait eu depuis des années.

– Quand as-tu arrêté de jouer ? demanda Hannah.

– Eh bien, je ne me souviens pas du jour exact où je n'ai pas pris ma guitare, répondit-il en coupant le moteur. J'ai joué un peu à l'université, mais après avoir obtenu mon diplôme, j'ai été bien occupé à trouver un emploi, puis me marier et avoir un enfant… Et avant même de m'en rendre compte, des années étaient passées sans que je joue la moindre note, et je n'avais plus l'impression que c'était pour moi.

Hannah acquiesça tout en réfléchissant à sa réponse. Elle savait ce que c'était que de ne plus être à sa place.

Ils descendirent de voiture, et tandis qu'il sortait leurs sacs du coffre, elle s'interrogea sur sa femme et sur la vie qu'il s'était construite. Apprendre que Liam était un père de famille avait changé la dynamique entre eux.

Le premier hôtel qu'ils avaient réussi à trouver à proximité était un magnifique établissement, tout étincelant, avec un bar sur le toit et une entrée qui rivalisait avec le Taj Mahal.

Comme il accueillait une réception de mariage dont les invités semblaient occuper la majeure partie du bâtiment, il ne restait que deux chambres, et Hannah et Georgia avaient accepté d'en partager une tandis que Liam prenait l'autre.

À son expression, Hannah comprit que Georgia n'était pas habituée à ce genre d'hébergement somptueux, mais heureusement, Hannah avait accumulé des points de fidélité pour cette chaîne-là en accompagnant à plusieurs reprises Miles lors de ses divers voyages d'affaires. Elle mettait toujours les chambres à son nom parce qu'il se moquait bien des points, alors ce soir, une des deux chambres était gratuite, et tous les trois se mirent d'accord pour partager le coût de l'autre.

– Ils ont dit qu'il y avait des peignoirs et des pantoufles dans toutes les chambres ? demanda Georgia à Hannah, les yeux écarquillés, en glissant sa carte magnétique sur le capteur lumineux de l'ascenseur, tout en repositionnant Jerry dans son sac.

Les portes s'ouvrirent aussitôt et Georgia s'y engouffra à grands pas.

– Je vais prendre un long bain chaud, me blottir dans mon peignoir et regarder la télévision avec Jerry sur mes genoux jusqu'à ce que je m'évanouisse. Le hamburger que j'ai mangé tout à l'heure m'a vraiment épuisée, annonça-t-elle dans un bâillement.

Hannah ressentait tout le contraire. Elle était affamée parce qu'elle n'avait mangé qu'une maigre salade au restaurant, et son rythme de sommeil normal était chamboulé depuis plusieurs heures, si bien qu'elle était désormais en pleine forme.

– On dirait que le bar du rez-de-chaussée est encore ouvert. Je pense que je vais voir si je peux grignoter un truc, et ensuite je monterai.

Elle se sentait sale et avait envie de prendre une douche pour se débarrasser des horribles événements de la journée, mais sa faim était plus forte. Leurs sacs avaient déjà été directement montés dans la chambre, alors dès qu'elle aurait fini de manger, elle filerait sous un jet d'eau chaude, enfilerait un pyjama propre et s'enfoncerait sous la couette dans les bras de Morphée.

– Je mangerais bien un morceau aussi, réagit Liam.

Hannah était ravie que quelqu'un l'accompagne afin de la distraire de toutes ses pensées. Ainsi, elle ne serait pas tentée de ressasser tout ce qui s'était passé à l'aéroport.

– Oh, super. On pourra prendre une table ensemble.

Il resta interdit et Hannah sentit ses joues s'empourprer. Elle se rendit alors compte qu'il n'avait peut-être pas voulu l'inviter. Un homme marié n'était peut-être pas disposé à dîner tard avec une autre femme, quelle que soit la situation. Hannah se reprocha silencieusement de ne pas avoir réfléchi avant de parler. Il était vraiment tard, et il voulait probablement juste prendre un plat à emporter dans sa chambre. Sa proposition avait été complètement innocente, mais maintenant, la gêne s'installait entre eux.

Sans la moindre idée du malaise naissant, Georgia bloquait du bout du pied les portes de l'ascenseur, qui émirent un signal sonore pour l'avertir qu'elles étaient ouvertes depuis trop longtemps.

– On devrait échanger nos numéros au cas où on aurait besoin de communiquer, suggéra Georgia, qui tapotait déjà sur l'écran de son téléphone, ignorant les bips incessants.

Ils sortirent tous leur portable et entrèrent les numéros des deux autres.

– Je serai probablement déjà couchée quand vous monterez, alors on se voit demain matin ! Quand tu rentres, dis bien « Bonjour, Jerry » pour qu'il n'aboie pas. Allez, salut ! lança Georgia tandis que les portes se refermaient, laissant Liam et Hannah dans le hall d'entrée.

Un peu nerveuse à l'idée de dîner avec Liam alors que celui-ci n'avait peut-être pas du tout souhaité passer ce moment avec elle, Hannah suivit Liam jusqu'à l'hôtesse du restaurant.

– Nous fermons dans dix minutes, s'excusa la femme. Mais le bar sur le toit est ouvert jusqu'à vingt-trois heures. Ils ont aussi une cuisine. Et le service d'étage est disponible jusqu'à deux heures du matin.

– On peut aussi faire appel au service d'étage, proposa Hannah, heureuse de trouver une échappatoire à sa bévue.

– Non, c'est bien comme ça, répondit Liam, à sa grande surprise.

Il essayait probablement d'arrondir les angles, alors qu'en réalité, il avait juste envie de se retirer dans une pièce sombre, de manger et de s'endormir pour la nuit.

– On va aller au bar sur le toit, ajouta-t-il.

Elle jeta un coup d'œil à l'affiche promotionnelle dans l'entrée pour la soirée spéciale du mois de la Saint-Valentin. Hannah n'était pas du tout habillée pour une soirée dans un bar chic de ce genre. L'image sur le panneau était glamour, et Hannah portait encore le jean, le pull et les talons compensés qu'elle avait choisis pour prendre l'avion. Elle ne s'était pas recoiffée une seule fois de la journée, et elle était presque certaine que son maquillage avait depuis longtemps déserté sa peau.

Liam semblait lui aussi soupeser les exigences vestimentaires sous-entendues par le panneau.

– Je suis partant pour une vue dégagée sur l'horizon et quelques regards perplexes si toi aussi. Je suis affamé.

Sans autre option, Hannah haussa les épaules.

– Si tu le dis, sourit-elle.

Cela faisait deux fois que, dans les circonstances les plus étranges, il réussissait à lui arracher un sourire au milieu de sa terrible journée. Il était si calme et mystérieux, si éloigné du jeune garçon qu'elle avait connu. Elle se demanda qui était vraiment Liam McGuire dans sa vie de tous les jours. Peut-être qu'il lui parlerait un peu de sa famille et de lui au cours du dîner. Alors qu'elle y réfléchissait, une question lui vint à l'esprit : qui était-elle dans sa vie de tous les jours ? Elle n'était plus vraiment sûre de la réponse, tant elle s'était laissé absorber par son travail et par Miles. Son anniversaire, cette étape si importante à ses yeux, se profilait dans quelques heures à peine. Elle se devait de répondre le plus tôt possible à cette question.

Chapitre 6

– Je dois avouer que je n'arrive pas à croire que je rentre finalement chez moi en voiture avec quelqu'un que je connais, lança Hannah par-dessus la table éclairée aux chandelles collée à un mur de verre surplombant la ligne d'horizon de la Virginie du Nord. Je veux dire, les chances étaient sacrément minces !

Elle contempla la bougie ornée d'un anneau de cœurs perlés et le plateau de sushis qu'ils avaient maladroitement choisi en entrée lorsqu'ils avaient compris que ça faisait partie du menu léger de la Saint-Valentin, la seule offre disponible à cette heure tardive. Elle était un peu gênée de partager ce plat avec le mari d'une autre, dans une telle ambiance.

Liam prit un sushi du bout de ses baguettes dans l'assiette pour deux personnes.

– Ça m'a fait bizarre de te croiser après toutes ces années.

– Pareil. On ne s'était pas revus depuis que tu étais sorti avec Morgan Pete, c'est ça ?

Liam acquiesça, songeur.

– Morgan était dévastée quand tu as rompu, tu sais, lui confia Hannah avec un clin d'œil.

Elle se souvenait toujours des longues discussions qu'elle avait eues avec son amie pour tenter de l'aider à surmonter sa séparation, avec Morgan qui sanglotait et jurait qu'elle ne retrouverait jamais quelqu'un d'aussi génial que lui.

– Je me suis senti terriblement mal. C'était un malentendu qui a dégénéré.

– Quel malentendu ?

– Rien, rien. Aucune importance aujourd'hui.

– Tu peux toujours me le dire, insista-t-elle, sa curiosité piquée.

Les lèvres du jeune homme se figèrent en une moue tandis qu'il décidait clairement de ce qu'il allait dire.

– J'étais attiré par quelqu'un d'autre, et je n'ai pas eu le cœur de le dire à Morgan…

– Oh, dit Hannah. Pourquoi ne lui en as-tu pas parlé plus tôt ? Vous êtes sortis ensemble quoi, six mois si je me souviens bien ?

Il s'éclaircit la voix, ses baguettes en l'air.

– J'espérais toujours revoir son amie.

– Son amie ? répéta-t-elle avant de comprendre. Non ! Moi ?

– Ouaip.

Ils partagèrent un petit rire. Elle se sentait mal d'avoir insisté, mais tant d'années s'étaient écoulées, et il avait dit lui-même que ça n'avait plus d'importance aujourd'hui. Pour autant, une petite partie d'elle se demandait ce qui se serait passé s'il avait dit quelque chose.

Hannah se souvenait de sa gentillesse lors du soir du feu de joie pendant lequel Morgan et elle l'avaient rencontré. Il lui avait prêté une serviette de plage à mettre autour de ses épaules une fois le soleil couché. Morgan et Liam avaient discuté toute la nuit, mais il souriait à Hannah dès qu'il croisait son regard.

– Tu ne m'as pas parlé. Tu as parlé à Morgan à la place.

– Tu me rendais nerveux.

Hannah avala une gorgée de son verre en repensant à ces jours d'insouciance.

– Alors le type à l'aéroport..., reprit Liam en changeant de sujet. C'était ton petit ami depuis... très longtemps ?

Ses mots étaient prudents, s'échappant doucement de ses lèvres comme s'il ne voulait pas la blesser avec sa question, alors qu'un terrain d'entente se formait entre eux.

– « Était » est sans aucun doute le mot-clé, admit Hannah.

Elle secoua la tête et, du bout des lèvres, reprit une longue gorgée de cocktail, ignorant la peur qui l'envahissait, comme si elle venait de se rendre compte qu'elle avait oublié son sac à main dans un taxi.

– Miles et moi, on était ensemble depuis deux ans. On devait faire un truc ensemble pour mon anniversaire. C'est pour ça que j'ai réservé le voyage...

Liam pencha soudain la tête sur le côté.

– C'est quand ton anniversaire ?

– Demain.

– Demain ?

Elle hocha la tête.

Pendant quelques instants, Liam balaya le bar des yeux, impuissant.

– J'aurais aimé le savoir. J'aurais pris un autre cœur de chocolats de la Saint-Valentin à l'aéroport, au moins... Tu veux le dernier sushi ? proposa-t-il en poussant l'assiette vers elle. C'est tout ce que j'ai.

Hannah s'esclaffa.

– Tu sais, quand j'étais petite, ma mère préparait toujours des biscuits en forme de cœur avec des roses roses en glaçage qu'on avait le droit de manger tout au long de la semaine précédant mon anniversaire. Et quand j'étais vraiment toute gamine, je croyais que toutes les confiseries de la Saint-Valentin dans les magasins au mois de février, c'était pour célébrer en avance mon anniversaire. Maman ne m'a jamais contredite.

– Ta mère sera avec toi à Franklin ?

Il lui fit à nouveau signe de prendre le dernier sushi.

Hannah acquiesça, l'attrapa et le porta à sa bouche avant de déglutir.

– Mon père et elle sont là-bas. Ils ont pris leur retraite en Floride, mais ils viennent de revenir pour aider ma grand-mère. Ma mère m'a appelée pour m'annoncer la nouvelle alors que j'allais faire une surprise à Miles.

Elle but une gorgée de son cocktail – une concoction rose à base de rhum et de triple sec que la serveuse l'avait convaincue de choisir, puisqu'il faisait partie du menu léger et que l'hôtel n'en proposait qu'en février de chaque année. L'alcool la détendait et elle s'ouvrait un peu plus que plus tôt dans la voiture.

– Je suis vraiment inquiète pour mamie, avoua-t-elle. Maman avait l'air paniquée quand je lui ai parlé, et elle n'est jamais comme ça. Elle est toujours d'un calme olympien.

– Je suis désolé pour ta grand-mère.

– Je ne peux pas la perdre.

Quand elle pleurait, une ligne se formait entre ses yeux. Elle s'évertuait donc à l'empêcher de se creuser. Liam semblait manifestement touché par sa confidence, comme si un détail le tracassait. Mais ce regard disparut avant qu'elle n'ait pu le comprendre. Il ne semblait manifestement pas vouloir en parler avec elle.

– J'essaie de me répéter que ça ne sert à rien de me mettre dans tous mes états tant que je ne sais pas exactement ce qui se passe, poursuivit-elle en tentant de se convaincre que tout irait bien. Mais elle avait l'air si fragile quand je lui ai parlé...

Le silence s'installa entre eux, tandis qu'ils sirotaient leur boisson, et l'esprit d'Hannah continuait à tourner à cent à l'heure.

– C'est assez fou que Miles se soit trouvé sur votre vol, reprit-elle, débordante de pensées. C'est comme si tous les événements s'étaient alignés et que l'univers avait su où je devais véritablement aller.

Liam la dévisagea pensivement.

– Alors peut-être que l'univers a fait en sorte que Georgia et moi soyons sur ce vol pour te ramener à la maison.

Elle aimait l'idée que le cosmos lui envoie des gens pour la protéger.

– C'est étrange comme des faits qui semblent tenir du hasard complet se révèlent être exactement ce dont nous avons besoin, non ?

Il réagit comme si ce commentaire avait éveillé quelque chose en lui.

– Oui, admit-il en prenant sa bouteille de bière pour en boire une gorgée.

Il s'adossa à sa chaise, les épaules plus détendues qu'auparavant, la bouteille entre ses doigts.

La sonnerie de son téléphone vint troubler ce moment. Il le sortit de sa poche et regarda l'écran.

– Je suis vraiment désolé, dit-il en se levant et en reposant sa bière sur la table, mais ça t'embête si je réponds rapidement ?

– Pas du tout, le rassura Hannah.

Il porta le téléphone à son oreille et s'éloigna, la laissant seule à leur table. Elle contempla les gens qui discutaient autour du bar, et se rappela l'époque où Miles et elle avaient l'habitude de rester dehors tard comme ça. Elle ne se rendait compte que maintenant qu'ils n'avaient rien fait d'amusant ensemble depuis fort longtemps.

Il se faisait tard et la cuisine allait bientôt fermer. Même si elle adorait dîner dans ce magnifique hôtel avec vue sur la ville en contrebas, il fallait aller dormir s'ils voulaient se lever tôt le lendemain matin. Elle fit signe à la serveuse de lui apporter l'addition, même si elle était encore affamée.

La serveuse posa sur la table la pochette en cuir et Hannah y glissa sa carte de crédit.

En attendant le retour de Liam, elle décida de réécrire à sa mère pour lui indiquer qu'elle arriverait en ville vers la fin de l'après-midi. Mais il était déjà si tard qu'elle n'eut aucune réponse à son message. Hannah posa son téléphone sur ses genoux et sirota son cocktail.

– Désolé, s'excusa Liam en revenant à leur table.

Il glissa son portable dans sa poche arrière et s'assit.

– Tout va bien ?

– Oui, oui, je crois, dit-il en se calant au fond de son siège et en reprenant sa bière. Ma mère est elle aussi victime du chaos aéroportuaire : son vol a été retardé et il est surbooké. Si elle renonce à son siège, la compagnie aérienne lui offre un hébergement et un vol gratuits. Elle avait pris quelques jours pour se détendre sur la côte, et elle vient de m'annoncer qu'elle allait rester à la plage un jour ou deux de plus.

Quelque chose avait changé dans son expression, qu'Hannah n'arrivait pas à cerner. Comme s'il se débattait avec un dilemme.

– Au moins, tu peux prendre ton temps pour faire le trajet, tenta-t-elle, à la recherche d'un point positif.

– C'est vrai, sauf que sa maison est fermée à clé et que ma clé est dans mon bagage en soute…

– Oh non.

– On dirait bien que je vais devoir retourner à l'hôtel.

La serveuse revint avec le reçu pour leurs boissons et leur entrée, et Hannah reprit sa carte et la glissa dans son portefeuille.

– Tu as payé ?

– Il se faisait si tard que je me suis dit qu'on devrait se dépêcher.

– J'avais prévu de t'inviter. C'est ton anniversaire. Enfin, presque.

– C'était juste une entrée et deux boissons.

– Laisse-moi t'offrir à dîner alors. Je sais que tu dois avoir encore faim – on n'a presque rien mangé. Je vais te le faire envoyer dans ta chambre.

– Tu n'as pas à faire ça, je t'assure.

– Je n'accepterai aucun refus. Retournons dans nos chambres et tu pourras m'envoyer ce que tu veux par texto.

– D'accord, dit Hannah.

Elle aurait préféré que le repas dure encore, afin d'éviter de retourner dans sa chambre silencieuse où elle s'assiérait pour réfléchir à son avenir incertain.

– Alors, quel genre d'affaires tu faisais à Chicago exactement ? Tu as parlé d'une propriété ? demanda-t-elle en finissant son verre, pour meubler la conversation.

– Il y a un immeuble que ma société est en train d'acheter là-bas. Il occupe presque un pâté de maisons entier. C'est le plus gros investissement qu'on ait jamais fait depuis que le frère de ma femme et moi avons monté la boîte, et il faudra utiliser tout l'héritage de mon père. Mais ça en vaudra la peine, car les revenus qui en découleront dépasseront tout ce qu'on a connu jusqu'à présent.

– Ça a l'air génial. Tu as l'air très sûr de toi.

– J'en suis absolument certain. C'est un investissement incroyable.

Pourtant, il détourna les yeux vers l'horizon pendant un moment, de toute évidence taraudé par un détail.

– Ma mère, en revanche, n'est pas très favorable à ce que j'utilise mon argent pour ça.

– Et pourquoi ?

– Elle pense que je devrais investir dans un projet personnel, comme un terrain où je pourrais prendre ma retraite. J'ai pourtant essayé de lui dire que si on arrive à avoir ce bâtiment, les revenus qu'on en tirera me permettront clairement de prendre ma retraite…

– Je comprends son point de vue.

Cette réaction le laissa interdit. Il reporta toute son attention sur elle et croisa son regard.

– J'ai travaillé très dur ces dix dernières années, et je ne possède rien qui le prouve, expliqua Hannah. Peut-être qu'elle veut que tu ailles droit au but et que tu évites les pièges potentiels, pour t'assurer que tu auras un endroit où te fabriquer des souvenirs.

Il se cala tranquillement au fond de son siège, pensif.

– Oui, mais un bout de terrain ne me fabriquera pas plus de souvenirs que cette acquisition, non ?

– Tu as raison, concéda-t-elle en acceptant sa manière de voir les choses. Réussir sa vie, ça n'a rien à voir avec les biens qu'on possède, c'est certain. Ça dépend des gens dont on s'entoure.

Il soutint son regard.

– Exactement.

– Depuis que j'ai vu Miles à l'aéroport, je suis un peu tiraillée, avoua-t-elle.

– Comment ça ?

– Je suis heureuse d'avoir suivi mes rêves, je ne suis pas hantée par des « et si… », mais dernièrement, je donnerais tout pour avoir une famille qui m'attende à la maison. Tu as beaucoup de chance.

Soudain, il réagit comme si elle venait de lui jeter un seau d'eau au visage. Mais elle se recula et il baissa les yeux sur la table.

– Je n'ai pas de chance particulière, dit-il avec un sourire triste. Je ne suis plus marié... Père célibataire.

– Oh, souffla-t-elle, stupéfaite. Je suis désolée.

Elle dut bien admettre qu'elle était soulagée.

Il secoua la tête.

– Pas de souci. La vie nous joue parfois de sales tours, et malheureusement on ne peut pas toujours les éviter.

– Je comprends parfaitement.

Ils laissèrent un silence confortable s'installer, tous deux plongés dans leurs propres contemplations. Elle n'avait jamais partagé ses sentiments avec Miles, mais avec Liam, elle avait l'impression de pouvoir parler de tout si facilement.

Hannah se tourna vers l'horizon et réorienta la conversation.

– Au milieu du cataclysme qu'on vient de traverser, aurais-tu pu seulement imaginer que tu serais ici ce soir, à contempler cette belle ville enneigée ?

Les traits de Liam s'adoucirent et il sembla réceptif à son point de vue. Il leva sa bière pour trinquer.

– Aux surprises, dit-il en faisant tinter sa bouteille contre son verre presque vide.

– Aux surprises, répéta-t-elle.

Puis, une idée lui vint à l'esprit, il consulta sa montre et leva les yeux vers Hannah.

– Je reviens tout de suite !

Il repoussa brusquement sa chaise et posa sa serviette en tissu sur la table. Il s'éloigna à grands pas dans la foule massée près du bar.

Hannah se contorsionna pour tenter de le repérer parmi tous ces gens. Elle distingua ce qu'elle pensait être sa manche tandis qu'il parlait au barman et lui tendait sa carte de crédit. Elle se retourna et fit face à son assiette vide, et le chaos de la journée pesa de nouveau sur ses épaules.

Les yeux rivés sur les minuscules lumières des bureaux dans les gratte-ciel, elle ne pouvait s'empêcher de penser à tous ceux dont la vie se déroulait exactement comme la sienne jusqu'à présent – un essaim d'abeilles ouvrières avec leurs échéances et leurs emplois du temps chargés. Elle se rendit compte à quel point son monde s'était peu à peu vidé.

Liam revint, une boîte à emporter en carton marron attachée avec de la ficelle à la main, et quelque chose serré dans sa paume.

– Je sais qu'il est tard, mais...

Il écarta l'assiette de sushis et s'assit, avant de déposer la boîte au centre de la table.

– Qu'est-ce que c'est ?

Il l'ouvrit, révélant une grosse part de gâteau à la vanille à trois étages, avec un glaçage à la crème et des spirales de chocolat noir, couchée sur le côté. Liam desserra son poing : une bougie et une boîte d'allumettes.

– Plus que quelques minutes avant minuit, expliqua-t-il. Et ton anniversaire.

Hannah fixa la boîte de dessert, sans voix. Elle plongea son regard dans ses yeux verts.

– Merci, dit-elle du fond du cœur.

– C'était le moins que je puisse faire. Tu veux faire un vœu ? demanda-t-il en fichant la bougie dans le gâteau avant de l'allumer.

Elle chercha en elle les mots justes pour formuler son souhait, et sut aussitôt que, même si elle espérait bien des choses pour elle, elle voulait avant tout que mamie aille mieux. Mais au moment de formuler son vœu dans son esprit, elle pria pour bien plus encore – elle pria pour les souvenirs encore à fabriquer, et pour une vie qui lui permettrait de passer plus de temps avec sa grand-mère. Elle se sentait soudain rattrapée par toutes ces années passées à New York.

Elle souffla sur la petite flamme.

– Quelle surprise à la fois inattendue et merveilleuse, lui dit-elle.

Liam la dévisagea longuement.

– Je suis tout à fait d'accord.

Chapitre 7

Hannah était assise dans la quasi-obscurité de sa chambre d'hôtel, à la petite table du coin repas, à côté de la boîte de gâteau d'anniversaire. Elle avait hâte de recevoir son dîner, et son ventre gargouillait alors que Georgia et Jerry dormaient. Liam lui avait envoyé un message pour lui confirmer qu'il avait passé la commande – il n'y avait donc plus qu'à attendre.

Finalement, on frappa doucement, et Jerry sortit la tête de sous la couette. Georgia se retourna dans le lit, mais reprit une respiration profonde dans son sommeil. Hannah sortit dans le couloir pour ne pas déranger sa colocataire et tendit quelques billets à l'employé du service d'étage.

– Merci beaucoup, chuchota Hannah.

L'homme hocha la tête et retourna vers l'ascenseur à l'autre bout du couloir. Hannah retira le dôme argenté qui recouvrait son assiette pour jeter un coup d'œil au plat, et son estomac se noua tellement elle avait faim. Un double hamburger et des frites ? Ce n'était pas ce qu'elle avait commandé. Oh non. Serait-ce la commande de Liam ? Dans ce cas, Liam pourrait avoir récupéré son poulet, ses légumes et ses pommes de terre au four. Elle se tourna vers la porte, mais celle-ci s'était refermée derrière elle. Avant qu'elle ne puisse même paniquer, Liam sortit la tête de sa chambre un peu plus loin.

– J'ai ton assiette si tu as la mienne, lança-t-il à voix basse.

– Oh, super. Mais je viens de m'enfermer à l'extérieur de ma chambre. Tu peux garder mon dîner pendant que je vais chercher une clé à la réception ? demanda-t-elle, tout en scrutant la moquette bordeaux à motifs sous ses pieds nus, et se demandant si elle ne pourrait pas simplement s'asseoir en tailleur et manger sur place.

Elle était affamée.

– Tu peux venir dîner avec moi ici.

– Tu es sûr ?

Elle ne voulait surtout pas s'imposer.

– Bien sûr… On peut laisser la porte ouverte si ça te rassure.

– Non, non, je te fais confiance.

Elle emporta le plat sous cloche quelques portes plus loin dans le couloir jusqu'à la chambre de Liam. Comme il l'avait proposé, il bloqua la porte avec le butoir, même si elle n'en avait pas besoin. Elle s'assit à sa table.

– Voilà, dit Liam en échangeant leurs assiettes.

Ils avaient passé la journée ensemble dans la voiture pendant tout le voyage vers la Virginie et la soirée au restaurant sur le toit, mais ici, dans sa chambre, tout semblait plus intime, ce qui la rendit aussitôt moins volubile. Quelqu'un dans le couloir passa devant la chambre et jeta un coup d'œil à l'intérieur.

– Tu peux fermer la porte, lui dit-elle. Je sais que tu ne vas pas voler mes pommes de terre… ou quoi que ce soit d'autre.

Il esquissa un petit sourire.

– Tu me fais drôlement confiance.

– Eh bien, j'ai zieuté tes frites quand elles ont été apportées à ma chambre. J'en ai peut-être même volé une…

– Je ne te crois pas, gloussa-t-il, ce qui lui procura un frisson de bonheur inattendu.

– Je resterai muette à jamais, plaisanta-t-elle.

Elle prenait plaisir à leur badinage. Elle se leva et ferma la porte, les plongeant dans le silence et la solitude.

– J'ai l'impression d'être debout depuis quarante-huit heures, avoua-t-elle en plantant sa fourchette dans une fleurette de brocoli. La journée a été très longue.

– C'est vrai, puisqu'on dîne après minuit. Ces jours-ci, je m'écroule au lit plutôt vers vingt-deux heures.

– Moi aussi.

– Joyeux anniversaire, lui souhaita-t-il, radieux.

– Merci.

Sa réponse n'était pas une simple formule de politesse. Liam était comme une lumière tranquille dans l'obscurité, la seule lueur positive dans un océan de choses qui allaient mal.

– Ton gâteau est resté dans ta chambre, remarqua-t-il.

– Oui, il va falloir que j'attende demain matin pour le goûter.

– Au moins, tu as pu faire ton vœu. J'espère qu'il se réalisera pour toi.

– Merci.

Un silence léger retomba, seulement dérangé par les bruits du repas, et ils se contentèrent d'échanger quelques banalités. Elle avait envie de discuter encore, mais sa fatigue l'empêchait même de réfléchir correctement.

– Merci de m'avoir laissée manger avec toi, dit-elle à la fin du repas. Je vais devoir aller réveiller Georgia maintenant.

– Pas de problème, répondit-il en se levant pour la raccompagner à la porte. Je te souhaite une bonne nuit. À demain matin.

Il resta dans l'embrasure et la regarda s'éloigner dans le couloir.

Hannah se rendit jusqu'à sa porte et frappa, mais en vain. Elle recommença et attendit, ses paupières lourdes de sommeil, et terriblement mal à l'idée que Liam reste là à attendre qu'elle rentre enfin dans sa chambre. Il devait être aussi épuisé qu'elle. Elle n'avait même plus envie de prendre une douche. Elle voulait juste s'écrouler dans son lit et fermer les yeux. Elle frappa de nouveau, cette fois aussi fort que possible. Jerry aboya une fois, mais personne n'ouvrit. Elle ne voulait pas le faire aboyer davantage, sinon ils se feraient tous jeter dehors pour avoir fait entrer un animal…

– Pas de réponse ? lança Liam.

Elle revint vers lui.

– Non, lâcha-t-elle d'une voix tremblant d'épuisement. Je vais peut-être aller à la réception et récupérer un double.

– Il est déjà presque une heure du matin. Il y a deux lits dans ma chambre. Tu peux dormir avec moi si tu veux. Ça ne pose aucun souci.

C'était absolument gênant.

– On va dormir, renchérit-il, comme s'il percevait ses doutes. Aucun de nous ne saura où il se trouve dans deux minutes.

– C'est vrai, dit-elle.

Il ouvrit la porte pour la laisser entrer, et elle revint dans sa chambre.

– Tu peux te préparer dans la salle de bains, et j'ai un T-shirt et un short en plus dans mon sac de toilette, je peux te les prêter. Je garde toujours quelques vêtements dans mon bagage à main au cas où ma valise n'arriverait pas à destination. On dirait que j'ai plutôt bien fait cette fois-ci.

Avant qu'elle ne puisse dire quoi que ce soit, il se dirigea vers son sac et en sortit un T-shirt gris et un short de course bleu marine, qu'il lui tendit.

– Ils sont propres.

– Merci, lança-t-elle depuis le seuil de la salle de bains.

Alors qu'elle entrait pour se changer, il se dirigea vers le lit et tira les couvertures pour elle. Les draps blancs impeccables lui tendaient les bras.

Lorsque Hannah revint dans la chambre, Liam était allongé sur le côté, dos à elle. Elle grimpa dans son propre lit et éteignit la petite lampe qu'il avait laissée allumée pour elle, et elle se trouva plongée dans l'obscurité jusqu'à ce que ses yeux s'y adaptent. Hannah était allongée là, les couvertures remontées, les bras tendus par-dessus, soudain tout à fait éveillée. Elle affûta son ouïe pour percevoir la respiration de Liam, s'efforçant de faire abstraction du ronronnement du chauffage, mais ne distingua pas de respiration profonde.

Elle avait beaucoup aimé cette soirée avec Liam. Elle se rappela le regard qu'il portait sur elle lorsqu'il l'écoutait. C'était unique chez lui, et à son avis, il ne s'en rendait même pas compte. C'était comme s'il étudiait quelque chose qu'il appréciait vraiment.

Hannah inspira profondément et tenta de se détendre. Elle commença par ses orteils, se concentra sur la relaxation de ses muscles, puis ses jambes, et enfin…

Elle poussa un cri, repoussa soudain les couvertures et bondit hors du lit.

– Qu'est-ce qu'il y a ? s'exclama Liam en allumant sa lampe de chevet et s'extirpant de ses couvertures, les yeux plissés pour s'adapter à la luminosité.

Son regard glissa sur les jambes nues d'Hannah dans son short et remonta jusqu'à son T-shirt, et ses lèvres esquissèrent une moue qui trahissait un soupçon d'intérêt.

– Je suis vraiment désolée. Je crois que j'ai senti une araignée, expliqua-t-elle en tremblant. C'est juré. Elle a rampé sur mon tibia.

Elle souleva le drap et le secoua pour tenter de la trouver.

Liam s'approcha et alors qu'il se penchait pour regarder derrière elle, elle sentit ses petites pattes.

– Elle est sur mon bras ! cria-t-elle.

Elle recula et trébucha contre lui, ce qui lui arracha un rire.

– C'était ma main, la rassura-t-il. J'essayais juste de te contourner.

Il se dirigea vers le côté du lit et souleva les draps, puis secoua chaque couverture.

– Je ne la vois pas. Je suppose que tu l'as fait fuir.

Il vérifia à nouveau chaque épaisseur de tissu, en lui montrant bien chaque étape.

Hannah reprit son souffle. Elle détestait les araignées. Mais bon, apparemment, la chose avait disparu. C'était peut-être un fil qui s'était détaché ou quelque chose comme ça.

– Merci. Encore désolée.

– T'inquiète.

Il éteignit la lumière et ils retournèrent tous les deux dans leurs lits respectifs.

Maintenant qu'elle était agitée, elle devait tenter de se calmer et de se détendre. Elle regarda l'horloge numérique sur la commode : 1 h 45. *Outch.* Elle se reconcentra sur ses muscles pour se vider l'esprit. Puis, sans crier gare, elle la sentit à nouveau. Cette fois, sur son épaule. Paniquée, elle se leva en trombe. Liam gloussa de nouveau de son côté de la chambre.

– Je ne peux pas m'en empêcher, souffla-t-elle dans l'obscurité. Il y a un truc qui rampe dans mon lit. Je ne plaisante pas.

Elle se passa les mains sur les yeux.

– Il se fait tard. Je veux juste dormir, et je sais que toi aussi. Je me sens vraiment super mal.

– Si ça ne t'embête pas de partager, tu peux prendre l'autre moitié de mon lit. Je n'ai pas senti la moindre créature ici.

Je vais me tourner vers la fenêtre. Et il faudra en toucher un mot à la réception demain matin, pour qu'ils préviennent le service d'entretien.

Hannah n'avait pas franchement l'habitude de grimper dans le lit d'autrui, mais là, c'était une urgence. Elle refusait catégoriquement de dormir avec une araignée. Et elle était enfermée hors de sa propre chambre. Il n'y avait donc qu'une seule solution : accepter l'offre de Liam. Elle se glissa sous les couvertures et sentit la chaleur de son corps à côté d'elle. Sa peau picota, la moindre terminaison nerveuse en alerte, tandis qu'il était là, allongé sur le côté, dos à elle.

Peu de temps après, il s'assoupit, roula sur le dos, si bien que leurs bras et leurs jambes se touchaient presque. Hannah sentit ses doigts se poser sur les siens, et elle repensa aussitôt à la douceur de son contact lorsqu'il lui avait frotté le bras pour la réveiller dans la voiture. Elle essaya de se souvenir de la dernière fois où Miles s'était retourné dans leur lit pour l'embrasser, mais en vain. Plus elle y réfléchissait, plus ce vide s'étirait jusqu'à ce qu'elle comprenne qu'elle se sentait seule depuis très longtemps. Des larmes lui montèrent aux yeux, et sa tête déjà douloureuse se mit à pulser. Une goutte s'échappa du coin de l'œil et coula sur sa tempe. Elle essaya de ne plus penser à rien, mais c'était mission impossible.

Elle passa la demi-heure suivante à tenter de se détendre et, enfin, la torpeur la gagna, puis ses membres se firent lourds. Sa respiration ralentit jusqu'à un rythme régulier et elle commença à lâcher prise. Elle rouvrit les yeux lorsque Liam bougea dans son sommeil, passa un bras autour d'elle et blottit son visage dans son cou. Elle tourna la tête pour essayer de voir ses traits dans l'obscurité, l'odeur légèrement épicée de son savon si délicieusement attirante. Elle resta allongée là, immobile, à peine capable de calmer les battements de son cœur, sans la moindre idée de comment réagir. Si elle tentait de le repousser, elle risquait de le réveiller.

Elle se tortilla légèrement, mais il l'attira plus près de lui et pencha la tête vers elle, jusqu'à ce que leurs lèvres se rencontrent. Un baiser doux et tendre, et étrangement parfait. Ses épaules se détendirent juste au moment où il ouvrit les yeux et prit conscience de la situation. Il sursauta. Il craignait manifestement qu'elle ne pense qu'il profitait d'elle. Elle lui décocha un sourire dans la faible lumière de la pièce pour lui faire comprendre qu'elle savait qu'il n'en était rien. Ils se fixèrent dans les yeux, pendant ce qui sembla durer une éternité et un bref instant en même temps, avant qu'il ne déglutisse difficilement et que son visage ne se referme.

– Je suis vraiment désolé, dit-il, essoufflé.

– Pas de souci, lui assura-t-elle. C'était... agréable.

– Dormons un peu, dit-il en se retournant.

Son intonation lui fit comprendre gentiment que ce baiser avait été une erreur manifeste, mais elle était désormais incapable de l'oublier.

Les yeux rivés sur le plafond grisé par l'obscurité, elle tenta de penser à autre chose, mais c'était bien ce qui lui était arrivé de mieux et de plus surprenant de toute la journée.

La présence de Liam la rassurait, c'était indéniable. Elle se sentait étrangement bien et à sa place avec lui à ses côtés.

Chapitre 8

Liam remua très légèrement, et Hannah prit aussitôt conscience de la lumière qui filtrait par la fenêtre et de la proximité de son corps contre le sien. Son bras l'entourait de nouveau et la réchauffait comme un cocon, son visage blotti tout contre le sien. Elle n'avait pas remarqué quand il l'avait étreinte cette fois-ci, mais son câlin la rendait heureuse.

Il ouvrit lentement les yeux, et tous les deux observèrent la scène à travers des yeux brouillés, en manque de sommeil. Elle voulait voir comment Liam réagirait à la lumière du petit matin. Il garda un moment son regard endormi posé sur elle, empreint d'une vulnérabilité qui lui coupa le souffle. Puis il se détacha délicatement d'elle et se redressa, tandis que chaque muscle de son corps lui criait de rester contre elle.

Il passa les doigts dans ses cheveux ébouriffés et se tourna vers elle.

– Bonjour, dit-il doucement.

Il la balaya des yeux comme s'il voulait s'abreuver de la vue, mais se retenait.

– Bonjour.

Elle eut du mal à se détourner de cette version plus authentique de lui. Elle l'aimait clairement beaucoup.

Jusqu'à présent, il avait été si mesuré et sérieux, d'un pragmatisme presque professionnel. Elle lisait dans ses yeux un fardeau caché, et elle avait le sentiment que s'il décidait un jour d'écrire ses pensées, les pages se compteraient par milliers avant qu'il n'ait terminé. Mais ce matin, il semblait différent. Tout ce tourment avait disparu, et il n'y avait que lui, le type qui s'était moqué de sa peur ridicule des araignées, qui lui avait ouvert son lit, qui l'avait prise dans ses bras et embrassée la nuit dernière...

Hannah rejeta les couvertures sur ses jambes et retapa son oreiller avant de sortir du lit. Elle sentait qu'elle devait se concentrer sur autre chose que Liam pour éviter de divulguer ce qu'elle ressentait chaque fois qu'elle le regardait.

– Café ? demanda-t-il en attrapant une tasse de l'hôtel avec deux doigts et en chargeant la cafetière compacte de la chambre.

Elle s'approcha de lui et le surprit en train de la reluquer du coin de l'œil avant de reporter rapidement son attention sur la machine.

– Oui, merci, répondit-elle en parcourant la sélection de crèmes et de sucres miniatures.

– Désolé de ne pas t'avoir laissé beaucoup de place pour dormir, s'excusa-t-il en préparant son café avec soin. Mais d'un autre côté, l'araignée a probablement dormi comme une reine.

Il lui tendit une tasse fumante.

Elle rit à sa plaisanterie, soudain à l'aise.

– Ça ne m'a pas embêtée, répondit-elle en l'observant pardessus sa tasse, les yeux mi-clos.

– Tu n'aimes vraiment pas les araignées. Il faudra que je m'en souvienne...

À ces mots, il sembla soudain se ressaisir. Tous deux réfléchirent aux implications de sa déclaration. Aurait-il envie de la revoir après cette journée ? Elle, oui, très clairement, car elle appréciait vraiment le temps passé ensemble.

– Joyeux anniversaire ! lança Georgia dans l'embrasure de la porte, alors qu'Hannah se tenait dans le couloir devant leur chambre.

D'un regard, elle scruta la tenue trop grande de Liam qu'Hannah portait encore, s'attarda sur le tas de vêtements d'Hannah entre ses mains, et baissa la tête jusqu'à ses pieds nus.

– J'en connais une qui passe un très bon anniversaire.

Georgia rentra les lèvres en une moue étonnée, les yeux ronds comme des soucoupes, et s'écarta pour laisser Hannah entrer dans leur chambre. Elle prit Jerry dans ses bras et suivit Hannah jusqu'à son lit, parfaitement intact.

– Ce n'est pas ce que tu crois, expliqua Hannah en jetant sa pile de vêtements sur les couvertures et en se détournant de Georgia, le rouge aux joues. Je me suis retrouvée enfermée dehors après le dîner, et il était si tard...

Elle bâilla, trop en manque de repos pour se sentir en forme, malgré sa dose de caféine matinale. Ses yeux brûlaient du besoin de les fermer, mais chaque fois qu'elle cédait, la sensation du baiser de Liam l'envahissait.

– Liam m'a proposé de dormir dans sa chambre.

– Voyez-vous ça, répliqua Georgia avec le même sourire que le Chat fou d'*Alice au pays des merveilles*.

Hannah refusa de croiser son regard, de peur que ses joues empourprées ne la trahissent complètement. Elle poussa son tas de vêtements et posa sa valise sur le lit, puis en ouvrit la fermeture éclair.

– Il ne s'est rien passé..., commença-t-elle avant de se figer et de changer de sujet. Oh non !

Devant cet étalage de robes d'été et de débardeurs qu'elle avait emportés pour la Barbade ensoleillée, elle se demanda ce qu'elle allait bien pouvoir trouver d'assez chaud à mettre dans cette tempête de neige de février.

– Eh bien, c'est nul, souffla Georgia par-dessus son épaule, debout en peignoir de l'hôtel.

– Je sais…, répondit Hannah en se mordant la lèvre tout en réfléchissant à ses options. J'avais tout préparé pour la Barbade.

– Pas les vêtements, votre petite soirée pyjama, objecta Georgia en passant la tête dans le champ de vision d'Hannah. Vu comment il t'a regardée pendant tout le voyage, j'aurais cru qu'il tenterait au moins sa chance.

Puis elle se recula, comme pour mieux l'observer.

– À moins qu'il n'ait tenté sa chance et que tu n'aies pas mordu à l'hameçon.

Incrédule, Hannah gloussa. Pour autant, elle avait du mal à croire que Liam n'avait pas éprouvé la même alchimie qu'elle, et si elle était honnête avec elle-même, elle ne serait pas terriblement étonnée si les suppositions de Georgia s'avéraient exactes.

– Il s'est endormi en quelques secondes. Et de quoi tu parles ? Il ne m'a pas du tout regardée comme ça.

– Quand tu ouvres la bouche, il t'étudie comme si tu étais un nouveau sujet intéressant à l'université.

– Pas du tout, contesta Hannah en secouant la tête.

Mais une fois dans la salle de bains et sous la douche, elle ne put nier l'élan de bonheur qu'elle avait ressenti à la suite des propos de Georgia. Elle sortit pour récupérer son shampoing et son après-shampoing, et passa devant une Georgia souriante en retournant dans la salle de bains.

Après sa douche, Hannah consulta ses e-mails : sa boîte de réception était pleine à craquer. Après avoir répondu à tout le monde au travail, Georgia et elle se séparèrent. Georgia sortit pour promener Jerry et prendre un café, tandis qu'Hannah descendit au rez-de-chaussée de l'hôtel pour tenter de dénicher des vêtements plus chauds dans la boutique de cadeaux.

– Salut, lui lança Liam affectueusement à l'entrée de la boutique.

Il était rasé de près et portait la même tenue que la veille.

– Salut, l'imita Hannah, un sweat-shirt sur lequel on pouvait lire « La vie est belle en Virginie » à la main.

– Tu as aussi besoin de vêtements ?

– Eh oui. Sauf si j'ai envie de me mettre en maillot de bain et paréo. J'ai fait mes valises pour des vacances à la plage.

Il gloussa et passa la main derrière elle pour attraper un autre sweat-shirt.

– Au moins, tu as trouvé quelque chose, plaisanta-t-il. Je devrais faire payer la compagnie aérienne pour ça.

Il brandit le pull pour qu'Hannah puisse en lire le message : « Amour gratuit par ici ». Hannah s'esclaffa et l'employée tourna la tête vers elle.

– Quoi, ce n'est pas une couleur qui me va ?

– L'orange ne va à personne, répondit-elle en riant toujours.

Elle aimait bien son petit côté comique, qui lui rappelait davantage le garçon qu'elle avait connu bien des années plus tôt. Peut-être que le temps passé ensemble la veille au soir l'avait un peu détendu.

Liam réfléchit encore une fois à son choix.

– Mais on pourrait être assortis, suggéra-t-il en attrapant un autre sweat orange quelques tailles en dessous, sur lequel on lisait : « Beurre-moi la biscotte ».

– Jamais de la vie, lâcha-t-elle en fermant les yeux d'un air malicieux.

Elle prit une écharpe vert et jaune et la passa autour de son cou.

– Magnifique ! jugea-t-il avant de lui poser le bonnet coordonné sur la tête. C'est parfait. Et ça irait très bien avec ça.

Il lui tendit un sweat-shirt blanc avec la devise de l'État – « La Virginie : l'État des amoureux » – en caractères d'imprimerie noirs, l'État dessiné en dessous en vert et une fermeture éclair qui le traversait de haut en bas. Son regard s'attarda sur elle suffisamment longtemps pour qu'elle ressente le besoin de retirer son bonnet ridicule et de retrouver un peu de sérieux. Soudain, le portable de Liam sonna et éclata leur bulle.

– C'est ma mère, s'excusa-t-il en lui adressant un rapide coup d'œil avant de reposer le sweat-shirt et de sortir de la boutique.

Après avoir payé et enfilé le sweat à capuche plus chaud qu'elle avait acheté, Hannah s'assit à côté de ses valises sur un banc dans le hall de l'hôtel, et attendit Liam et Georgia. Liam était toujours au téléphone au bout du couloir, et il n'avait pas remarqué qu'elle était là. Quant à Georgia, elle n'était pas encore rentrée, si bien qu'Hannah envoya un message à sa mère pour prendre des nouvelles de sa grand-mère.

Une longue série de mots remplit son écran : *Je ne suis pas encore allée la voir aujourd'hui. Je suis allée à sa boutique. J'ai passé toute la soirée à éplucher les comptes pour envoyer le bilan, et elle dilapide complètement son argent. C'est pire que ce que ton père et moi pensions. J'ai encore essayé de contacter le bailleur, mais je n'ai eu aucune réponse.*

Personne ne semble obtenir de réponse de ce bailleur. Hannah répondit aussitôt : *Mamie a la tête sur les épaules. Elle doit comprendre qu'il est temps de prendre sa retraite.* Sa mère répliqua : *Je crains qu'avec son état de santé, elle ne soit « obligée » de prendre sa retraite. Sans compter que, si elle ne le fait pas, ton père et moi n'aurons pas un sou en héritage.*

Hannah tapa un autre message : *Je devrais être à la maison ce soir et on pourra discuter de tout ça.*

Sa mère conclut alors : *D'accord, chérie. Sois prudente et à ce soir.*

Hannah laissa tomber son téléphone dans son sac, et lorsqu'elle leva les yeux, Liam s'était installé sur un autre banc juste à côté d'elle, son téléphone à la main sur haut-parleur tandis qu'il tapait frénétiquement sur son ordinateur portable. Il était tellement absorbé qu'il n'avait même pas remarqué qu'elle était juste là.

Hannah récupéra son téléphone et consulta ses réseaux sociaux en attendant qu'il termine son appel, s'évertuant à ne pas écouter, mais c'était difficile, car le son portait dans la vaste entrée vide.

– Tu as pensé à aller voir quelqu'un ? demanda une femme.

– Ce n'est pas nécessaire, maman, répondit Liam, les yeux rivés sur l'écran de son ordinateur, pianotant à toute allure sur le clavier. Je vais bien.

– Tu crois que tu vas bien, mais je te dis tout de suite que Noah ne va clairement pas bien, et toi non plus. Tu ne peux pas abandonner ton fils.

Abandonner son fils ? Hannah tourna discrètement les yeux vers Liam, dont les doigts s'étaient figés au-dessus des touches. Il fixait toujours son écran, mais de toute évidence, il n'était plus du tout concentré sur la tâche devant lui.

Comme il ne répondait pas, la voix de sa mère résonna de nouveau.

– Il te connaît à peine, Liam.

Liam posa son ordinateur portable sur le banc, coupa le haut-parleur et porta le téléphone à son oreille. Il se leva et reprit la parole assez doucement pour qu'Hannah ne puisse pas entendre ce qu'il disait. Elle se replongea dans ses réseaux sociaux, sans vraiment s'y intéresser. Elle réfléchissait plutôt à tout ce qui avait changé entre l'époque où elle avait connu Liam et aujourd'hui.

L'homme avec qui elle avait passé toute la journée de la veille, à côté de qui elle s'était réveillée ce matin même – cet homme ne semblait pas du genre à abandonner un enfant…

– Joyeux anniversaire ! lui lança Liam en la rejoignant soudain. J'aurais dû le souhaiter plus tôt.

Hannah se leva pour l'accueillir. Elle avait tant de questions, mais elle savait qu'elle ne pouvait en poser aucune.

– Merci.

Un très léger sourire se dessina sur ses lèvres, comme s'il essayait de le réprimer. Son regard glissa sur le nouveau sweat-shirt « La Virginie : l'État des amoureux » d'Hannah et une lueur amusée anima son regard.

– Tu as suivi mon conseil.

– Oui, merci, répondit-elle en enfilant son manteau par-dessus le sweat-shirt.

Il lui adressa enfin un large sourire sincère.

Georgia s'approcha d'Hannah en traînant les pieds, tout excitée, bien emmitouflée, un gobelet de café en papier dans une main, sa valise de l'autre. Jerry sortait la tête de son sac.

– Comment vous allez ? demanda-t-elle.

– Très bien, répondit Liam.

Après la conversation qu'elle venait de surprendre, Hannah savait que c'était un mensonge.

– Comment va la star de la journée ? demanda Georgia. On devrait faire un truc sympa pour le petit déjeuner pour fêter ça !

– Oh non, c'est inutile, vraiment.

Hannah ne voulait pas accaparer leur temps, mais Georgia avait déjà repris la parole.

– On pourrait s'arrêter dans un bon restaurant au lieu de se contenter d'un repas sur le pouce, proposa-t-elle. Qu'en penses-tu, Hannah ?

– Vous n'êtes vraiment pas obligés d'en faire toute une…

Liam inclina la tête sur le côté et l'étudia. Ses traits trahissaient un certain intérêt pour sa réaction prudente inédite.

– C'est ton anniversaire. C'est la grande étape des trente-cinq ans, non ? Ça n'arrive qu'une fois.

– D'accord, céda-t-elle en espérant qu'ainsi, il ne s'interrogerait pas sur son changement d'attitude.

Elle n'avait pas imaginé qu'il s'en apercevrait.

Hannah ne voulait vraiment pas faire durer ce trajet plus que nécessaire. Elle n'avait qu'une envie : arriver chez sa grand-mère le plus vite possible. Mais apparemment, elle était en infériorité numérique.

L'endroit le plus proche ouvert pour le brunch était *Dos Pablitos*, un restaurant mexicain situé à un pâté de maisons de l'hôtel. Hannah se fraya un chemin dans la foule entre Liam et Georgia qui suivaient l'hôtesse jusqu'à leur table.

À peine assis sur la banquette, Liam se releva.

– Attendez une seconde. Je reviens tout de suite.

Pendant son absence, un serveur arriva et leur offrit des chips et de la sauce salsa, puis des menus. Hannah leva la tête et aperçut Liam à l'autre bout du restaurant, lorgnant un énorme sombrero accroché sous une pancarte disant « *Feliz cumpleaños* », ce qui, d'après ce qu'Hannah se souvenait de ses cours d'espagnol de troisième, se traduisait par « Joyeux anniversaire ». Il agita la main pour attirer l'attention de l'hôtesse.

Elle hocha la tête et Liam souleva le grand chapeau du mur et l'apporta à la table. Il se rassit à côté d'Hannah et le posa sur sa tête.

– C'est mieux, décida-t-il en prenant son menu.

– Ça te va très bien, ajouta Georgia en riant.

Hannah saisit l'énorme rebord et l'ajusta sur ses cheveux.

– Oui, très seyant, confirma Liam, et les commissures de ses lèvres frémirent d'amusement.

– Ah ! C'est votre anniversaire ? demanda le serveur en s'approchant, et un sourire radieux laissa apparaître des dents d'une blancheur éclatante.

– Oui, admit Hannah, gênée par le regard de quelques clients.

– Et vous avez combien d'années d'ancienneté ? poursuivit-il avec une syntaxe approximative.

Elle releva le devant de son sombrero pour mieux le voir.

– Trente-cinq ans.

– Trente-cinq ! cria-t-il bien trop fort.

Soudain, deux types armés de maracas arrivèrent près de la table en dansant, tous les serveurs s'alignèrent derrière eux et tous se mirent à chanter :

« *Feliz cumpleaños a ti*
Pour nous c'est évident
Une si jolie jeune fille
N'a pas plus de vingt ans !
Cha-cha-cha ! »

Ils les acclamèrent tous tandis que les deux hommes devant secouaient leurs maracas et que quelques autres personnes dans le restaurant applaudissaient.

Quand ils s'éloignèrent, Hannah constata que Liam l'observait affectueusement.

– Tes joues me rappellent la carrosserie d'un camion de pompiers.

– C'est le truc le plus cool que j'aie jamais vu, réagit Georgia.

Elle prit une chips et la trempa dans la salsa. Puis elle désigna subtilement Liam du regard, comme pour dire à Hannah : « T'as vu comment il te regarde ? »

Le téléphone de Liam se mit soudain à sonner.

– Oh, lâcha-t-il, son visage traversé par une émotion indéchiffrable. Ça vous dérange si je prends cet appel vidéo ? C'est mon fils, Noah.

Avant qu'Hannah n'ait pu réfléchir à la question, il avait décroché, et le visage d'un adorable garçonnet remplissait l'écran. Il avait des taches de rousseur et des cheveux foncés, la même bouche sérieuse que son père, et son visage si innocent l'hypnotisa.

– Coucou, papa, le salua-t-il timidement. Grand-maman a dit que je devrais t'appeler.

– Coucou, Noah, je suis content de te voir.

La légèreté tranquille dont Liam venait de faire preuve avec le sombrero l'avait rapidement déserté en répondant à cet appel. Ses épaules semblaient tendues, son visage tourmenté. Ce n'était pas la réaction habituelle d'un père qui n'avait pas vu son fils depuis des jours. Ni entrain ni jovialité – il était sur ses gardes.

– Je m'amuse bien avec grand-maman, raconta Noah, la voix aiguë comme celle d'un angelot. On a joué ensemble sur la plage.

– Ça a l'air sympa.

Noah acquiesça. Hannah perçut dans les traits du petit garçon la même tristesse sous-jacente qu'elle avait parfois remarquée chez Liam, ce qui piqua sa curiosité.

– C'est qui la dame avec le grand chapeau ? entendit-elle Noah demander, et Liam se rapprocha d'elle, le téléphone à la main.

Elle se rappela alors qu'elle portait toujours le sombrero.

– Elle est drôle ! s'écria Noah en pouffant.

– C'est Hannah. Elle a bien voulu m'accompagner pendant le trajet de retour, car je ne peux pas prendre l'avion. Et voici Georgia, les présenta-t-il en tournant l'écran pour permettre à Noah de voir Georgia. Ce sont mes nouvelles amies.

– Est-ce que je vais les rencontrer ?

– Peut-être, répondit-il avec diplomatie.

Ces mots amenèrent Hannah à envisager la possibilité qu'au bout de ce voyage, ils allaient tous repartir chacun de leur côté.

– Tu veux bien ? insista Noah. J'ai envie de rencontrer Hannah, je voudrais voir son chapeau.

– Tu aimes ce chapeau ? intervint Hannah en se penchant vers l'écran.

Elle attrapa une chips de maïs qu'elle recouvrit d'une cuillerée de salsa, et la porta à sa bouche. Son humeur s'était nettement améliorée depuis qu'elle avait vu le visage du petit garçon.

– Je voudrais le porter moi aussi. Tu me laisserais le porter ?

– J'aimerais beaucoup, mais je l'ai emprunté à ce restaurant. C'est mon anniversaire aujourd'hui et c'est le chapeau réservé aux clients qui fêtent leur anniversaire.

– Tu vas manger du gâteau ? lança Noah.

– J'en ai déjà mangé tout à l'heure !

Les yeux de Noah s'arrondirent, il avait l'air ravi de cette nouvelle.

– C'était quoi comme gâteau ?

– Avec de la vanille à l'intérieur et du chocolat à l'extérieur. C'est ton papa qui me l'a offert.

Le serveur s'arrêta à leur table pour leur apporter de l'eau et Georgia lui demanda encore une minute avant de prendre les commandes.

– Papa, tu m'achèteras un gâteau un jour ? demanda Noah.

– Bien sûr, lui assura Liam en inclinant le téléphone vers lui pour que Noah puisse le voir.

– Quel genre de gâteau tu as eu pour ton dernier anniversaire, tu t'en souviens ? demanda Hannah en faisant la conversation. C'était facile de discuter avec le fils de Liam. Il avait l'air tout simplement adorable.

– Il était tout blanc avec un glaçage blanc par-dessus, s'enthousiasma-t-il. Et il y avait des ballons avec mon nom dessus ! J'adore les ballons…

– Ça a l'air d'être un chouette gâteau. C'est toi qui l'as choisi ? Ou c'est ton père ?

– Papa ne m'achète pas de gâteau. C'est Elise.

– Qui est Elise ?

– Ma nounou.

– Oh. Et c'est elle qui a choisi ton gâteau ?

– Oui, elle trouve toujours de super trucs.

– On dirait bien !

– J'en ai mangé deux parts entières à ma fête d'anniversaire !

Hannah éclata de rire.

– Et ton père, il en a mangé combien ?

Elle sourit à Liam, mais il avait l'air inquiet, renfermé.

– Il n'a pas mangé de gâteau, répondit Noah. Je suis déjà couché quand il arrête de travailler.

– Hé, fiston, on va te laisser, d'accord ? lança Liam. Je serai chez grand-maman pour te récupérer quand tu rentreras de la plage.

– D'accord, répondit Noah, manifestement plus hésitant qu'excité à cette perspective.

– À bientôt.

– Au revoir, papa.

Hannah se rendit compte que lorsqu'ils avaient parlé de louer la voiture à l'aéroport, Liam avait expliqué devoir aller à Franklin pour un projet de financement immobilier et pour récupérer son héritage. Est-ce qu'un parent n'aurait pas d'abord dit qu'il venait chercher son fils ? Ce genre d'objectif devait bien passer avant l'argent, non ?

Peut-être devrait-elle plutôt se concentrer sur sa propre vie plutôt que sur celle des autres, songea-t-elle.

De retour en voiture, Hannah alternait entre faire semblant de lire le roman qu'elle avait prévu pour la plage et fermer les yeux pour les soulager. La fatigue l'emporta et peu après le début de la deuxième partie du périple, elle s'assoupit. À son réveil, elle constata qu'ils avaient parcouru plus de la moitié de la distance qui les séparait ce matin encore de Franklin.

– Je suis vraiment désolée, dit-elle à Liam. J'étais complètement épuisée après la journée d'hier et je me suis endormie. Je pensais qu'on allait conduire à tour de rôle.

Elle rangea dans son sac le livre qu'elle avait posé sur ses genoux, mais qu'elle n'avait même pas commencé.

Liam se gara sur une aire de repos en bordure d'autoroute.

– Tu avais l'air de dormir bien trop profondément, je ne voulais pas te déranger.

Il coupa le moteur et se retourna. Georgia sommeillait aussi sur la banquette arrière, son casque sur les oreilles et ses mots croisés sur les genoux.

– T'es sacrément bien entouré, souffla Hannah pour tenter de détendre l'atmosphère.

Liam sourit.

– On l'enferme et on emmène Jerry faire une petite balade pour se dégourdir les jambes ?

– Avec plaisir.

Elle enfila son manteau et le ferma jusqu'au menton avant de se retourner pour prendre la laisse et le petit chien. Elle l'attacha et le déposa dans l'herbe. Les nuages s'étaient dissipés, révélant un ciel d'un bleu éclatant, le soleil dardait ses longs rayons brillants à travers les branches, mais il faisait encore très froid. Hannah se plaça à côté de Liam et ils promenèrent Jerry dans le petit parc.

– On roule bien, lança-t-il.

Il tentait manifestement de combler le silence, mais son expression pressa Hannah de se demander s'il ne voulait pas en dire plus.

– Il ne nous reste plus que deux heures de route.

– Et ton fils arrive quand ?

– Je ne sais pas exactement. Ils prennent l'avion pour rentrer à la maison demain. Ma mère le garde souvent pour moi quand je voyage plus d'une nuit ou deux. Ça l'occupe bien, ce qui est positif. Elle est souvent seule depuis la mort de mon père.

– Je suis désolée de l'apprendre.

– Ma famille a traversé une période éprouvante, admit-il.

Il se figea et Jerry renifla le sol à leurs pieds.

– Je peux t'avouer un truc ?

– Bien sûr.

– À la réception des bagages hier, tu as aussitôt attiré mon attention. Tu étais là avec ton grand sourire, une fleur dans les cheveux, et c'était comme si tu avais apporté la lumière en arrivant… Ça m'a fait prendre conscience du nuage que je traîne toujours au-dessus de ma tête.

Leurs vies à tous les deux semblaient regorger d'obstacles en ce moment, et ils ne seraient probablement pas bons l'un pour l'autre, mais Hannah commençait à éprouver des sentiments pour lui. Elle voulait rester prudente, mais quelque chose la poussait vers lui. Elle n'arrivait pas à mettre le doigt dessus. Ils reprirent le petit chemin qui faisait le tour de l'aire de repos.

– Je n'ai pas pu m'empêcher de te voir, ajouta-t-il. Tu rends tout plus agréable rien que par ta présence.

– Oh, waouh, souffla-t-elle, stupéfaite devant tant de compliments. C'est la première fois qu'on me dit une chose pareille.

Il se tourna vers elle, sérieux.

– C'est pourtant mérité.

L'affection qui se lisait dans ses yeux était enivrante. Elle savait qu'ils avaient tous les deux beaucoup à faire et qu'ils devraient probablement en rester là et reprendre le cours de leur vie, aussi se surprit-elle à lui répondre :

– Tu n'es pas obligé de rester à l'hôtel quand on arrivera à Franklin.

– Qu'est-ce que tu veux dire ?

– Tu peux rester chez ma grand-mère avec mes parents et moi jusqu'à ce que ta mère revienne.

Elle voulait rendre à Liam la générosité qu'il lui avait témoignée en la raccompagnant jusque chez elle.

– Elle a une troisième chambre de libre. Tu es le bienvenu.

– Je ne voudrais pas m'imposer à ta famille, déclina-t-il en secouant la tête.

– Tu ne t'imposes pas. Je suis sûre qu'ils seront d'accord. Et tu auras ta propre salle de bains et tout ça. D'habitude, je prends cette chambre, mais je peux dormir dans la chambre de mamie, alors tu peux l'avoir. Vraiment, aucun souci.

– Et si ta grand-mère va mieux tout d'un coup et qu'elle a besoin de sa chambre ?

– Si j'en crois l'inquiétude de ma mère au téléphone, je doute que ça arrive de sitôt, répliqua-t-elle. Mais si, par miracle, c'est le cas, je pourrai toujours prendre le canapé.

– C'est vraiment gentil de ta part de m'inviter.

Il sembla débattre intérieurement de sa proposition. Hannah savait que s'impliquer dans la vie de Liam n'était peut-être pas une très bonne idée pour elle, mais il y avait entre eux une énergie impossible à ignorer.

– Il y aura probablement un gâteau d'anniversaire en forme de cœur… Je dis ça comme ça.

– D'accord, répondit-il, si tu me prends par les sentiments.

Et soudain, Hannah comprit exactement ce que Georgia avait décrit dans la chambre d'hôtel. Elle ne pouvait nier la bouffée de bonheur qui l'envahissait.

Le téléphone de Liam se mit à vibrer dans le porte-gobelet entre leurs deux sièges.

– Ça te dérange de répondre pendant que je conduis ? C'est Noah.

Il garda les yeux sur la route, concentré sur la circulation, alors que le temps changeait à nouveau et qu'ils roulaient sous la neige.

Sans avoir le temps de réfléchir, Hannah accepta l'appel vidéo et l'adorable minois de Noah apparut à l'écran.

– Coucou ! lui lança-t-il, avec un immense sourire jusqu'à ses fossettes sur chaque joue. Tu as dû rendre ton chapeau ?

– Malheureusement, oui.

– Oh. Je voulais l'essayer.

Hannah gloussa.

– Si j'en trouve un pareil, je dirai à ton papa de te l'acheter.

– D'accord. Il est où papa ?

– Il conduit sous la neige et il doit se concentrer. Qu'est-ce que tu fais là ?

– Je suis sur le ponton à la plage.

Noah tourna le téléphone pour lui montrer les eaux turquoise scintillantes derrière lui. Hannah se laissa gagner par la mélancolie, frappée par l'écart entre l'endroit où elle se trouvait maintenant et celui où elle avait prévu de se trouver.

– C'est magnifique, répondit-elle, brièvement perdue dans ses pensées.

Hannah n'avait pratiquement jamais voyagé, car elle avait consacré chaque minute de son temps à travailler. Elle avait voulu changer la donne, en commençant par ce séjour à la Barbade cette semaine, mais tout avait tourné à la catastrophe…

– Grand-maman est derrière moi dans son fauteuil, expliqua le garçonnet.

L'image à l'écran se brouilla puis une femme apparut plus nettement, une main levée.

– Bonjour ! la salua en retour Hannah.

Noah ressurgit à l'écran.

– Je m'ennuyais, et comme grand-maman avait besoin de se reposer, elle m'a dit d'appeler papa.

– Tu t'ennuies ? s'étonna Hannah.

Si elle avait été là-bas, elle aurait déjà trouvé un million d'activités.

– Tu sais, il y a un endroit près de la rivière à Franklin avec un pneu qui sert de balançoire, et on peut aller très loin. Jusqu'à voir carrément la rivière. Peut-être que si elle est encore là, je pourrais montrer à ton papa où elle se trouve, et il t'y emmènera quand il fera plus chaud.

Liam lui jeta un coup d'œil intéressé.

– Tu pourras m'y emmener ? demanda Noah.

– Moi ?

– Oui. Je veux y aller avec toi.

– Peut-être qu'on pourra tous y aller…

Liam garda les yeux rivés sur la chaussée, mais à sa moue légèrement pincée, il était clair qu'un détail le tracassait.

– Qu'est-ce qu'on pourra faire d'autre ? reprit le garçon.

– Quand il fait beau, il y a plein de choses à faire. On pourrait jouer au base-ball au parc, acheter des glaces en ville, faire du kayak…

– Oh ouais ! s'écria-t-il en courant avec le téléphone, l'eau turquoise entrant et sortant du champ de la caméra au gré de ses mouvements.

– Tu as vu sa réaction ? On va être obligés de l'emmener ! lança Hannah à Liam avec un sourire, après avoir raccroché. Il est tellement adorable. Je m'amuserais beaucoup avec lui. Son sourire est si mignon qu'il me fait rire.

Liam ne dit rien, mais la dévisagea une seconde, attentif. Puis il se reconcentra sur la route. Hannah tourna la tête vers la fenêtre et se demanda ce qui se passait entre Liam et sa famille.

Chapitre 9

– Tu peux me déposer ici, lança Georgia depuis la banquette arrière lorsqu'ils quittaient le rond-point menant vers la route principale de Franklin, petite ville du centre du Tennessee.

La rue rappelait à Hannah des souvenirs nostalgiques, et la honte d'être partie si longtemps lui revint en pleine figure. Elle n'avait pas arpenté cette rue depuis près de trois ans, même si elle l'avait remontée rapidement en partant. Tout lui paraissait plus petit maintenant, comparé à cette ville imposante qu'elle appelait « chez elle ». Les rayons chauds du soleil filtraient à travers les arbres qui avaient commencé à bourgeonner tôt, signes de journées plus douces avant la récente vague de froid. Ils passèrent devant la petite rue où se trouvait la boutique de fleurs de sa grand-mère, et elle tendit le cou pour essayer de l'apercevoir derrière des travaux de construction et la végétation, mais en vain. Comme dans un vieux film, ses souvenirs l'assaillirent.

« Moins vite ! » lui avait crié mamie. Hannah avait huit ans et courait sur le trottoir jusqu'au glacier. Sa grand-mère l'y emmenait toujours à pied en été, lorsque la chaleur ralentissait tout le monde et rendait difficile la moindre activité, ne serait-ce que se reposer sur la balancelle du porche. Impatiente, Hannah s'arrêta au passage piéton et attendit mamie.

Les magasins rétro qui bordaient cette rue à double sens n'avaient pas changé depuis son enfance.

Ils étaient tous ouverts, leurs vitrines regorgeant de décorations roses et rouges et d'articles en forme de cœur pour le mois de février. Malgré le froid, les trottoirs étaient noirs de monde. Les familles faisaient la queue devant le vieux théâtre de Franklin pour assister au spectacle du jour, tandis que d'autres se rendaient à la chocolaterie du coin pour goûter à des douceurs gourmandes. La musique d'un artiste de rue qui grattait sur sa guitare des airs du Sud flotta jusqu'à leur voiture, tandis que les passants déposaient quelques pièces dans son chapeau de cow-boy.

– Tu es sûre que tu ne veux pas que je t'emmène à une adresse précise ? demanda Liam. Il fait sacrément froid.

– Ça va aller, le rassura Georgia en ouvrant la cage de transport et en attachant la laisse de Jerry. Il y a beaucoup de restaurants et de cafés où je peux me réfugier si j'ai trop froid, et j'ai ton numéro en cas de besoin.

Elle agita son téléphone en l'air.

– Tu veux que je t'aide à porter tous tes bagages quelque part ?

– Ne t'inquiète pas. Je suis seule depuis assez longtemps pour savoir gérer quelques sacs. Tiens, gare-toi là.

Georgia désigna une place en bord de trottoir près du feu rouge. Liam s'exécuta et tira le frein à main.

– Eh bien, ce fut un plaisir de vous connaître tous les deux.

Georgia rassembla ses affaires sur la banquette arrière et déposa Jerry sur le trottoir, où il trouva immédiatement un arbre tout proche.

Liam ouvrit le coffre et descendit pour aider Georgia à récupérer le reste de ses valises.

Hannah baissa sa vitre.

– Tu es sûre de ne pas vouloir venir chez ma grand-mère avec nous ? Je suis presque sûre qu'il y aura des bonbons d'anniversaire et un repas fait maison.

Georgia lui adressa un sourire.

– Ça ira, mais merci.

– Envoie-moi un texto si tu as besoin de quoi que ce soit, ajouta Hannah.

Georgia passa son sac en bandoulière et ramassa la cage de transport tandis que Liam posait sa valise à côté d'elle sur le trottoir.

– Sans faute. À plus !

Liam remonta en voiture et Hannah referma sa vitre. Tandis qu'ils s'éloignaient, elle observa Georgia rétrécir dans le rétroviseur latéral et se frayer un chemin à travers la foule.

– Je dois avouer qu'elle va me manquer.

– C'est bizarre, hein, de passer deux jours d'affilée avec quelqu'un sans savoir si on le reverra un jour.

Il tourna rapidement la tête vers elle, et son expression l'amena à se demander s'il parlait également d'elle.

– C'est vrai, admit-elle.

Son attention s'attarda sur le visage de Liam plus longtemps qu'elle ne l'aurait voulu. Il s'en rendit compte et jeta un autre coup d'œil dans sa direction.

– Je vais par où ?

Hannah se reconcentra sur la suite des événements.

– Prends la prochaine rue à droite.

Après quelques virages supplémentaires, ils s'arrêtèrent enfin dans l'allée du bungalow bleu à clin de mamie. La Ford Bronco Sport turquoise de 1977 d'Ethan, entièrement rénovée et décapotable, stationnait devant. Il bricolait cette voiture depuis qu'ils étaient sortis avec du garage du vieux Samson à dix-huit ans. Hannah descendit et s'approcha du véhicule pour jeter un œil par la vitre. Les sièges en cuir étaient flambant neufs.

« Attends, attends, attends, je t'ouvre », lui avait lancé Ethan la dernière fois qu'elle était montée avec lui, contournant le capot pour atteindre le côté passager et lui tenir la portière. Une vieille serviette de plage était étalée sur les sièges sales et déchirés et il lui avait tendu la main, paume vers le ciel. « Pour vous, chère demoiselle », avait-il dit avec une révérence théâtrale. Puis il avait fait une blague comme quoi elle jouait vraiment trop les princesses.

Elle se détourna et se pencha dans la voiture de location pour récupérer ses affaires. Liam sortit les valises du coffre tandis qu'Hannah empilait les autres sacs à côté.

Sous le porche, la brise hivernale berçait la balancelle aux coussins un peu plus désordonnés que ne l'aurait aimé mamie. Les chaises à bascule avaient été rangées de côté, et les pots de géraniums étaient vides, ce qui fit aussitôt à Hannah l'effet d'un coup de poing dans le ventre. Heureusement que sa grand-mère n'était pas là pour voir ça, elle aurait piqué une crise.

La porte d'entrée s'ouvrit en grand et Chuck, le père d'Hannah, lui fit un signe de la main, appuyé sur sa canne, sa carrure large et son ventre rebondi remplissant l'embrasure de la porte – trop de dîners à la maison et pas assez de golf. Son père se remettait encore d'une crise cardiaque survenue l'année précédente, et qui l'avait contraint à prendre sa retraite. Après l'infarctus, qui les avait tous mis sur les nerfs, les parents d'Hannah s'étaient installés sur la côte en Floride pour profiter d'un mode de vie plus détendu.

– Ma vue me fait peut-être défaut ces jours-ci, s'exclama-t-il en descendant les deux marches jusqu'au bas du porche, à l'aide de la canne que son médecin lui avait conseillée, mais ce jeune homme n'est jamais apparu sur tes réseaux sociaux.

– Je ne mets pas toute ma vie sur Internet, grimaça-t-elle.

Elle préféra ignorer la bouffée de honte qui montait à l'idée que son père en soit réduit à suivre ses réseaux sociaux pour s'informer de sa vie ces temps-ci.

Ethan surgit derrière son père. Ses cheveux étaient un peu plus courts et plus élégamment coiffés que lorsqu'il était plus jeune, et il avait depuis tout ce temps développé une carrure musclée, débarrassé de sa maigreur adolescente. Elle avait envie de courir vers son meilleur ami et de le prendre dans ses bras, mais il était si différent aujourd'hui – si adulte – qu'elle se rendit compte du nombre d'années qu'elle avait perdues.

– Tu recueilles des animaux abandonnés ?

Il zieuta Liam avec curiosité avant de dévisager longuement Hannah.

– Salut, mec. C'est bon de te voir.

Liam et lui se serrèrent la main.

– Liam m'a ramenée ici quand tous les vols étaient cloués au sol. C'est un héros, pas un animal abandonné, répliqua-t-elle avec un grand sourire en direction de Liam.

Lorsque son père la rejoignit, il la prit dans ses bras. Son étreinte n'était pas aussi forte que quelques années auparavant, compte tenu de son état de santé, mais l'intimité était toujours là, et elle eut envie d'enfouir sa tête contre son large torse pour se protéger de tout ce qui tourbillonnait en elle en ce moment.

– Qui aurait pensé qu'être trop prudent et réserver une voiture de location pourraient faire de moi un héros ? lança Liam à Ethan.

– Il a fait bien plus que ça, intervint Hannah en prenant sa défense.

Liam haussa les épaules avant de se tourner vers son père et de lui tendre la main.

– Liam McGuire. Je suis ravi de vous rencontrer.

– Chuck Townshend, répondit-il avec une poignée de main virile. Laissez-moi vous aider avec toutes vos valises.

– Oh, ne t'inquiète pas, papa, on s'en occupe.

Hannah saisit les poignées avant lui, et elle remarqua sa moue frustrée, ses lèvres pincées. Elle savait que c'était un effort contre nature de ne pas aider sa fille, mais il était censé y aller doucement ces jours-ci.

Liam porta les valises à l'intérieur, et le père d'Hannah leur ouvrit la marche, tandis qu'Ethan prenait le sac de voyage d'Hannah.

– Ces jeans de marque ne se salissent pas à dos de cheval ? la taquina-t-il.

– Je ne suis pas montée depuis des années, Ethan, lui avoua-t-elle.

Elle entendait son accent du Sud reprendre le dessus à mesure qu'elle lui répondait.

– Tu n'as pas fait grand-chose depuis des années.

Il jeta son sac par-dessus son épaule.

Il n'allait pas la laisser s'en tirer à si bon compte, et elle le savait. La famille représentait tout pour Ethan, et il la considérait comme sa famille. Elle le laisserait faire.

– T'as jamais eu l'intention de rentrer à la maison ?

Il se passa la main dans les cheveux et elle eut le souffle coupé en voyant l'alliance qu'il portait à la main gauche. Elle avait toujours dit qu'elle serait demoiselle d'honneur à son mariage, puisqu'il n'avait pas de sœur.

– Qu'est-ce que c'est ? lança-t-elle en désignant son annulaire.

– La vie a continué depuis que tu es partie.

– Tu ne m'as pas invitée à ton mariage ? s'étonna-t-elle, blessée qu'il ne l'ait même pas appelée pour le lui annoncer.

– Je ne pensais pas que ça t'intéresserait, expliqua-t-il, parfaitement honnête.

Ses mots la transpercèrent comme un couteau. Comment avait-il pu penser qu'elle s'en ficherait ? Elle aurait tout mis sur pause et serait rentrée ici pour son mariage. Puis elle comprit : tandis qu'elle travaillait comme une folle, respectait les échéances et gravissait les échelons de l'entreprise, de son côté, Ethan n'avait entendu que le silence. Et son silence avait ressemblé à de l'indifférence. Une vague de tristesse déferla en elle. Elle n'avait jamais voulu qu'il pense une seule seconde qu'elle se désintéressait de sa vie.

– Mamie savait que tu allais te marier ?

Il secoua la tête.

– On a fait ça en très petit comité. Je lui ai annoncé quand je suis allé la voir à l'hôpital, alors elle sait maintenant…

Encore sous le choc, Hannah se pencha pour attraper le dernier sac et le hissa sur son épaule. Ethan le lui prit doucement et le porta pour elle.

– Ta mère a passé la journée à la boutique, à tout trier et à remettre de l'ordre, continua Ethan, pour faire avancer la conversation. Je suis sûr qu'elle voudra se détendre à son retour. Tant mieux, puisque c'est ton anniversaire.

Il haussa plusieurs fois les sourcils d'un air entendu.

– On a quelques surprises pour toi ! s'écria son père depuis le seuil de la maison.

– Vous n'étiez pas obligés de faire ça.

Elle était toutefois ravie qu'ils y aient pensé. Elle n'avait pas trop su à quoi s'attendre en rentrant à la maison, et la nouvelle d'Ethan l'avait frappée comme une tonne de briques.

Malgré tout, elle se sentit chez elle dès son arrivée, et sa famille lui avait manqué. Ethan avait raison de lui donner du fil à retordre – elle n'était pas revenue depuis bien trop longtemps. Elle espérait pouvoir lui faire comprendre qu'elle n'avait plus l'intention de rester à l'écart. Elle ne laisserait pas ces années perdues se répéter.

– Comment va mamie ? demanda-t-elle en atteignant le porche.

– Maman était avec elle hier, expliqua son père. Elle va plutôt bien, finalement.

Il ouvrit la porte, et le parfum délicieux du fameux ragoût de maman flotta jusqu'à elle, la ramenant instantanément à ses jeunes années.

– Elle se lèverait et rentrerait chez elle à pied si on la laissait faire. Tu connais mamie !

Hannah gloussa, malgré le poids de la situation.

– Est-ce que je pourrai la voir demain ?

– Bien sûr ! Tu pourras y aller avec maman. Tu réussiras peut-être à convaincre mamie de signer quelques documents pour la boutique. Ta mère a bien tenté de lui faire envisager l'idée de fermer son commerce, mais elle ne veut rien savoir. Mamie et toi avez toujours été du même avis, alors peut-être que tu pourras lui faire entendre raison.

Son père referma la porte derrière Ethan.

– Mais assez parlé de ça pour l'instant. Ta mère sera bientôt à la maison, et on doit fêter ton anniversaire.

Pendant que Chuck discutait avec Liam, Ethan s'empara de la grosse valise d'Hannah.

– Dans quelle chambre tu dors ?

– Je vais t'aider, je vais prendre la chambre de mamie, dit-elle en attrapant son autre bagage avant de se tourner vers Liam. Je reviens tout de suite.

Chuck donna une tape dans le dos de Liam.

– Je vais te chercher un verre. Après ce trajet, je suis sûr que tu en as besoin…

– Alors, reprit Hannah tandis qu'ils s'engageaient dans le petit couloir. Tu t'es marié.

– Oui.

– Je la connais ?

– Non, elle n'était pas à l'école avec nous. Elle a grandi à Chattanooga.

– Ah.

Elle était mal à l'aise : elle avait toujours tout su sur Ethan, et maintenant il avait une vie entière de son côté, et dont elle ne savait rien.

– Elle s'appelle comment ?

– Christie.

Hannah hocha la tête, étourdie comme si elle était privée d'oxygène. Elle avait été tellement égoïste et ne s'en était même pas aperçue.

– J'aimerais beaucoup la rencontrer.

– On verra…, répondit-il en posant les bagages près du lit de mamie. On en reparlera plus tard, d'accord ?

– Non, je veux qu'on en parle maintenant, insista-t-elle. Pourquoi ne voudrais-tu pas que je rencontre ta femme ?

Il pinça les lèvres comme dans son souvenir dès que quelque chose le tracassait. La dernière fois qu'elle se rappelait l'avoir vu ainsi, c'était le jour de son départ.

– Dis-moi, le pressa-t-elle.

– Elle croit que tu me mets des idées saugrenues dans la tête.

– Quoi ? lâcha-t-elle, abasourdie. Comment ? Ça fait des années qu'on n'a pas discuté ! Et même si je t'avais parlé, quel genre d'idées saugrenues je pourrais bien te mettre dans la tête ?

Il s'assit sur le lit.

– C'est ici ma place. Je suis heureux ici. Mais parfois, je me demande à voix haute devant Christie si ce n'était pas toi qui as eu raison de partir pour accomplir tes rêves. Je me demande ce qu'il y a de si bien là-bas pour que tu ne prennes même plus la peine de revenir. Ça doit être sacrément génial.

Hannah s'installa à côté de lui.

– Ce n'est pas si bien que ça. Pas du tout. C'est juste différent, admit-elle, la tête baissée, abattue. J'aurais dû revenir.

Son père apparut dans l'embrasure.

– Arrête de l'accaparer, Ethan, le taquina-t-il. Vous pourrez rattraper le temps perdu par ici aussi.

– Oui, monsieur.

Chuck disparut dans le couloir. Ethan se leva et désigna la porte du menton.

– On parlera plus tard. Il y a des surprises d'anniversaire qui t'attendent par ici.

De toute façon, il fallait qu'elle retourne voir Liam. Son père l'avait probablement coincé pour lui parler de sa collection de sous-verre – il en avait acheté un lors de chaque voyage effectué depuis son enfance. Hannah se leva et suivit Ethan jusqu'à la cuisine.

Les affaires de Liam étaient empilées dans un coin, et il discutait avec le père d'Hannah à côté de l'antique table de ferme, recouverte d'une nappe rouge. Au centre, une pile d'assiettes à dessert du service en porcelaine familial jouxtait le serviteur à gâteau français blanc du XIXe siècle de mamie. Sous le dôme de verre trônait ce qu'Hannah parierait être un gâteau à trois étages rouge velours, avec un glaçage rappelant un paysage de pics et de vallées parfait en crème au beurre. Deux cadeaux, enveloppés dans du papier rose imprimé de nœuds blancs brillants en cascade, étaient posés à côté. Et, bien sûr, le plus grand vase en verre de lait blanc de mamie débordait de roses rouges et d'un ballon sur lequel on lisait « Joyeux anniversaire ».

– Comment mamie a réussi à préparer tout ça ?

Tout ce tableau éveilla en Hannah l'envie de voir sa grand-mère.

Pendant son enfance, chaque année, après avoir mangé un gâteau à la maison, Hannah venait chez sa grand-mère. Et chaque fois qu'elle s'y rendait le jour de son anniversaire, elle avait droit à la même mise en scène. La seule différence, c'était que cette fois-ci, elle n'avait pas pu choisir la « surprise » au centre du gâteau. La préférée d'Hannah avait été la fois où mamie avait ajouté un tourbillon de beurre de cacahuète qui avait marbré tout l'intérieur de la pâte. Hannah se souvenait encore de la décadence onctueuse de ce gâteau. Sa grand-mère lui avait promis de lui apprendre à ajouter ce tourbillon, mais ça ne s'était jamais fait.

– Elle a guidé ta mère au téléphone hier soir, expliqua son père. Mamie lui a même dit qu'il était temps qu'elle apprenne à le faire.

La peur envahit Hannah à cette dernière phrase. Mamie avait-elle voulu transmettre la recette à sa mère pour qu'elle puisse perpétuer la tradition en son absence ? Elle chassa ces pensées – l'idée d'une vie sans mamie était inimaginable.

– Le premier cadeau est de la part de ta grand-mère, reprit son père. Elle a dit à ta mère où le trouver et comment elle voulait qu'il soit emballé.

– Y a bien que mamie pour réussir à faire livrer des cadeaux et des fleurs depuis son lit d'hôpital, lança-t-elle après s'être ressaisie.

Son père sourit.

– Du mamie tout craché, oui.

– Je suis rentrée !

La voix réconfortante de Maura Townshend retentit dans l'entrée. Elle entra dans la cuisine, déroulant d'une main son écharpe et sortant ses cheveux châtain clair de sous son col de l'autre.

– Oh, bonjour à tous ! les salua-t-elle avant d'embrasser sa fille sur la joue. Tu as réussi à rentrer !

Elle lui prit les mains et les écarta pour bien la voir.

– Je suis si heureuse que tu sois à la maison, s'exclama-t-elle avant de se tourner vers Liam. Bonjour.

– Maman, tu te souviens de Liam McGuire ? demanda Hannah.

– Je crois que oui..., lui sourit-elle.

– C'est lui qui m'a ramenée ici en voiture depuis New York, expliqua Hannah.

Sa mère semblait surprise, et Hannah aurait parié qu'elle se demandait pourquoi ce n'était pas Miles qui l'accompagnait.

– Tu es un cadeau du ciel, jeune homme, le salua Maura avec un sourire chaleureux et une tape amicale sur le bras.

– Liam va rester quelques jours avec nous, je lui laisse la chambre d'amis. J'espère que ça ne vous dérange pas.

– Oh non, pas de souci, confirma sa mère en contournant Hannah pour aller serrer Ethan dans ses bras. Dès qu'on parle de gâteau, Ethan arrive !

Malgré sa taquinerie, l'épuisement se lisait sous son sourire bienveillant, mais elle gardait sa bonne humeur habituelle. L'inquiétude de son premier coup de fil avait cédé la place à la fatigue. Maura secoua la tête d'un air amusé, le regard plein de tendresse comme si elle fixait son propre enfant, et demanda à Ethan :

– Tu m'as manqué, qu'est-ce que tu deviens ?

– Je ne sais pas, admit-il en haussant les épaules. Toujours pareil. Je travaille avec papa.

– Eh bien, j'ai un copieux dîner qui est resté sur le feu toute la journée. Et j'ai préparé du cidre chaud, ajouta-t-elle en fronçant les sourcils en direction de sa fille. Ton préféré !

Elle lui fit un clin d'œil.

– Je vais mettre un autre petit pain au four pour Liam. Ethan, tu restes dîner ?

– Non, merci, madame, je rentre à la maison. Je voulais juste passer et souhaiter la bienvenue à Hannah dans notre petit coin du monde.

Il prononça les mots « petit coin du monde » avec condescendance, puis pouffa comme pour se dédire.

– Comme tu veux, répondit Maura en grimaçant. Liam, tu as faim ?

– Je vous en prie, ne vous embêtez pas pour moi.

Maman écarta sa remarque d'un revers de la main.

– Tu ne nous embêtes pas. Allez déballer vos valises tous les deux, et mettez-vous à l'aise. Hannah, montre-lui où mettre ses affaires.

– On se voit plus tard, lança Ethan.

En passant devant Hannah, il se pencha vers elle.

– À plus, lui souffla-t-il, comme il l'avait toujours fait en la déposant à l'école, comme pour lui dire que tout irait bien.

Cette phrase lui donna envie de pleurer de soulagement.

– C'est ici que tu vas dormir, annonça Hannah, tandis que Liam posait sa valise contre le mur de l'ancienne chambre d'Hannah et observait les murs avec curiosité.

Hannah s'assit sur l'édredon en courtepointe de son lit à baldaquin, mesurant le temps qui s'était écoulé depuis sa dernière nuit ici.

– Je me souviens bien d'Ethan, dit Liam. C'est un bon ami à toi, non ?

– C'était mon meilleur ami. Je l'ai toujours connu.

– Il aime te donner du fil à retordre, jugea-t-il, avec un petit rictus.

– Toujours, confirma-t-elle en laissant échapper un petit rire affectueux en pensant à lui. Il m'en veut de ne pas être rentrée depuis des années, alors il va s'efforcer de bien me le faire sentir à chaque minute ensemble, j'en suis sûre.

Liam acquiesça, s'approcha de la fenêtre et jeta un coup d'œil à la plaque que mamie avait posée sur une table d'appoint.

– Tu as gagné un concours de tartes ?

– Mmmm. Ma grand-mère et moi avons préparé une tarte au citron vert pour la fête du printemps, juste après mon seizième anniversaire… D'ailleurs, c'est à peu près à cette période de l'année.

– J'ai entendu parler de la fête du printemps qui approche, dit-il en scrutant la récompense.

– Ce jour-là, j'avais participé au concours au lieu de passer mon permis de conduire. C'est pour ça que Morgan conduisait toujours quand on te voyait cette année-là.

– Ça devait être une sacrée bonne tarte pour renoncer au permis de conduire.

– Digne d'un trophée, le taquina-t-elle, ce qui lui arracha un sourire.

Elle détourna les yeux vers le mur en face d'eux pour éviter l'étincelle de bonheur qu'il provoquait en elle, et aperçut le vieux cadre de fleurs pressées accroché au mur. Elle passa ses doigts sur le bois.

Le tout premier souvenir qu'Hannah en avait gardé remontait à ses cinq ans. Elle s'était sentie si grande lorsque sa grand-mère lui avait permis d'utiliser la presse pour la première fois. Elle se rappelait encore avoir posé le seul coquelicot au milieu de ses petites mains tremblantes au moment de l'abaisser pour aplatir les fleurs de toutes ses forces.

Liam saisit un cadre avec une photo granuleuse de mamie et Hannah, huit ans, devant la vieille grange de Nell Winter où mamie avait l'habitude d'acheter ses géraniums et de prendre un café avec la propriétaire des lieux.

– Je reconnais sans mal les traits de cette fillette dans ton visage adulte, dit-il, son regard glissant entre Hannah et la photo.

Il continua son exploration de la pièce.

– Tu faisais partie de l'équipe de gymnastique du lycée ? Je ne le savais pas.

Il se pencha sur la commode pour mieux voir les trophées que mamie avait alignés.

– Je ne sais pas pourquoi elle les expose. J'étais en train de les emballer avant de déménager à New York, et elle passait quelques jours à la maison. Elle m'a dit qu'elle voulait en prendre soin pour moi.

Il resta pensif, et cette expression indéchiffrable qui semblait aller et venir au hasard apparut à nouveau tandis qu'il remettait la photo à sa place.

– Elle t'a dit ça parce que tu allais lui manquer et qu'elle ne voulait pas te laisser partir. En gardant tes affaires à portée de main, elle aurait l'impression que tu étais toujours là.

– Tu crois ? lança-t-elle, mais elle connaissait déjà la réponse.

– Je le sais.

– Comment tu le sais ? lui demanda-t-elle franchement, dans l'espoir qu'il s'ouvre enfin.

– Je le sais, c'est tout, répéta-t-il en se tournant vers la fenêtre, les bras croisés.

Son dos se gonfla sous l'effet d'une longue inspiration qu'il relâcha lentement. Il semblait rongé de l'intérieur.

Elle ne savait pas ce qui lui était arrivé, mais elle posa ses mains sur son dos, les glissa doucement jusqu'à ses bras et le força à lui faire face.

– Qu'est-ce qu'il y a ? demanda-t-elle sérieusement en le regardant dans les yeux.

– Rien.

Mais une force immense s'était emparée de lui.

Il fouilla son visage, ses yeux se posèrent sur ses lèvres, ses mains trouvèrent les siennes. Il entrelaça leurs doigts avec hésitation, comme s'il jaugeait son affection pour elle pour la première fois. L'électricité entre eux était si inédite pour Hannah, et il lui vint soudain à l'esprit que Miles et elle n'avaient jamais partagé ce genre d'étincelle. Pour être tout à fait honnête avec elle-même, elle devait bien avouer que le voyage à la Barbade ne faisait que masquer tout ce qui n'allait plus du tout entre eux.

– Tu sais, je suis très douée pour écouter. Si tu veux me dire ce qui te tracasse, je suis là.

Il se rapprocha encore. Il était si près qu'elle sentit son souffle effleurer doucement sa peau. Il serra tendrement ses mains, leurs corps attirés l'un vers l'autre tels des aimants.

Tout autour d'eux s'évanouit lorsque leurs regards se croisèrent. Il entrouvrit les lèvres comme s'il allait dire quelque chose, et elle restait suspendue à ses moindres mouvements. Elle attendait, elle voulait absolument savoir ce qui obscurcissait son si beau visage.

La porte grinça et tous deux s'écartèrent instinctivement.

Sa mère l'ouvrit un peu plus grand.

– Le dîner sera prêt dans une heure, annonça-t-elle, les ramenant brusquement à la réalité. Venez donc prendre un verre avec nous. J'ai fait du cidre chaud. Il a infusé dans la mijoteuse toute la journée.

– Merci, maman.

Lorsque sa mère referma et repartit dans le couloir, il était blanc comme un linge.

– Tu vas bien ? s'enquit-elle.

Il ne répondit pas.

– Quoi qu'il en soit, je veux t'aider.

– Tu ne peux clairement pas m'aider, répliqua-t-il, sur un ton doux, mais ferme.

– D'accord, alors je veux au moins écouter.

Il refit un pas en avant et resta là, tout près d'elle. Hannah comprit bien à sa respiration superficielle que leur proximité le chamboulait.

– Ce n'est pas le moment d'en parler, reprit-il d'une voix douce, avant de s'éclaircir la voix, les yeux levés vers la porte. C'est ton anniversaire. Ta mère a du cidre chaud et elle meurt d'envie qu'on en boive – ça fait deux fois qu'elle le mentionne !

Il lui fit un clin d'œil et sembla retrouver sa bonne humeur, mais Hannah se doutait bien que le fardeau qu'il portait ne tarderait pas à réapparaître.

Hannah lui adressa un large sourire. Elle s'enivra du regard qu'il lui adressait, sûre que malgré tout, il se passait quelque chose entre eux. C'était comme une fusée : les moteurs avaient été allumés, et il était désormais impossible de l'arrêter.

Liam ouvrit la porte.

– Allons goûter ce cidre.

Hannah l'accompagna à la cuisine, son regard s'éclaircissant. Elle se souvenait que sa grand-mère lui disait toujours : « Pour atteindre le trésor, il faut parfois traverser des mers déchaînées. » Hannah ne pouvait s'empêcher de penser qu'elle était actuellement au milieu de la tempête, mais que son retour ici et la présence de Liam pendant cette épreuve pourraient bien être la meilleure chose qui lui soit arrivée depuis un bon moment.

Chapitre 10

Sur la table, le gâteau et les cadeaux avaient été mis de côté pour après le dîner et remplacés par des assiettes de petits pains faits maison que sa mère avait réchauffés au four. Elle les avait creusés et garnis de son ragoût crémeux de pommes de terre et de bacon, recouvert de fromage râpé. L'arôme savoureux de ce plat chatouilla les narines d'Hannah.

Elle s'assit entre son père et Liam, et rapprocha sa chaise de la table.

– C'est tellement agréable de vous avoir à la maison, les enfants, dit Maura en prenant une gorgée de cidre, et ses épaules semblèrent se détendre pour la première fois de la journée. Où habites-tu maintenant, Liam ?

– À Charleston.

– Encore un étranger, répondit maman avec un clin d'œil taquin à sa fille. On a bien essayé de garder Hannah ici, mais impossible de la retenir. Elle était attirée par les lumières de la ville.

Liam prit note de cette remarque et la dévisagea, pensif.

– Tu te souviens quand tu mettais mes talons hauts et que tu déambulais avec un bloc-notes, en faisant semblant d'être au bureau ? lança sa mère, une main sur le cœur dans un geste tendre. J'ai l'impression que c'était hier.

– Heureusement que je n'ai pas suivi mes rêves d'enfant, intervint Liam. Je voulais être un clown dans un cirque.

Hannah éclata de rire, complètement prise au dépourvu par sa confession.

– Maintenant que j'y pense, je suis sûre qu'une perruque frisée géante t'irait très bien, gloussa-t-elle.

– Tu crois ?

– Oh oui, mais seulement avec un nez rouge qui couine.

Elle aimait sa façon de la regarder chaque fois qu'ils partageaient un moment amusant.

– Je voulais être le premier clown magicien suffisamment célèbre pour avoir son propre spectacle. J'ai passé des heures à apprendre des tours de magie dans des livres, et au sommet de mon art, je réussissais à faire disparaître une pièce de vingt-cinq cents de la paume de ma main.

– Tu saurais encore le faire ?

– Je ne sais pas, il y a longtemps que je n'ai pas repensé à cette époque.

Hannah se demanda pourquoi il n'avait pas essayé de montrer ce tour à Noah.

– J'aimerais bien te voir essayer, Liam, réagit Maura en se levant pour aller fouiller dans son sac à main.

Elle revint avec une pièce et la lui tendit.

Il prit la pièce entre le pouce et l'index de sa main gauche et la leur montra à tous.

– D'accord, mais je suis peut-être un peu rouillé, annonça-t-il en la bougeant d'avant en arrière. Vous voyez, je n'ai que cette pièce.

Il avait pris une voix théâtrale, tout en levant la paume de sa main droite comme s'il s'apprêtait à taper dans la main de l'un d'entre eux. D'un geste fluide, il passa la pièce dans la paume de sa main droite.

– Ensuite, je referme ma main autour d'elle comme ça... ; expliqua-t-il en brandissant le poing. Mais attendez !

Il déplia les doigts et sa main était vide. Hannah et sa maman sursautèrent, stupéfaites.

– Mais comment... ? lâcha le père d'Hannah.

– Où est-elle ? insista Hannah.

Il ouvrit son autre main.

– Ici même, sourit-il.

– C'est fantastique, jugea Maura. Peut-être que tu aurais vraiment dû devenir magicien.

Hannah se rendit compte, alors qu'elle s'imprégnait de son sourire, que Liam était bien entouré d'une lueur de magie.

– Mamie a insisté pour que je fasse le gâteau comme ça, déclara maman après le dîner.

Elle tira le dôme de verre jusqu'à elle, puis son couteau s'enfonça dans les vagues de crème au beurre, tandis qu'ils suivaient tous ses mouvements autour de la table, leur assiette à dessert devant eux.

– J'ai donc tout préparé exactement selon ses volontés. On a fait ça ensemble par visio, j'avais bon espoir que le projet lui remonterait le moral.

Maura tira une part du gâteau et la déposa dans l'assiette d'Hannah, puis fit signe à Liam de lui tendre la sienne.

– Un tourbillon de beurre de cacahuète et de caramel, constata Hannah, submergée par une vague de nostalgie. Je croyais que ce serait un gâteau rouge velours.

– Mamie a été méticuleusement impliquée dans tout ce qui se passe ici depuis qu'elle a appris que tu rentrais. Et elle a participé à tout ce dîner. Elle a choisi les roses. Elle a choisi le gâteau – tiens, Liam.

Maura tendit sa part à Liam.

– Merci.

Il était détendu, posant l'assiette et son coude sur le dossier de sa chaise, sa tasse de cidre dans l'autre main.

Maura coupa une part pour Chuck.

– Et le petit cadeau du dessus, là, mamie n'a pas ménagé ses efforts pour que je le trouve et que je l'emballe pour toi.

Elle se coupa enfin une part de gâteau et s'assit. Son père brandit sa tasse de cidre chaud.

– À tes trente-cinq ans, l'âge d'or de l'engagement sur le véritable chemin de la vie et où on commence enfin à devenir qui on est vraiment. Joyeux anniversaire, ma chérie.

– À toi ! s'exclama Maura en levant sa tasse et en l'entrechoquant avec celle de Chuck.

Liam et Hannah les imitèrent.

Alors qu'ils se régalaient tous, maman donna à Hannah le plus gros des deux paquets.

– Celui-ci est de la part de ton père et moi, expliqua-t-elle avec une petite moue affectueuse pour sa fille.

Hannah défit le nœud, puis décolla le ruban adhésif à l'extrémité du cadeau, arrachant au passage le papier rouge parsemé de cœurs.

– Oh, c'est superbe, s'exclama-t-elle en retournant son nouveau pull pour que Liam puisse le voir. Il est sublime.

Elle se leva et serra ses parents dans ses bras.

– Merci.

– Je l'ai vu en vitrine et il criait ton nom, raconta son père.

– Tu seras absolument magnifique avec, je le sais, renchérit sa mère. Maintenant, déballe le cadeau de grand-mère.

Elle s'approcha pour l'attraper, puis le passa à Hannah.

– Est-ce qu'on ne devrait pas appeler mamie en visio ? proposa Hannah.

– Excellente idée !

Maura se releva pour prendre son téléphone et tapota sur l'écran.

La tonalité résonna dans la pièce tandis qu'Hannah tenait le paquet en forme de livre entre ses mains. Puis elle entendit la voix de mamie.

– Bonsoir, Faye, la salua Maura. Hannah est là, et elle est sur le point de déballer ton cadeau.

Elle tourna l'écran. Mamie apparaissait en robe d'hôpital, ses cheveux gris en pagaille, bien loin de la coupe à la mode qu'elle arborait habituellement tous les jours.

– Je voulais que tu sois là quand je l'ouvre, lui lança Hannah, en s'efforçant de ne pas paniquer devant la peau quasi translucide de sa grand-mère, ou ses yeux comme vidés d'une bonne partie de leur éclat.

Mamie leva une main tremblotante et toucha ses lèvres pour cacher son sourire, laissant apparaître la perfusion sur sa peau meurtrie. Hannah se mordit la lèvre – elle voulait garder son sang-froid malgré le choc de la voir dans un tel état. Sa grand-mère semblait tellement plus âgée…

– Allez, ma puce, ouvre-le, la pressa mamie.

Maman cala le téléphone à la verticale sur la table pendant qu'Hannah déballait son cadeau : un vieux journal aux pages jaunies par le temps.

– Qu'est-ce que c'est ? demanda-t-elle en soulevant la couverture et en lisant la date de la première entrée : *14 février 1943*.

– C'est le journal que j'ai commencé à écrire quand j'avais dix-huit ans, révéla mamie. Un recueil de tous mes souvenirs de jeunesse dans le Kentucky. C'est tout ce qui s'est passé avant que je ne devienne ta grand-mère. Et une histoire que j'ai failli ne pas avoir la chance de te raconter. C'est plus important que jamais que je le fasse aujourd'hui.

Les larmes montèrent aux yeux d'Hannah. Elle avait l'impression que mamie mettait peu à peu de l'ordre dans ses affaires, ce qui signifiait qu'elle se préparait à la fin, et ça, elle ne pouvait pas le supporter. Elle contempla ce cadeau, véritable bouée de sauvetage entre sa grand-mère bien-aimée et elle, un souvenir qui resterait à jamais dans la mémoire d'Hannah.

– Merci, souffla Hannah, en caressant la couverture de cuir en lambeaux. Je viens te rendre visite demain.

Sa grand-mère lui adressa un faible sourire.

– J'ai hâte de te voir.

– Je serai là à la première heure demain matin, d'accord ?

– Eh bien, à huit heures, une de mes infirmières vient prendre mes constantes. Une vraie pipelette, bénie soit-elle, et tu ne pourrais même pas en placer une. Il vaut mieux attendre neuf heures.

Hannah sourit.

– D'accord, mamie.

– J'espère que tu passes un bel anniversaire.

L'image se mit à vaciller, trahissant les tremblements de la main qui tenait le téléphone. Sa fatigue était flagrante.

– Je vais me reposer un peu maintenant, si tu veux bien ?

– Pas de problème. Je voulais juste que tu me voies ouvrir le cadeau – et te remercier pour le gâteau au caramel.

Hannah s'évertua à repousser l'assaut de nouvelles larmes.

– Ah, il n'y a pas de quoi. Et Hannah ?

– Oui ?

– Ta maman sait comment le faire maintenant, hein ?

Hannah ravala la boule qui grossissait dans sa gorge. Elle n'était capable que de hocher la tête. Puis elle prit son courage à deux mains pour répondre à sa grand-mère :

– Tu vas m'apprendre à moi aussi.

Une larme glissa sur sa joue et elle s'empressa de l'essuyer.

– Je suis désolé, excusez-moi, intervint Liam, la gorge nouée.

Il quitta la pièce.

– Arrête-toi à la boutique avant de venir me voir demain, d'accord ? Veille à bien remplir toutes les commandes sur le logiciel en ligne.

– Promis, lui assura Hannah, tout en sachant qu'il n'y aurait probablement pas de commandes.

Mais c'était sans importance. Si sa grand-mère le souhaitait, alors elle y passerait.

– Très bien, ma chérie. On se voit demain.

Hannah lui dit au revoir et rendit le téléphone à sa mère. Elle prit quelques instants pour se ressaisir. Elle inspira puis souffla longuement pour dissiper la douleur dans sa poitrine. Une fois apaisée, elle demanda à ses parents :

– Je peux aller voir Liam ? Je crains qu'on ne l'ait mis mal à l'aise avec cet appel.

– Je t'en prie, répondit Chuck.

Hannah quitta la cuisine et fouilla la maison. Elle l'aperçut finalement à travers la porte d'entrée vitrée. Il était assis sur la marche du perron, dos à elle. Elle ouvrit la porte et s'aventura dans le froid, croisant les bras dans une tentative maladroite de se réchauffer. Il se retourna.

– Je suis désolée d'avoir été si émotive tout à l'heure.

Mais il secoua immédiatement la tête.

– C'est tout à fait normal. J'avais juste besoin d'une minute.

Son visage trahissait pourtant d'autres sentiments, comme s'il était écrasé par de bien lourdes pensées.

– Tu veux me dire à quoi tu penses ? demanda-t-elle, consciente de sa nouvelle audace après avoir partagé un moment aussi intime avec sa grand-mère devant lui.

– Il n'y a rien à dire, répondit-il d'un ton détaché. C'est exactement ça : rien. Rien du tout.

Elle s'assit à côté de lui et replia les genoux pour se tenir au chaud.

– D'accord, avec tous ces « rien » que tu viens de dire, tu laisses entendre qu'il y a sans nul doute quelque chose.

Son téléphone bipa et il ouvrit un e-mail. Ce qu'il lut à l'écran le fit réagir aussitôt. Il se leva et ferma son manteau.

– Dis-moi, j'ai un truc à faire pour le boulot. Ça te dérange si je sors un peu ?

– Pas de problème.

Elle n'avait pas envie de le presser de toute façon s'il n'avait pas envie de lui dire ce qui se passait. Elle avait bien assez de soucis de son côté.

– Merci.

Il sortit ses clés de la poche de son manteau et descendit les marches, laissant Hannah là et disparaissant en un clin d'œil.

Lorsque sa voiture quitta l'allée, Hannah retourna à l'intérieur, curieuse de savoir ce qui l'avait poussé à partir aussi vite.

– Où est Liam ? demanda Maura.

– Il devait s'occuper d'un truc pour son travail.

Son départ précipité lui rappelait le tourbillon de sa propre carrière à New York. Elle ne voulait plus jamais se laisser autant accaparer par son métier. Elle s'approcha de la table et prit le journal de mamie ainsi que son nouveau pull.

– Je vais les emporter dans ma chambre pour les regarder de plus près.

Maura sourit à sa fille d'un air compatissant.

– C'est une bonne idée.

Une fois dans sa chambre, Hannah ouvrit le journal, avide d'apprendre ce que sa mamie avait tant voulu qu'elle sache.

Chapitre 11

Hannah s'allongea sur le ventre et s'empara du journal que sa grand-mère lui avait offert. Elle huma profondément l'odeur unique de lilas et de poudre qui imprégnait la chambre et lut les premières lignes de l'écriture familière de mamie.

14 février 1943

J'aimerais pouvoir envoyer un colis à Charles pour la Saint-Valentin. Je compte les jours jusqu'à ce que je puisse l'épouser...

Au début, elle pensa que mamie parlait de son père à elle, qui s'appelait Charles, mais elle avait ensuite écrit qu'elle avait souhaité l'épouser. *L'épouser ?* Le seul homme que mamie ait jamais épousé était papi, de son vrai nom Warren Langley Townshend. Elle leva les yeux vers la date de l'entrée : 1943. L'année où mamie leur avait dit qu'elle avait rencontré papi, non ?

Sa grand-mère avait donc été amoureuse d'un autre homme juste avant de rencontrer papi ? Et elle avait donné son prénom à son enfant ? Le commentaire de mamie, plus tôt dans la soirée, lui revint à l'esprit. Elle avait dit que le journal était « un recueil de tous mes souvenirs... avant que je ne devienne ta grand-mère ». Comme il était difficile d'imaginer mamie autrement que dans le rôle de l'épouse de Warren et de la mère du père d'Hannah. Qui était-elle avant ces événements ? Hannah poursuivit sa lecture.

L'épicerie Curry's *propose des chocolats en boîtes d'échantillons à partir de 20 cts. C'est bien plus que ce que je devrais mettre dans du chocolat en ce moment, avec papa au chômage, mais je le ferais si Charles était là, juste pour lui montrer à quel point je l'aime. Et je lui dirais aussi que je me suis arrêtée chez Buxton Floral Co. quand j'ai vu leur enseigne qui disait qu'ils faisaient des expéditions de fleurs. Ils m'ont même assuré une livraison rapide et fiable n'importe où. Mais « n'importe où » n'incluait pas la Tunisie. Et même si envoyer des fleurs à un soldat en pleine guerre peut sembler idiot, elles pourraient sans nul doute égayer la tente sale dans laquelle il m'a raconté dormir. Mais ce cadeau pourrait aussi le distraire et lui donner le mal du pays… Alors, je dépense plutôt mes 20 cts pour un dîner de Saint-Valentin pour une seule personne à l'hôtel de ville. Ça me fera du bien de sortir un peu de la maison. Papa et maman n'y vont pas, mais ils m'ont dit d'aller m'amuser. M'amuser. Ce n'est pas un mot que j'emploie beaucoup ces jours-ci.*

Hannah reposa le journal, roula sur le dos et serra contre sa poitrine l'un des oreillers de mamie. Certes, elle n'aimait pas l'idée que sa grand-mère de dix-huit ans ne s'amuse pas, mais elle percevait sa bonne humeur, même à une époque aussi tourmentée. Quel plaisir de lire à quel point elle était innocente à l'époque. Rien que d'imaginer comment mamie voulait décorer de fleurs une tente militaire en pleine Seconde Guerre mondiale fit sourire Hannah.

Elle songea à ce que grand-mère avait dû endurer alors. Les périodes difficiles, Hannah connaissait. Elle ne se souvenait même pas de la dernière fois où elle avait fait quoi que ce soit qui l'ait fait rire aux larmes, comme ça lui arrivait si souvent quand elle était plus jeune. Mamie et elle avaient l'habitude de parler de quelque chose d'amusant et de finir à plat ventre, à bout de souffle, prises de fous rires comme des écolières. Elle se promit alors de faire tout son possible pour rire de nouveau ainsi avec mamie.

Liam n'était toujours pas rentré, et il commençait à se faire tard. Hannah faillit lui envoyer un texto, mais elle se dit qu'après tout, c'était un adulte et qu'il n'avait pas besoin qu'elle le surveille. Elle était convaincue qu'il avait assez de savoir-vivre pour revenir à une heure décente.

On frappa au chambranle de la porte. Hannah se retourna et découvrit sa mère, debout en peignoir et en pantoufles, son verre d'eau nocturne pour sa table de nuit à la main.

– Je venais juste aux nouvelles. Tu as passé la soirée ici et je voulais m'assurer que tu allais bien.

Elle entra et s'assit sur le lit.

– Je sais à quel point la situation avec mamie doit être difficile pour toi. Il n'y a aucun moyen de se préparer à ce genre d'événement.

– Ça me fait tout remettre en question, admit Hannah en poussant le journal et en s'asseyant à côté de sa mère. Il faut que je te parle d'hier.

Elle raconta alors à sa mère ce qui s'était passé avec Miles.

– Mon Dieu ! Ça fait beaucoup à digérer. Tu tiens le coup ?

– Autant que possible. Je dois être forte pour mamie.

Sa mère resta immobile, pensive, les mains autour de son verre d'eau.

– Je n'ai jamais eu l'occasion de rencontrer Miles.

Elle soupira, manifestement amère.

Hannah passa les doigts dans ses cheveux.

– Je suis vraiment désolée de ne pas l'avoir ramené ici.

Maura fronça les sourcils.

– Ça n'a plus d'importance maintenant.

– Certes, mais ce qui compte, c'est que je ne vous l'ai jamais présenté. Je suis désolée d'être restée si longtemps à l'écart. J'aurais dû être une meilleure personne.

Sa mère sourit affectueusement à sa fille.

– On passe notre vie à essayer de devenir de meilleures versions de nous-même. On ne peut rien faire d'autre.

– Tu m'as manqué, lui souffla Hannah, se délectant de la sagesse que seule une mère pouvait offrir.

– Oh ma puce, tu m'as manqué aussi.

Maura se pencha vers elle et déposa un baiser sur le sommet de sa tête, comme elle le faisait quand Hannah était petite.

– J'aimerais pouvoir te protéger de toute la douleur que la vie peut apporter, et je sais que c'est impossible. Mais ton père et moi sommes là chaque fois que tu as besoin de nous, la rassura-t-elle avec une petite tape sur la main. Comment tu vas, pour de vrai ? Tu vas bien ?

– J'ai l'impression d'avoir passé trop de temps à essayer de faire marcher ma relation avec Miles et que ça n'a servi à rien, avoua-t-elle.

Des larmes montèrent sans crier gare et sa mère se rapprocha.

– Ce n'était pas pour rien, dit-elle doucement. Tout ça, c'est censé t'apprendre quelque chose. Chaque étape de la vie est une leçon – on doit juste comprendre ce que nous sommes censés retenir.

– Peut-être que cette histoire m'a appris à ne pas perdre mon temps.

Elle essuya une larme sur sa joue.

Sa mère hocha tendrement la tête.

– Tu as peut-être raison. Tu as connu une mauvaise passe, mais il est peut-être temps maintenant de puiser dans ta force intérieure.

– Oui…, répondit Hannah, en réfléchissant à ce qu'elle voulait. Je ne sais plus ce que je suis censée faire.

– C'est peut-être parce que l'avenir est très ouvert. Dieu te donne le temps de gérer ce que tu as sur les bras en ce moment avant de commencer ton prochain voyage.

– Peut-être, admit Hannah, reconnaissante de la perspicacité de sa mère.

Elle savait toujours ce qu'il fallait dire.

Maura regarda le journal.

– Quelque chose d'intéressant là-dedans ? demanda-t-elle avec un clin d'œil.

– Oh oui, répondit Hannah en prenant le livre et en feuilletant les pages du bout du pouce.

Sa mère fronça les sourcils.

– Eh bien, profites-en. Je vais me coucher. On se voit demain matin.

Elle se leva et se dirigea vers la porte.

– Bonne nuit, lui lança Hannah, qui se sentait un peu plus légère après leur conversation.

Une fois sa mère repartie, elle rouvrit le journal et entama la lecture d'une nouvelle entrée, dans l'espoir d'échapper à ses propres pensées pendant un moment.

27 février 1943

Je n'arrête pas de fixer la lettre au sommet de ma corbeille à papier. Je sais que je suis égoïste d'envisager de m'apitoyer sur mon sort, mais les larmes affluent quand même. Peut-être que ma tristesse est déplacée. Peut-être que mes larmes coulent pour mon amour. Charles est sur le front en Tunisie, je suis sans nouvelles depuis des semaines et je ne sais pas s'il va bien. Cette guerre nous frappe tous durement, mais nos forces armées nous épargnent le pire, et je dois leur montrer ma gratitude. Tout ce qui m'angoisse, c'est cette lettre d'acceptation au Saint Joseph College for Women dans ma poubelle et à laquelle je ne donnerai jamais suite, et mon horrible patron, James Williams, sur la chaîne de montage de l'entreprise métallurgique. Mais je suis en sécurité, en bonne santé et en mesure d'aider à subvenir aux besoins de ma famille.

Oh, waouh, songea Hannah. Elle savait que sa grand-mère n'était jamais allée à l'université, mais ce qu'elle ne lui avait pas dit, c'était qu'elle avait renoncé pour rester travailler sur la chaîne de montage d'une usine pendant la Seconde Guerre mondiale pour soutenir sa famille. La pression que devait subir mamie lui était tout bonnement inimaginable.

À cet instant, la lumière des phares de Liam illumina la pièce. Hannah se leva du lit et se dirigea vers l'entrée. Quand il remonta l'allée, Hannah ouvrit la porte et se tint dans l'embrasure.

– Désolé d'avoir été si long.

– Pas de problème. Bon, je crois que je vais aller me coucher. Ce sera tellement agréable de dormir dans un lit familier ce soir.

Liam sourit.

– Et sans araignée.

Le souvenir de leur baiser au milieu de la nuit lui revint à l'esprit.

– Absolument aucune araignée.

Ils restèrent là quelques instants à se dévisager, et elle eut l'impression qu'il avait des mots au bout des lèvres, tout comme elle. Mais au final, il ne lui offrit qu'un sourire maladroit. Hannah se détourna et ferma la porte à clé. Ils marchèrent tranquillement dans le couloir, sans rien dire de plus.

– Bonne nuit, dit-elle finalement en le laissant dans sa chambre et en se dirigeant vers la chambre de mamie.

– Bonne nuit, répondit-il dans le couloir.

Hannah ferma la porte de la chambre de sa grand-mère et se laissa tomber sur le lit, encore troublée par la présence de Liam. Elle ferma les yeux pour essayer de faire le vide dans son esprit. Elle allait lire juste une autre page pour l'aider à dormir…

3 mars 1943

J'ai reçu une lettre de Charles ! Je suis tellement excitée que j'ai du mal à rester en place ! J'ai parcouru la maison en criant et j'ai fait une peur bleue à maman. Voici ce que Charles m'écrit :

Nous sommes en sécurité en ce moment et je pense à toi, je me demande si tu as changé. Attends de voir à quel point je suis différent depuis que je suis ici, Faye. Je suis plus maigre maintenant, et mes cheveux sont beaucoup plus courts, mais je t'aime toujours autant. J'ai parlé de toi aux autres gars. Comme ils sont toujours avec moi, c'est étonnant que j'aie le temps de me languir autant de toi, et pourtant. Je suis content, car ils me distraient parfois, ça m'évite de penser à tout ce qui me manque à la maison, dans le Kentucky. Qu'en est-il de cette université où tu voulais aller étudier l'art ? Je parie que tu as déjà fait tes valises. Tiens-moi au courant. J'attends impatiemment de tes nouvelles, parle-moi de toi et de ce que tu fais, et j'ai hâte de rentrer pour te retrouver.

Que s'était-il passé entre mamie et Charles ? Elle relut à nouveau l'entrée, et la dernière phrase se flouta devant ses yeux fatigués : *J'ai hâte de rentrer pour te retrouver…* Elle posa le journal à côté d'elle et enfila son pyjama. Les pensées toujours tournées vers l'histoire de sa grand-mère, elle éteignit la lampe de chevet, se glissa sous les couvertures et ferma les yeux. Elle avait hâte de rendre visite à sa grand-mère le lendemain pour la questionner sur Charles.

Chapitre 12

– Salut, lança timidement Liam.

Il venait de croiser Hannah dans le couloir le lendemain matin. Il était déjà habillé, coiffé, rasé de près. Son approche était prudente.

– Bonjour, dit-elle en resserrant les bras autour de son haut de pyjama en flanelle parsemé de cœurs roses. Tu pars si tôt que ça ?

Elle fit un pas vers lui, mais il recula, ce qui la laissa songeuse.

– J'ai fait mes valises, reprit-il, et ses yeux semblaient lui envoyer une mise en garde. Tout est dans la voiture. Merci pour votre hospitalité à tous hier soir. Ça m'a beaucoup touché.

– Tu pars maintenant ? demanda-t-elle, sans même tenter de dissimuler sa confusion. Mais ta mère n'est pas encore rentrée, si ?

– Hannah…

Il s'interrompit, peinant manifestement à trouver les mots pour exprimer sa pensée.

– Je ne peux pas être ce dont tu as besoin en ce moment, et on doit arrêter avant que les choses n'aillent plus loin.

– Quoi ?

Son esprit était encore embrumé par le sommeil.

– Je ne suis pas... disponible.

Elle le regarda fixement. Des images des moments partagés défilèrent devant ses yeux tandis qu'elle essayait de comprendre son brusque changement d'humeur. Puis la voix de sa mère – *Tu as pensé à aller voir quelqu'un ?* Comme un thérapeute ? un thérapeute conjugal ? La peur l'envahit.

– Tu es toujours marié ? osa-t-elle avant que son esprit ne s'emballe.

Il allait forcément la contredire.

Non seulement il ne nia pas, mais l'hésitation et les remords qui se lisaient sur son visage suffirent à faire vaciller Hannah. Elle s'appuya contre le mur derrière elle pour rester stable. Après tout ce qui s'était passé avec Miles, Liam avait fait un pas vers elle et lui avait laissé croire qu'il s'intéressait à elle, alors qu'il savait très bien ce qu'elle venait de traverser ! Comment pouvait-on être aussi cruel ?

Ses traits se tordirent sous l'effet de la colère. Elle essaya de parler à voix basse pour ne pas réveiller ses parents, mais elle avait envie de lui hurler dessus. Comment avait-il osé lui mentir ?

Ce n'était pas le garçon qu'elle avait connu. Elle le fixa droit dans les yeux et remit tout en question. Un mal la rongeait de l'intérieur, et elle avait l'impression qu'une force cosmique venait de mélanger toutes les pièces du puzzle de sa vie et les avait laissées éparpillées sur le sol.

– Hannah, je n'aurais pas dû... Je suis vraiment désolé.

Il tendit une main vers elle, mais elle s'écarta brusquement.

– Il fallait que j'y mette fin avant que ça ne devienne incontrôlable. C'est déjà le cas..., avoua-t-il en secouant la tête, en lutte avec lui-même.

– Ouais, lâcha-t-elle, impassible, tandis que son dégoût complet de la situation l'empêchait seulement de formuler la moindre réponse. Va-t'en.

– Je suis vraiment désolé, répéta-t-il doucement, mais elle ignora la douleur qui se lisait sur son visage parce qu'il en était l'unique responsable.

Lorsqu'il franchit le seuil, elle ne prit même pas la peine de le regarder partir.

Hannah s'était habillée et brossé les dents en pilote automatique, l'esprit complètement dans le brouillard. Et maintenant, elle était assise à la table de la cuisine, les bras croisés sur le nouveau pull qu'elle avait reçu pour son anniversaire. Pendant que sa mère leur préparait une tasse de café, elle lui avait expliqué ce qui s'était passé un peu plus tôt avec Liam. Elle n'arrivait toujours pas à y croire.

Un coup léger frappé à la porte arrière de la cuisine interrompit leur conversation. Ethan se tenait derrière la vitre, une boîte à la main.

– Est-ce que c'est ce que je crois que c'est ? demanda Maura en se levant pour ouvrir la porte. Dis-moi que tu nous as apporté des beignets à la cannelle fraîchement préparés.

– Tu sais que je ne viens jamais avant midi les mains vides, rétorqua Ethan en posant le carton sur la table avant de retirer le couvercle.

Les effluves de beurre et de sucre de la pâte frite flottèrent dans l'air froid autour d'eux et firent gargouiller le ventre d'Hannah.

Il prit la chaise à côté d'Hannah.

– Qu'est-ce qui se passe ?

Il tendit une main et pinça un minuscule beignet entre ses doigts. Il portait l'uniforme de mécanicien de l'atelier de carrosserie de son père : une chemise à boutons gris foncé avec le logo sur un écusson sur le cœur. Son père, Ardy Wright, portait ce même uniforme depuis toujours. C'était étrange de voir Ethan habillé pareil.

– Tu travailles avec ton père aujourd'hui ? s'enquit Hannah.

– Je travaille avec lui tous les jours.

Hannah acquiesça et se servit aussi dans la boîte. Les seuls moments où elle avait vu Ethan s'énerver, c'était quand il parlait de son avenir avec son père. Ethan était un artiste, ses gènes créatifs lui donnaient l'air de partir dans tous les sens, et ses capacités de concentration le faisaient sauter sans cesse d'une idée à l'autre. Il ne tenait pas bien en place, toujours à droite à gauche, si bien que les tâches fastidieuses de mécanique n'étaient pas son point fort – mais lorsqu'il peignait, il était plus calme et plus attentif que jamais.

Son père lui répétait : « Tu ne peux pas fonder une famille en jetant de la peinture sur les murs, fiston. Tu dois avoir un métier honnête où tu travailles toute la journée, tous les jours. Certains enfants meurent d'envie d'avoir un père prêt à céder son entreprise... » Ethan rétorquait alors : « Le garage, c'est *ta* vie, papa, pas la mienne. »

Ethan prit un autre beignet et le fit glisser vers le milieu de la table.

– Tu vas voir ta grand-mère aujourd'hui ? demanda-t-il à Hannah.

Elle acquiesça.

– Allez, maman, explique-moi exactement ce qui ne va pas avec mamie.

Hannah prit une grande inspiration pour se préparer à ce que sa mère allait lui annoncer.

– Son cœur ne fonctionne pas comme il le devrait, résuma sa mère, et la tristesse de ses mots affaissa ses traits, soudain plus âgés.

Les yeux de Maura se remplirent de larmes et elle les chassa en clignant des yeux. Elle voulait manifestement garder la tête froide pour le bien d'Hannah. Elle reprit son beignet.

– Le temps que j'arrive ici, elle toussait beaucoup et ses jambes étaient très enflées.

Maura suivit du doigt le bord de sa tasse de café, et de légères lignes se formèrent autour de ses lèvres resserrées comme pour retenir ses émotions.

– On lui a diagnostiqué une insuffisance cardiaque congestive. Ils la surveillent et font des tests pour voir s'ils peuvent faire quelque chose pour elle.

Hannah se couvrit la bouche, comme si ce geste pouvait empêcher la peur de s'échapper.

– Oh mon Dieu, souffla-t-elle entre ses doigts.

Ethan passa un bras autour de ses épaules pour la protéger.

– On ne sait pas ce qu'il va se passer maintenant, mais elle a quatre-vingt-quinze ans, Hannah. Je crois que c'est important de passer autant de temps que possible avec elle au cours des prochains jours. Lis son journal si c'est ce qu'elle veut que tu fasses. Elle m'a demandé une quinzaine de fois si je l'avais bien trouvé. Pose-lui toutes les questions sur la famille et assure-toi d'avoir toutes les réponses. Et montre-lui à quel point tu l'aimes.

Sa mère ne lui avait parlé sur ce ton que deux fois dans sa vie : la première, lorsque Hannah avait huit ans et qu'une tornade avait ravagé leur quartier. Maura avait réuni Hannah, son père et le chien de son enfance, et ils s'étaient retranchés dans le placard sous l'escalier alors que la maison tremblait. La deuxième fois, c'était lorsque son père avait fait une crise cardiaque. Ce coup de téléphone à près de minuit résonnait encore dans l'esprit d'Hannah.

– Dans le journal, elle parle d'un certain Charles. Pas son père, mais un autre Charles. Tu sais qui c'est ? demanda Hannah, les mains tremblantes.

Sa mère secoua la tête.

– Aucune idée.

Hannah tendit le bras vers le comptoir et tira un mouchoir en papier de la boîte, se moucha, les yeux toujours débordants de larmes.

Hannah serra les mains et appuya sa tête dessus, perdue dans la contemplation du temps perdu et qu'elle ne retrouverait jamais, tandis qu'Ethan lui frottait le dos pour tenter de la réconforter.

Maura se leva et se posta derrière elle, entourant sa fille de ses bras dans une étreinte maternelle.

– Va la voir, murmura-t-elle. Ça vous fera du bien à toutes les deux de discuter. J'ai toujours admiré votre façon de communiquer.

– D'accord.

Hannah s'éclaircit la voix comme pour repousser la tristesse tandis qu'elle se levait de table.

Ethan lui serra l'épaule.

– Tu as le temps de venir avec moi ce matin, Ethan ?

– Papa m'a dit de prendre tout le temps nécessaire, confirma Ethan en la regardant droit dans les yeux. Je sais que tu as besoin de temps pour assimiler tout ça. Prends une minute et respire. Je vais rester avec ta maman jusqu'à ce que tu sois prête.

– D'accord, merci.

Elle se surprit elle-même à jeter ses bras autour d'Ethan, le visage enfoui contre son torse, et son odeur familière de coton et de cèdre l'apaisa aussitôt.

– Pas de problème, répondit-il doucement.

Hannah retourna dans la chambre de mamie pour se rafraîchir avant sa visite à l'hôpital. Elle ferma la porte et se laissa tomber contre le panneau en bois, la poitrine gonflée sous le coup de toutes les émotions qui revenaient à la surface dès qu'elle se retrouvait seule. Son regard balaya la pièce – la coiffeuse de mamie, sa brosse à cheveux à poils souples et au manche d'argent comme oubliée là, sa paire de pantoufles bien rangée sous la chaise, un collier de perles niché dans une coupelle en porcelaine sur sa table de nuit. Elle laissa monter ses larmes.

Son téléphone bipa et elle le sortit de la poche arrière de son jean – une notification du travail, un message du service informatique. Elle était incapable de le consulter dans son état actuel. Elle le lirait plus tard.

Elle attrapa le journal de sa grand-mère et le serra contre sa poitrine. C'était comme une force réconfortante, la voix de mamie à une époque où elle était encore pleine de vie et ne souffrait pas encore du passage du temps. Elle voulait juste prendre quelques minutes pour lire deux ou trois pages afin de se ressaisir. Il lui faudrait tout son sang-froid au moment de passer le seuil de cette chambre d'hôpital. Elle prit une profonde inspiration, ouvrit le journal et s'installa pour retrouver son calme.

25 mars 1943

James Williams n'est vraiment pas digne de confiance. Il nous a fait travailler, Sally Mae et moi, toute la journée sur la chaîne de montage et ne nous a laissées partir qu'une heure après le départ officiel de notre équipe. Il a dit qu'il nous paierait des heures supplémentaires, mais je ne le crois pas. La dernière fois qu'il a dit ça, mon salaire était strictement le même. Je déteste travailler à l'usine. Je sais bien qu'on aide l'Amérique en fabriquant des armes pour la guerre, et le salaire fait du bien à ma famille, mais tous les jours c'est la même chose, et j'ai tellement mal aux pieds à force de rester debout pendant des heures et des heures. Je devrais être reconnaissante d'avoir un emploi quand tant de gens ne gagnent pas assez pour subvenir aux besoins de leur foyer, et j'aide la famille parce que papa n'arrive pas à trouver un travail suffisamment rémunérateur. Mais ce n'est pas pour autant que j'aime ce que je fais.

Si elle était bien sûr toujours confrontée à ses propres problèmes, Hannah se sentait plus solide à l'idée de voir sa grand-mère après avoir lu le récit de la force qu'elle avait dû déployer dans cette période d'incertitude. Elle tendit l'oreille – Ethan racontait une histoire à sa mère et ils éclatèrent de rire tous les deux. Malgré les circonstances qui l'avaient amenée ici, elle était heureuse d'être à la maison.

Chapitre 13

– Coucou, mamie, lança Hannah, alors qu'Ethan pénétrait avec elle dans la chambre d'hôpital, laissant le couloir à l'éclairage puissant derrière eux.

Le regard vide de mamie perdu vers le mur en face de son lit s'anima, sa tête tourna lentement vers eux et un sourire apparut sur ses lèvres pâles et abîmées par l'âge. Elle tendit les bras pour les saluer et les fils de ses perfusions se tendirent. Hannah se précipita à son chevet et serra sa frêle grand-mère contre elle.

– C'est si bon de te voir, souffla Hannah, sous le choc de voir mamie dans cet état.

Grand-mère recula légèrement.

– Oh, pas de ça avec moi, je vais très bien. Je suis toujours comme ça, répliqua-t-elle, comme si elle lisait aisément dans les pensées d'Hannah. C'est juste que j'ai l'habitude de le cacher avec du maquillage et de la laque, plaisanta-t-elle. Et je n'ai jamais été aussi hydratée de toute ma vie !

Sa grand-mère tira doucement sur le tuyau relié à son bras.

Hannah sourit pour masquer son inquiétude.

– Je vois que tu as amené ton compagnon de débauche, la taquina-t-elle avec un clin d'œil à Ethan.

Mamie avait toujours soutenu, sur le ton de la plaisanterie, qu'il n'y avait pas d'autre mot pour décrire deux personnes capables de faire autant de bêtises ensemble.

– Toc, toc ! s'exclama une infirmière en blouse jaune en entrant à son tour. J'ai besoin de vérifier vos constantes, madame Faye.

L'infirmière poussa le chariot à moniteur portable pour le poster à côté du lit, puis s'adressa à Hannah et Ethan :

– Je suis Lanelle, l'infirmière de jour.

Elle affichait un grand sourire amical, ses dents comme autant de perles nacrées sur sa peau foncée. Elle fit le tour du lit et vérifia les poches de perfusion, puis tapa quelque chose sur l'une des machines.

– Moi c'est Hannah, je suis la petite-fille de Faye. Et voici Ethan.

– Oh, c'est vous Hannah ! Madame Faye n'a pas cessé de parler de vous depuis qu'elle a appris que vous veniez, répondit Lanelle en posant deux doigts sur le poignet de mamie, le regard rivé sur sa montre. Et je connais déjà Ethan. Ça fait des jours qu'il traîne ici et sème la zizanie.

– Je vous manquerai quand je serai parti, rétorqua-t-il avec un large sourire.

Lanelle leva les yeux en l'air d'un air amusé, puis se reprit.

– Vous avez peut-être raison sur ce point. Il a été gentil un matin et a apporté du café à toutes les infirmières.

– Fayot, réagit Hannah, ce qui fit rire Ethan et Lanelle.

Lanelle se pencha sur le lit de mamie.

– Comment vous sentez-vous, madame Faye ?

Mamie fit la moue.

– Je me sens comme d'habitude : j'ai envie de partir. Quand est-ce que je pourrai rentrer chez moi ?

– Je sais que vous voulez partir, mais il faut d'abord vous soigner.

– Tu es allée à la boutique ? demanda mamie à Hannah, tandis que Lanelle vérifiait les cathéters sur ses bras. Comment ça se présente ?

– Je n'y suis pas encore passée, répondit Hannah honnêtement, mais devant l'inquiétude de mamie, elle ajouta aussitôt : Mais maman passe tout son temps là-bas. Elle a la situation sous contrôle.

– Comment vont mes géraniums sous le porche ? reprit mamie, tandis qu'Ethan tirait des chaises pour eux deux à côté du lit.

Il regarda Hannah du coin de l'œil – il avait manifestement remarqué qu'il n'y avait pas de géraniums sous le porche de mamie.

– Ils auraient bien besoin d'un peu d'attention, dit-il en couvrant Hannah.

– À plus tard ! lança Lanelle en quittant la pièce. Au revoir, madame Faye.

– Au revoir, ma chère, répondit mamie avant de se tourner vers Hannah. N'oublie pas, tu peux aller à la pépinière de Nell et en prendre d'autres si nécessaire. Tu peux les mettre sur le compte qu'ils ont ouvert pour la boutique.

Hannah acquiesça. Le compte pour financer cet achat était probablement vide, mais plutôt que d'en parler, Hannah préféra changer de sujet.

– Le gâteau que maman a fait avec ta recette était délicieux.

– Je suis ravie de l'entendre, sourit-elle. Ta maman en a laissé à la boutique pour Confetti ?

– Le chat mange du gâteau ? gloussa Hannah.

– Avec du lait, confirma mamie, et sa poitrine se gonfla légèrement comme elle riait. Quand la boutique est fermée, elle trouve toujours le chemin de la maison. Est-ce qu'elle a traîné dans le coin ?

– Je ne l'ai pas vue. Mais je ne suis arrivée ici qu'hier après-midi. Peut-être que maman l'a vue. Je suis sûre qu'elle l'a nourrie.

– Assure-toi bien qu'elle ait toujours de quoi boire et manger.

– Ne t'inquiète pas, mamie. Je vais aller à la boutique tout de suite après, et je pourrai t'en dire plus sur ce qui s'y passe, d'accord ?

Grand-mère tendit la main et Hannah s'approcha. Avec un regard presque désespéré, sa grand-mère la supplia :

– Quoi qu'il arrive, sauve la boutique.

– Bonnnnjour !

La voix de Maura venait d'interrompre leur échange. Elle entra dans la chambre, un dossier dans les mains et son sac à main en bandoulière.

– Comment va ma belle-mère préférée ? demanda-t-elle en se penchant et en embrassant la joue de mamie.

– Pas si mal, maintenant qu'Hannah est là. Tout va mieux quand elle est là, n'est-ce pas ?

La vieille dame fit un clin d'œil à Hannah, et une pointe d'espièglerie traversa son visage.

– Oui, c'est vrai, admit la mère d'Hannah avec un regard attendri vers sa fille.

Elle serra amicalement l'épaule d'Ethan en s'avançant dans la pièce, avant d'ouvrir son dossier.

– J'espère qu'Hannah pourra nous aider !

Hannah bondit de sa chaise.

– Maman ! Je me suis déjà occupée de toute cette paperasse.

– Mais…

Hannah coupa la parole à sa mère et la prit par le bras.

– N'embête donc pas mamie avec ces stupides bons de commande. Je les remplirai pour toi. On peut s'en occuper en quelques minutes dans le couloir. Ethan, reste avec mamie pendant que je boucle ça rapidement.

Maura fronça les sourcils, confuse, mais referma le dossier et suivit Hannah dans le couloir.

– Pense à prendre assez de gypsophiles ! lui cria sa grand-mère. Je suis toujours à court.

– Je reviens dans une seconde, lança Hannah à mamie et Ethan, avant de s'éclipser dans le couloir avec sa mère.

– Qu'est-ce que c'était que ça ? demanda Maura. Je n'ai aucun bon de commande.

– Je ne voulais pas la chambouler. Elle semblait si désespérée que je sauve sa boutique. Qu'est-ce que tu allais lui demander de signer exactement ?

– Ce sont les documents pour mettre fin à son bail à la fin de l'année et tu le sais très bien.

Hannah se mordilla la lèvre.

Maura frotta le haut du bras d'Hannah.

– Tu ne peux pas lui cacher tout ça indéfiniment. À un moment donné, elle devra signer. Je sais que tu ne veux pas y penser, et Dieu sait que moi non plus. Mais s'il lui arrive quoi que ce soit, sans sa signature, c'est un bail en cours. Si elle ne le signe pas et qu'elle…

Sa voix se brisa et elle prit une grande inspiration avant de souffler lentement.

– Selon la clause de décès prévue dans le contrat, la responsabilité du paiement cette année-là incombera au bénéficiaire de la boutique qu'elle a désigné sur le contrat de location, c'est-à-dire ton père. Ton père et moi devrons régler un an de loyer, et nous n'en avons pas les moyens. Elle n'a plus rien de côté pour le payer.

Hannah leva la tête vers le plafond, les yeux fermés, et l'éclairage fluorescent de l'hôpital dessina des rectangles blancs au milieu du noir de ses pensées. Sa poitrine lui faisait mal et elle avait l'impression que son cœur allait se déchirer. Elle se tourna vers sa mère.

– Est-ce qu'on peut ne pas lui dire tout de suite ?

Les épaules de sa mère se haussèrent et elle secoua la tête, incertaine.

– Je sais qu'il faut le faire, mais est-ce qu'on peut s'en occuper demain ?

– Chaque jour perdu augmente notre risque financier si quelque chose devait lui arriver, et c'est ridicule de garder cette vieille boutique ouverte. À son âge, elle devrait se reposer chez elle.

– Laisse-lui un peu de temps. Peut-être que ma présence ici l'aidera à se sentir un peu plus elle-même et qu'elle finira par signer les papiers.

– D'accord. De toute façon, il faut que je rejoigne ton père à la maison. Il a remarqué que les gouttières de mamie étaient pleines de feuilles, et je dois appeler quelqu'un avant qu'il n'essaie de grimper sur une échelle.

Hannah laissa échapper un rire incrédule.

– Oui, rentre surveiller papa. Je m'occupe de tout ici.

– D'accord, mais Hannah : il faut qu'elle signe ces papiers.

Hannah embrassa sa mère et retourna dans la chambre d'hôpital.

– Ah, ma grande ! s'exclama mamie. Toujours là pour ta grand-mère.

Elle lui envoya un baiser tout en tendant à Ethan un gobelet d'eau avec une paille qu'il posa sur le comptoir à l'autre bout de la pièce.

Hannah se laissa tomber sur la chaise près du lit de sa grand-mère, soulagée d'avoir mis de côté ce problème pour l'instant.

– Enfin, on va pouvoir discuter, dit-elle en prenant la main de mamie. J'ai lu ton journal, je meurs d'envie d'en savoir plus sur Charles.

– Ah, répondit mamie avec tendresse, une main sur le cœur. Un homme adorable, Charles. Adorable.

– Dans ton journal, tu parles beaucoup de lui.

– J'étais complètement éprise de lui. Il avait prévu de m'épouser après la guerre, se souvint-elle, son regard se perdant dans le puits de sa mémoire.

– Qu'est-ce qui s'est passé ?

– Tout est écrit dedans, Hannah. Je l'ai déjà vécu une fois. Je préfère me concentrer sur l'instant présent, mais c'est important que tu le lises. J'espère qu'il t'éclairera sur la vie.

– D'accord, céda Hannah, qui ne voulait pas se montrer insistante.

– Et puis, je veux savoir combien d'arrangements tu as prévus sur ces bons de commande.

Hannah ne pourrait pas tromper sa grand-mère beaucoup plus longtemps, car elle finirait par s'en apercevoir. Il ne lui restait qu'un jour pour trouver comment lui annoncer la nouvelle. Elle devait se rendre à la boutique pour voir de ses propres yeux à quoi elle avait affaire. Ce serait beaucoup plus facile pour mamie d'accepter la nouvelle de la fermeture du Bouquet de Souvenirs si Hannah s'en chargeait, et elle devait préparer ses arguments dès maintenant.

Mamie ne tarda pas à se rendormir. Ethan déposa Hannah en ville sur le chemin du travail, pour qu'elle puisse jeter un œil à la boutique de fleurs. Comme elle serait près de Main Street, elle avait aussi prévu de s'arrêter dans quelques magasins pour acheter des tenues d'hiver, car elle n'avait que des vêtements de plage dans sa valise.

En chemin, elle consulta sa boîte de réception professionnelle. Le service informatique lui demandait l'un des mots de passe de logiciel de son département, qu'elle ne connaissait pas. Elle l'avait noté dans un carnet posé sur son bureau et demanda donc à Amanda de le leur communiquer. Elle avait également reçu une autre proposition de changement de mise en page de la part de son équipe de conception pour le grand projet sur lequel elle travaillait. L'équipe proposait de n'utiliser que quelques photos plus grandes issues d'un vieux stock là où elle avait placé un montage d'images de sa dernière séance photo à la campagne. Cette idée lui parut étrange, car Hannah avait tout validé avant de partir. Il faudrait qu'elle appelle Amanda à ce sujet à un moment ou à un autre.

– Tu rates tout ça, lâcha Ethan.

– Tout quoi ? répondit-elle en levant les yeux de son écran.

– La verdure ! rétorqua-t-il en agitant une main en l'air. J'ai lu un article qui disait que les espaces verts naturels comme les champs par ici réduisaient le stress.

Hannah sourit.

– Je ne savais pas que tu savais lire.

Elle retomba facilement dans leur badinage habituel qui se résumait à se lancer des piques jusqu'à ce qu'ils soient pris d'un fou rire incontrôlable.

– Seulement quand c'est utile, répondit-il avec un sourire.

Hannah gloussa et tourna la tête vers la fenêtre de la Bronco alors que le soleil du début d'après-midi filtrait à travers les nuages denses. On aurait dit que les cieux passaient les champs au peigne fin de leurs longs doigts dorés.

– C'est agréable, non ? Dans peu de temps, on pourra rallumer les feux de joie. Je crois qu'il y a déjà eu des jeunes qui se sont amusés dans le vieux champ le week-end dernier.

Il désigna l'allée qui menait au terrain où ils se réunissaient tous, pendant leurs années lycée, pour garer leurs voitures, danser sur les hayons au son de la musique et passer du temps ensemble.

– Foutus gamins, hein, toujours en train de brûler les étapes. Je ne connais personne de sensé qui essaierait de lancer la saison des feux de joie avec plusieurs semaines d'avance, grimaça-t-il, tout fier de sa blague.

Dans leur jeunesse, Ethan avait traîné Hannah dans les champs chaque année par un froid glacial pour tenter de relancer la saison après un bien long hiver. Parfois, ils n'étaient que tous les deux, et elle devait le convaincre d'éteindre le feu et de rentrer à la maison avant qu'ils ne se transforment en glaçons. Lorsque les enfants des écoles voisines avaient commencé à venir, il s'était montré moins enthousiaste à l'idée d'y aller, et Hannah se demandait s'il ne préférait pas garder l'événement en petit comité, entre gens du coin.

Ethan tourna sur la route qui menait à la ville.

Lorsqu'ils atteignirent Franklin, il s'arrêta devant *Le Bouquet de Souvenirs*.

– Voilà, on y est.

Il tendit la main et tira la poignée pour la déverrouiller, un geste qu'il répétait pour elle depuis des années.

– Appelle si tu as besoin de moi, d'accord ?

– D'accord, dit-elle en sortant, avant de se pencher dans l'habitacle pour le serrer rapidement dans ses bras. Merci de m'avoir déposée.

– Pas de problème, répondit-il en enfilant une casquette avec le logo du garage de son père, à la visière usée et déchirée. À plus tard !

Hannah referma la portière. Tandis qu'Ethan s'éloignait, elle s'immobilisa devant la boutique de fleurs de sa grand-mère et comprit aussitôt ce que ses parents avaient tenté de lui expliquer. Elle s'avança sur le trottoir envahi par les mauvaises herbes, assez hautes pour lui chatouiller les chevilles, et son regard tomba sur les restes bruns et ratatinés des plantes qui flanquaient la porte. Elle s'approcha, remarqua la peinture délavée de la bâtisse, ramassa l'écuelle d'eau argentée que mamie laissait toujours à la disposition des animaux domestiques et la secoua pour en chasser l'eau de pluie et les feuilles mortes. Elle la reposa à la verticale contre le mur pour la faire sécher.

L'extérieur n'était pas trop mal en point, il avait juste besoin d'une nouvelle couche de peinture et d'un peu d'aménagement paysager, mais la végétation sauvage avait pris le dessus du côté qui séparait *Le Bouquet de Souvenirs* d'une suite de locaux commerciaux, masquant complètement la vue de la petite boutique depuis Main Street qui s'étirait un peu plus loin, perpendiculairement à la petite rue. Des travaux semblaient en cours dans ces bâtiments-là, et des cônes orange sur le trottoir rétrécissaient encore la rue et la rendaient presque impossible d'accès.

Hannah tripota son trousseau de clés et retrouva la clé que mamie lui avait donnée bien des années plus tôt. Elle la glissa dans la vieille serrure, tourna la poignée ronde et poussa la grande porte en bois et en verre. Les gonds grincèrent de toute leur vétusté, comme s'ils protestaient contre son intrusion.

À l'intérieur, un silence inquiétant retomba. La tristesse l'envahit et elle tourna le panneau « Ouvert » sur « Fermé », comprenant alors qu'il n'avait jamais été changé depuis le dernier jour d'ouverture, et elle alluma les lumières. La vieille musique que mamie avait l'habitude de jouer sur le tourne-disque antique à l'arrière s'était tue, et les rayons de soleil semblaient maintenant freinés par l'hiver et les fenêtres opaques qui auraient besoin d'un bon nettoyage.

Hannah laissa son regard errer sur le mur chargé de seaux argentés. Quand Hannah était petite, sa grand-mère conservait des bouquets de fleurs dans ceux du bas. Aujourd'hui, des toiles d'araignées s'étiraient entre eux. Le vieux comptoir en bois au centre de la pièce – un grand espace qui servait à la fois à composer les bouquets et à encaisser les clients – était complètement recouvert de piles de papiers, et la vitrine au fond n'exposait plus que quelques arrangements fanés.

La saleté crissa sous ses pas lorsqu'elle se dirigea vers les boîtes de livraison ouvertes qui bordaient le mur opposé, et elle jeta un coup d'œil à l'intérieur : la dernière livraison de fleurs magnifiques – roses rouges et blanches, hortensias, gerberas, freesias, anémones, jonquilles et gypsophiles –, toutes flétries. Elle les sortit toutes et remplit leurs pots d'eau pour les sauver.

Hannah ne se souvenait pas d'un seul jour où sa mamie n'était pas allée à pied à la boutique depuis sa petite maison à la périphérie de la ville, bien emmitouflée en cas de froid, ou avec un chapeau imperméable les jours de pluie, absolument ravie de se rendre au travail. Hannah avait adoré l'aisance de sa grand-mère, tant au magasin que dans sa vie privée. Elle passait des disques et fredonnait tout en créant des bouquets. L'intérieur blanc avait mis en valeur l'arc-en-ciel de ses fleurs. Mais aujourd'hui, tout ici avait l'air fatigué, comme mamie.

Elle se dirigea vers la porte arrière et observa à travers la vitre. Son regard balaya la cour à la recherche de Confetti, mais aucune trace de la petite chatte. Elle tourna la poignée et fit un pas sur une dalle de ciment, où sa grand-mère avait l'habitude d'entreposer de grands bacs pour les tiges et les feuilles de fleurs coupées et destinées au compost. Ils avaient disparu, et le jardin si bien entretenu était désormais tapissé de feuilles. Un bout de plastique blanc dépassait de la végétation morte au sol. Hannah reconnut la gamelle du félin et s'approcha donc pour la récupérer.

Ses yeux se remplirent de larmes, son esprit s'emballa à l'idée que la pauvre chatte sauvage avait peut-être été contrainte d'abandonner mamie dans sa quête de nourriture. Elle rapporta la gamelle à l'intérieur et regarda s'il y avait du lait dans le réfrigérateur du fond, mais il était vide. Le cœur lourd, Hannah posa la gamelle du chat sur le comptoir où mamie avait l'habitude de laisser un plateau de muffins frais pour ses clients, et retourna vers l'avant de la boutique.

À travers la vitrine, elle aperçut le tout petit jardin avant et l'allée qui menait à la route désormais envahie par les mauvaises herbes. La vieille enseigne complètement décolorée avait réduit *Le Bouquet de Souvenirs* en un vague *Le ouq d S v irs*.

Un jour, quand elle avait une dizaine d'années, Hannah avait demandé à sa grand-mère pourquoi elle avait baptisé la boutique *Le Bouquet de Souvenirs*, et celle-ci lui avait expliqué : « Chaque fois que je crée un bouquet pour quelqu'un, je crée un souvenir. Penses-y. » Elle avait fourré entre les mains d'Hannah une gerbe d'hortensias. « Quelqu'un pourrait recevoir ce bouquet pour son anniversaire, et il trônera sur la table de la cuisine pendant que sa famille se réunira autour d'un gâteau couvert de bougies vacillantes et chantera pour la fillette qu'ils aiment. ». Elle s'était penchée vers Hannah, juste assez pour qu'elle distingue l'étincelle dans ses yeux, et avait chuchoté : « Et elle s'en souviendra. » Mamie avait repris les fleurs des mains d'Hannah et virevolté en les brandissant en l'air. « Et nous aurons été une petite partie de ce souvenir. » Elle avait ensuite glissé les fleurs dans un vase rempli d'eau et commencé à chercher d'autres fleurs pour les compléter. Sa grand-mère avait eu raison de dire que les fleurs fabriquaient des souvenirs pour les autres, elles en avaient aussi beaucoup fabriqué pour Hannah.

Personne ne se souviendrait de rien dans un endroit dans un tel état. Debout au milieu de la vieille boutique, elle décida qu'il était temps de trouver ce qu'elle allait dire à sa grand-mère.

Chapitre 14

Le moins qu'Hannah puisse faire, c'était d'aider mamie à mettre de l'ordre dans ses affaires. Elle retroussa ses manches et s'approcha de la montagne de documents étalée sur le comptoir central. Chaque pile était accompagnée de post-it rédigés de la main de sa mère. Un tas portait la mention « À recycler », un autre « À classer ». Hannah se concentra sur la pile marquée « Factures », la prit et la feuilleta, le cœur serré. Sa grand-mère avait accumulé des centaines, voire des milliers de dollars de factures impayées.

Elle les reposa et les fixa, songeuse. Elle avait trente-cinq ans. Elle avait économisé de l'argent pour fonder une famille qui, compte tenu de sa récente rupture avec Miles et de son âge, n'existerait peut-être jamais… Elle posa son téléphone sur le comptoir et ouvrit l'application calculatrice, additionnant toutes les factures devant elle, et même si le nombre augmentait, elle savait qu'elle pourrait encore les régler avec son épargne. Elle pouvait effacer complètement ces dettes pour ses parents et sa grand-mère. Mais si mamie gardait la boutique ouverte, les factures continueraient à s'accumuler.

Le vieux carillon au-dessus de la porte tinta, ce qui la fit sursauter. Elle leva les yeux sur une femme âgée qui entrait en traînant les pieds. Elle tenait une canne violette avec un motif tourbillonnant assorti à sa jupe. La femme jeta un coup d'œil à Hannah et s'approcha lentement.

– Bonté divine ! Tu nous as quittés au loin et tu es devenue bien chic, s'exclama-t-elle en rejoignant Hannah, avec ce timbre doux du Sud qui donnait à sa mauvaise syntaxe un air de mélodie. La porte était fermée, mais c'est normalement ouvert à cette heure-ci, alors j'ai juste appuyé sur la poignée.

Elle ponctua son explication d'un coup d'œil par-dessus son épaule.

– On s'est déjà rencontrées ? demanda Hannah, tant la dame lui semblait familière.

– Je m'appelle Darlene Buxton. Je suis amie avec ta grand-mère depuis notre jeunesse dans le Kentucky, répliqua Darlene en l'étudiant poliment, mais sans aucune discrétion. Ta grand-mère ne parle que de toi, tu sais…

Ses paupières se plissèrent au-dessus de son franc sourire.

– Je me souviens de vous, confirma Hannah avec une pointe de plaisir.

Elle revoyait Darlene et sa grand-mère danser ensemble dans la boutique.

– Elle était si angoissée quand tu es partie à l'université de New York, reprit Darlene en levant la tête pour regarder les seaux argentés vides en hauteur. Elle s'inquiétait comme une folle pour toi, toute seule dans cette grande ville. C'était si dur pour elle de te laisser partir. Mais elle m'a dit un jour : « Hannah veut une vie différente, et je comprends très bien ce qu'elle ressent. »

– Je n'en ai jamais rien su, répondit Hannah, en repensant à la remarque de Liam devant tous les trophées que mamie aurait gardés parce qu'elle lui avait manqué.

Sa grand-mère avait toujours été d'un grand soutien. Elle n'avait pas laissé Hannah voir chez elle autre chose qu'une joie absolue à l'idée de son déménagement à New York.

– Eh bien, ma chère, je suis absolument ravie de voir que tu reprends la boutique à sa place puisqu'elle ne peut pas être là pour la gérer. Je suis sûre qu'elle en est ravie.

– Oh, je suis…

Elle hésita avant de laisser sa phrase s'éteindre, tandis que sa culpabilité omniprésente refaisait surface.

– Ça me fait plaisir, se contenta-t-elle de répliquer – inutile d'entrer dans les détails pour l'instant.

Darlene était radieuse.

– Depuis que je connais ta grand-mère, elle est complètement différente quand elle se trouve au milieu de ses fleurs. Ce sera merveilleux pour elle de savoir que son souvenir et celui de cet endroit continueront de vivre de génération en génération. Je suppose que ça fait de toi la nouvelle gardienne des souvenirs ! lança-t-elle avec un sourire enthousiaste. C'est ce qu'elle a toujours voulu. Je suis fière que tu sois revenue à la maison pour faire ça pour elle.

Hannah la dévisagea, sans voix. Mamie avait voulu qu'Hannah reprenne la boutique ? Elle ne lui avait jamais rien dit de tel…

Le téléphone d'Hannah afficha une nouvelle notification du travail. Elle éteignit l'écran, son esprit toujours à cent à l'heure.

Darlene inspira longuement par le nez en passant en revue l'espace délabré.

– Je suis venue chercher un petit bouquet pour mon club de lecture. Quelque chose de printanier pour donner aux dames une petite touche de lumière à espérer avec impatience pendant ces derniers jours froids.

– Bien sûr, dit Hannah en se précipitant vers les caisses de fleurs. Je viens d'arriver, je n'ai pas encore rangé la boutique.

Hannah saisit une poignée de tulipes roses et de lys blancs encore en bon état et les posa sur le comptoir. Elle n'avait pas la moindre idée de la raison pour laquelle elle prétendait garder le magasin ouvert.

– Oh, très chère, je ne peux pas m'en offrir autant, s'inquiéta Darlene à voix haute.

– Pas de souci, la rassura Hannah. C'est pour moi – pour ne pas avoir tout rangé avant votre visite. Je ne vous facturerai qu'un petit bouquet.

Hannah prit un grand vase en verre dans une boîte à côté du comptoir et commença à arranger les fleurs, un mariage de blanc et de rose qui rappelait une boîte de bonbons.

Elle tailla la tige d'une tulipe et la glissa dans le vase.

– Et voilà, annonça Hannah, poussant le bouquet vers Darlene.

Hannah ne savait pas ce qu'elle ferait si Darlene revenait à la boutique et la trouvait dans le même état, ni quel destin attendait *Le Bouquet de Souvenirs* la semaine suivante, mais elle savait que ses remords s'étaient estompés lorsqu'elle avait confirmé à Darlene qu'elle remplaçait mamie.

– C'est tellement beau, souffla Darlene, admirative de son travail. Je ne sais pas comment on peut assembler des fleurs et leur donner un air si splendide.

Elle tourna le bouquet pour le scruter de plus près.

– C'est un véritable don du ciel. Je ne l'ai vu que chez Faye et ma mère avant aujourd'hui, jugea-t-elle avant de lever les yeux vers Hannah. Et tu l'as toi aussi.

Hannah sourit.

Darlene paya le bouquet.

– Merci pour ça, lança-t-elle, le vase en verre dans une main et sa canne dans l'autre.

– Avec plaisir. Laissez-moi vous ouvrir la porte.

Après le départ de la vieille dame, Hannah comprit tout : Darlene Buxton. Buxton Floral Co. d'après le journal de sa grand-mère. Elles se connaissaient depuis son enfance… Hannah ne put s'empêcher de remarquer cette coïncidence : c'était Darlene qui avait donné à mamie l'idée qu'Hannah devienne la nouvelle gardienne des souvenirs, alors même que mamie avait elle-même dû commencer sa carrière sous la direction de la mère de Darlene.

Avant qu'elle ne puisse s'appesantir sur cette histoire, Hannah dut se concentrer sur un tout autre sujet : Liam marchait vers la porte.

Tous deux semblèrent aussi surpris de se retrouver face à face ici.

– Je passais par là, commença-t-il timidement, en observant la boutique derrière elle avec tact.

– C'est la boutique de ma grand-mère, expliqua-t-elle fièrement, en le laissant entrer pour qu'il se mette à l'abri du froid, même si la pièce dégarnie laissait encore passer les courants d'air. C'est assez… hum… délabré.

Elle parlait poliment, tout en évitant d'aborder le sujet tabou et évident entre eux.

Il acquiesça pensivement et passa un doigt le long d'un présentoir à moitié vide.

– Je vois.

Elle passa derrière le comptoir et déplaça la pile de papiers pour tenter d'améliorer la situation, mais elle savait que c'était peine perdue.

– Le loyer l'écrase et on tente de la convaincre de fermer.

Liam haussa les sourcils, manifestement curieux.

De qui se moquait-elle en imaginant qu'elle pouvait sauver ce chantier ? Elle devait faire signer à mamie les papiers qui libéraient ses parents du bail. Ensuite, Hannah paierait les factures et, au bout du compte, elle fermerait la boutique. C'était vraiment la seule solution.

– Tu sembles complètement désemparée, remarqua Liam d'un air désolé.

– C'est vrai. La vie est dure parfois, et je dois l'accepter.

– Oui, la vie est dure, confirma-t-il, le regard triste.

Il ouvrit la bouche pour ajouter quelque chose, mais le téléphone d'Hannah sonna sur le comptoir.

– Désolée, c'est peut-être à propos de mamie, s'excusa-t-elle en se penchant pour voir l'appelant. C'est le travail. Je ne m'attendais pas à ce qu'ils m'appellent directement à moins d'une véritable urgence. Ça te dérange si je décroche ?

– Pas du tout, je t'en prie.

– Je reviens tout de suite.

Hannah s'enfonça dans le couloir à l'arrière du magasin et prit l'appel.

– C'est Amanda, lança sa collègue.

En tant que directrice adjointe, Amanda avait pris les rênes en l'absence d'Hannah. Amanda n'avait pas été retenue pour le poste de directrice artistique lorsque Hannah avait été embauchée et l'avait très mal vécu, mais elle avait géré la situation avec gentillesse et professionnalisme, allant même jusqu'à acheter à Hannah un presse-papiers pour son bureau en guise de cadeau de félicitations. Hannah savait que si Amanda n'avait pas été retenue pour le poste, c'était parce qu'elle n'avait jamais géré un projet d'envergure avec un directeur auparavant, alors Hannah avait voulu s'assurer qu'Amanda soit à ses côtés maintenant. Elle avait passé en revue son plan avec Amanda avant de partir, et tout le projet était entre ses mains. Hannah ne s'était pas inquiétée… jusqu'à cet appel. Amanda ne l'appelait jamais en dehors des heures de travail ou pendant ses congés.

– Je suis désolée de te déranger pendant tes vacances, mais on a un sérieux problème.

Hannah grimaça – Amanda devait toujours croire qu'elle était sur une plage de la Barbade avec Miles en ce moment même.

– Qu'est-ce qui se passe ?

– Juste après ton départ, le système informatique du boulot est tombé en panne, et on a perdu toutes les photos pour la campagne d'été à la ferme.

Hannah en eut le souffle coupé.

– Quoi ? articula-t-elle, à peine capable de prononcer ce seul mot.

Au cours des six derniers mois, Hannah avait parcouru le pays avec le photographe, une fois par mois, pour chaque prise de vue, et lui avait donné des instructions délicates sur le contenu qu'elle souhaitait obtenir. Elle avait des images d'une famille de paysans en salopette, tous assis sous leur porche après une journée de travail, avec la moissonneuse verte en vue floue dans les champs de blé en fond ; cette photo avec le vieux chien de ferme assis à côté d'un épouvantail au coucher du soleil… Tous ces magnifiques clichés primés avaient été perdus ?

– On fait des pieds et des mains pour les récupérer. Le service informatique a fait des heures supplémentaires. Ils pensent que c'est parce que le fichier était ouvert au moment du crash. Les dommages subis par le disque dur ont entraîné une corruption du logiciel, ce qui rend impossible la récupération des fichiers. Ils sont toujours dessus, mais je crains que d'ici qu'ils avancent, il ne soit trop tard. On ne va pas pouvoir respecter les échéances, et sans les photos, on n'a rien. J'ai essayé d'utiliser de vieilles photos, mais rien ne convient. Est-ce que les photos sont sauvegardées quelque part chez toi ?

– Je ne pense pas. J'ai tout gardé au travail, je pensais que l'ordinateur était plus fiable que le mien.

Hannah s'adossa au mur, le téléphone toujours à l'oreille, et prit conscience de l'énormité de la situation. Elle venait d'obtenir cette promotion et, qu'elle soit responsable ou non de ce chaos, ce ne serait pas bien vu si le premier grand projet qu'on lui avait confié échouait lamentablement. Si le problème n'était pas résolu, elle risquait de gros problèmes au boulot. Sans ces images, il n'y avait rien à mettre dans la page principale alors que la date limite approchait. Il fallait qu'elle trouve une solution.

– Oh mon Dieu.

– Je sais…

Soudain, Hannah eut une révélation.

– Et sur l'appareil photo lui-même ? Il doit être dans mon bureau.

– Non. J'ai déjà vérifié. Tu l'as vidé, tu te souviens ?

Hannah tenta de surmonter le brouillard d'anxiété qui noyait son cerveau pour se rappeler ce geste.

– Vraiment ? demanda-t-elle faiblement.

– Quand on a fini de tout télécharger, tu as effacé les photos parce que le département technique nous prend toujours la tête avec la conservation des images sur les appareils. Tu as dit toi-même à quel point c'était pénible de prendre un appareil photo et de constater qu'il était déjà rempli des photos d'un autre projet.

Tout le poids de son perfectionnisme s'abattit sur elle. Amanda avait raison, Hannah avait tout effacé le jour du téléchargement.

– Et le photographe ? Il ne les aurait pas, par hasard ?

– Non. On a vérifié auprès de lui aussi. Qu'est-ce qu'on fait, Hannah ?

Elle ferma les yeux et se frotta le front.

– Laisse-moi réfléchir une seconde.

Elle devait arranger les choses, mais comment ? Elle se creusa la tête pour trouver une idée, mais au fond, c'était clairement la mission du service informatique, et si eux ne pouvaient pas récupérer ces photos, elle ne savait pas du tout quoi faire de cette rubrique du magazine. Ils devraient repartir de zéro, et ils n'avaient pas le temps pour ça.

– Je vais trouver un truc. Tiens bon et je te rappelle dès que j'ai trouvé.

Hannah la salua et raccrocha, avec l'impression que sa tête allait exploser.

– Ça va ? demanda Liam lorsqu'elle retourna au comptoir.

– Juste un truc au boulot, répondit-elle, peu désireuse de se lancer dans une discussion avec lui.

– Je pense que tu as besoin de quelque chose de doux et de chaud pour te changer les idées. On pourrait descendre la rue jusqu'au café et en prendre un.

– Je ne crois pas…

Elle ne voulait recevoir aucune sorte d'invitation de sa part.

– Est-ce qu'on peut juste discuter ?

Elle n'en démordit pas : s'il avait quelque chose à dire, il pouvait le lui dire tout de suite.

– Hannah, j'ai besoin que tu m'écoutes. Après ça, je te promets de ne plus te déranger. Je t'en prie. Viens prendre un café avec moi.

Elle réfléchit. Il y avait un terrible courant d'air dans la boutique, et un café bien chaud serait bienvenu. Et délicieux. En outre, elle pourrait penser à autre chose pendant quelques minutes…

Hannah attrapa son manteau tandis que Liam ouvrait la porte, et tous deux sortirent sous le soleil. Elle referma derrière eux et ils descendirent ensemble l'allée principale, en direction de Main Street. Hannah n'avait aucune idée de ce qu'elle fabriquait, à aller prendre un café avec lui, son avenir plus incertain qu'il ne l'avait jamais été.

Chapitre 15

– Quand est-ce que ta mère arrive avec Noah ? demanda Hannah.

Elle ne savait pas comment avoir une conversation avec Liam, compte tenu de leur nouvelle dynamique. Une fois installés à une table du bistrot à l'étage, près de la cheminée, à l'écart de la foule du café, elle entoura de ses mains la tasse en porcelaine chaude qui fleurait bon la bergamote, l'expresso et le lait de coco.

– Vers quinze heures, répondit-il en la dévisageant comme si un millier de pensées traversaient son esprit en même temps. Ma mère a une soirée caritative qu'elle avait oubliée dans quelques jours, et elle doit trouver une robe dès son retour, donc il n'y aura que Noah et moi ce soir.

– Oh.

Elle ne savait pas trop quoi dire. Elle se pencha sur son café au lait et en but une gorgée, se délectant de sa douceur chaude et fumante.

– Tu veux me dire pourquoi tu m'as vraiment amenée ici ?

Il la regarda fixement, comme s'il ne savait pas par où commencer.

Elle reposa doucement sa tasse, s'évertuant à rester calme.

– Tu m'as repoussée ce matin, tu m'as annoncé que tu étais marié et tu es parti, et ensuite tu te pointes chez mamie et tu m'invites à prendre un café. Tu m'expliques ?

– Je suis désolé pour ça, s'excusa-t-il en secouant la tête, le remords assombrissant chacun de ses traits.

– Tu es désolé d'avoir dit que tu étais marié, désolé de m'avoir embrassée alors que tu étais marié, ou désolé de m'avoir demandé de prendre un café ?

Sans lui laisser le temps de répondre, elle enchaîna :

– J'ai beaucoup à faire ici, Liam, et je ne vais pas rester là à attendre que tu comprennes tout. Dis-moi tout de suite ce que tu as à dire.

– Tu as tellement de choses sur le feu...

Il ne répondait à aucune de ses questions. Il serra les dents comme s'il s'en voulait, puis la regarda dans les yeux.

– Je n'ai pas l'habitude de tout ça.

Elle prit une grande inspiration pour se calmer et attendit patiemment, lui accordant toute son attention. Clairement, ce qu'il essayait de lui dire était difficile pour lui.

– Ma femme...

Liam se tut et but une gorgée de son café. Il déglutit et tenta de se ressaisir, et reprit après s'être éclairci la voix :

– Elle s'appelle Alison. S'appelait Alison. Elle est décédée d'un cancer il y a deux ans.

Soudain, le cœur d'Hannah passa d'une colère glaciale à une compassion infinie pour Liam.

Liam était père célibataire et tentait de tout gérer seul. À quoi avaient bien pu ressembler ces deux dernières années ?

– Oh mon Dieu, Liam. Je suis vraiment désolée.

Toutes les pensées et émotions qu'elle avait lues sur son visage devenaient maintenant limpides. Elle porta les doigts à ses lèvres, le souffle coupé, s'efforçant d'imaginer la peine qu'il avait dû ressentir.

– Je ne me suis jamais retrouvé dans une situation où je pourrais rencontrer... quelqu'un d'autre. Je n'ai pas eu de rendez-vous ; mes amis voulaient me présenter des femmes, mais personne n'arrivait à la cheville d'Alison.

Ses doigts tapotèrent nerveusement sur la table, puis se figèrent.

– Je voyage beaucoup. Je croise des centaines de personnes chaque jour, et leurs visages ne signifient rien pour moi. Et là, tu as surgi de mon passé pour entrer dans mon univers. Avec une fleur dans les cheveux, se souvint-il avec un sourire. Je n'arrivais pas à te quitter des yeux.

– Oh, waouh, souffla-t-elle, presque en chuchotant.

– Je me souviens de cette culpabilité que j'ai ressentie parce que tu avais attiré mon attention – comme si j'étais infidèle à la mémoire d'Alison –, alors j'ai continué à avancer vers la salle des bagages. Mais nos sacs se sont emmêlés. J'ai alors ressenti une vague de peur : ma vie avançait sans ma femme, et je n'étais pas prêt. Je m'étais installé confortablement dans mon petit monde gris et vide. Je me suis forcé à te laisser partir. Quand Georgia t'a vue, je me suis demandé si ce n'était pas un coup du destin pour me pousser à sortir de ma zone de confort. Quand je me suis réveillé dans la chambre d'hôtel, en t'embrassant, j'étais déchiré, je ne savais pas quoi faire, parce que je ressentais quelque chose pour toi qu'il m'était impossible de nier.

– Bonté divine.

Hannah avait du mal à respirer.

– Quand tu m'as demandé ouvertement si j'étais marié, c'était la première fois en deux ans que je me demandais quelle était ma réponse à cette question. Et je me suis figé. En fait, j'ai fui, se rappela-t-il avec un sourire éteint. Je suis vraiment désolé. C'est juste que je ne sais pas encore comment gérer ce que je ressens pour toi.

Hannah tendit la main et prit la sienne.

– Ce n'est pas forcément opposé, tout l'un ou tout l'autre. Alison appartient à une partie totalement différente de ta vie. Tu as le droit de continuer et d'explorer de nouvelles amitiés et relations sans elle. Tu dois le faire. C'est pour ça que tu es encore là.

– J'ai l'impression qu'après ce que tu as vécu avec Miles, tu mérites d'avoir quelqu'un qui puisse te donner le meilleur de lui-même, et c'est ce que je veux t'offrir, mais je ne sais pas si j'en suis capable pour l'instant. Tout est si nouveau.

– Soyons simplement ce que nous sommes en ce moment : des amis. Il n'y a pas d'urgence à être plus que ça.

Elle n'avait jamais été aussi certaine de ces mots qu'à cette seconde. Aucun d'eux n'était prêt à plus que ce qu'ils étaient en ce moment. Mais ils pourraient tout à fait devenir les meilleurs amis du monde.

Avec tout le poids du monde sur les épaules, Hannah retourna chez mamie, plusieurs sacs se balançant au bout de ses doigts. Après le café, Liam avait proposé de la reconduire, mais Hannah préférait être seule pour réfléchir. Elle s'était arrêtée dans quelques boutiques et avait acheté des vêtements pour le reste de la semaine, complètement perdue dans ses pensées. Lorsqu'elle arriva chez sa grand-mère, elle n'était pas près de trouver la moindre réponse à quoi que ce soit. Elle entra et se dirigea vers la cuisine.

– Coucou ! la salua sa mère lorsque Hannah s'installa sur un tabouret de bar de l'îlot. Comment allait mamie quand tu l'as quittée ?

Sa mère lui tournait le dos et remuait une cuillère en bois dans un saladier qu'elle tenait dans les bras. Elle posa le bol à côté d'une plaque à biscuits graissée et lui fit face.

– Bien, je crois. Elle dormait.

Hannah y jeta un coup d'œil, ravie de découvrir une pâte riche en pépites de chocolat. La cuisine de sa mère lui avait manqué. Hélas, même ses cookies ne suffiraient pas à la consoler après ce qu'elle s'apprêtait à annoncer.

– Je vais t'aider à faire signer à mamie les formulaires pour l'avocat.

La réalité du projet pesa lourd sur sa poitrine. Tout en elle criait que c'était une erreur, mais son côté rationnel ne voyait pas d'autre possibilité.

– Tu as vu la boutique, je suppose ?

Maura commença à rouler des boules de pâte et à les placer sur la plaque.

– Oui, elle est délabrée.

Hannah frotta son épaule, là où elle ressentait toujours ce pincement, essayant de ne pas penser à la déception que mamie éprouverait à l'annonce de leur décision.

– Oui, acquiesça Maura.

– Bon, ils sont prêts ces cookies ? la taquina son père en entrant dans la pièce.

Il tapota le haut des bras d'Hannah avant de faire le tour de l'îlot pour embrasser Maura sur la joue.

– Aucune importance ! répondit-elle d'un ton enjoué. Tu n'en auras pas. Tu suis un régime spécial – ordre du médecin.

– Je te soudoierai s'il le faut, répondit Chuck en mordillant le cou de Maura, qui gloussa.

– Vous êtes vraiment obligés de faire ça ? s'esclaffa Hannah.

Mais c'était juste pour les taquiner. Ils étaient ensemble depuis quarante-deux ans et elle ne les avait jamais vus se disputer.

– Je suis fatiguée, leur dit-elle. Je crois que je vais aller dans la chambre de mamie et faire une sieste ou me reposer un peu.

– Bonne idée, ma puce, dit Maura. Je viendrai te chercher quand les cookies seront prêts.

Hannah se rendit dans la chambre puis se laissa tomber sur le lit. Elle se répéta que tout irait bien, que mamie serait bientôt de retour à la maison et qu'elle s'habituerait à la vie sans *La Gardienne des Souvenirs*. Mais elle n'y croyait pas. Elle se sentait mentalement épuisée, avide d'une sérénité que seule sa grand-mère pouvait lui apporter. Elle souleva donc le signet en ruban satiné cousu dans la reliure du journal et reprit sa lecture.

7 avril 1943

Mes mains sont tellement rugueuses à cause des longues heures passées à l'usine. J'aide à insérer des tubes métalliques dans les canons, et même si je rentre directement à la maison et que je me lave avec du savon Palmolive, puis que j'ajoute une noisette de lotion de maman, ma peau ressemble toujours à du papier de verre. Je veux être belle pour le retour de Charles, mais je serai vieille et défraîchie. J'attache mes cheveux au travail, ils sont tout secs et gardent la forme du bandana que je porte. Je n'ai pas refait mes boucles depuis si longtemps que je crains d'avoir oublié comment procéder. Depuis le début de la guerre, je suis obligée de faire ce travail horrible. Ce n'est pas une place pour quelqu'un comme moi. Je ne suis pas trop bien pour ce métier, mais j'ai envie de créer, de prendre des photos et de boire une Green River à la fontaine à soda avec une pile de livres à côté de moi. Est-ce que je réussirai à m'en sortir un jour ?

Toujours plus curieuse de découvrir comment sa grand-mère, si délicate, artiste et à l'âme sauvage, était parvenue à se libérer de son travail à l'usine, Hannah tourna la page.

12 mai 1943

Maman m'a laissée utiliser un peu de l'argent que nous avions économisé grâce au travail pour aller chez l'esthéticienne, et je me sens comme une princesse avec mes cheveux bien coiffés. L'arrière est joliment détaché et bouclé, et j'ai des barrettes sur les côtés. Chaque mèche est parfaitement en place. Je sais que je n'ai qu'un seul jour de congé et que je devrai les attacher demain à l'usine, mais aujourd'hui, j'ai mis une robe et je me suis promenée dans Louisville. Je n'aurais probablement pas dû, mais je suis allée au Beaty's Drugstore *et j'ai acheté du Green River à la fontaine à soda. C'était tellement pétillant que j'en ai eu le hoquet ! J'y ai aussi rencontré un homme très gentil. Il lisait un livre d'histoire et m'a surprise en train d'essayer d'en déchiffrer la couverture. Il m'a dit s'appeler Warren Townshend…*

Hannah sursauta. Le voilà, son papi. Son cœur gonfla de joie à l'idée de découvrir comment tout avait commencé entre eux. Elle se souvenait des photos de sa mère lorsqu'ils avaient mis en carton ce qui lui avait semblé être des centaines de livres d'histoire, à la mort de son grand-père. Il aimait lire à Hannah des histoires sur George Washington et Davy Crockett lorsqu'elle était petite. Hannah caressa les mots de mamie et continua à lire – elle avait tellement hâte de connaître toute l'histoire de la rencontre entre mamie et papi.

Il a dit qu'il avait vingt et un ans. Il étudie à l'université de Louisville. Je lui ai parlé de Charles et lui ai demandé pourquoi il n'était pas en train de faire la guerre lui aussi. Il m'a expliqué qu'il s'était inscrit le jour de son anniversaire, mais qu'il n'avait pas encore été enrôlé. Même s'il risquait d'être appelé un jour ou l'autre, il s'était inscrit à l'université pour étudier le commerce. Il m'a demandé si je reviendrais à la fontaine à soda, et je lui ai dit peut-être.

Hannah posa le journal sur sa poitrine et ferma les yeux, et se remémora une scène avec son grand-père. Lorsqu'elle avait environ six ans, papi l'avait fait tournoyer et lui avait dit : « Tu es un ange ! » Il lui avait pris les mains, et ses doigts géants avaient englouti les siens. « Tu sais, je n'ai vu qu'un seul autre ange avant toi. »

Elle avait été stupéfaite qu'il ait déjà vu un véritable ange. « Tu en as vu un ? » avait-elle demandé candidement. Papi l'avait fait virevolter encore une fois. « Oui, je l'ai rencontré à une fontaine à soda. »

« Ça existe des fontaines à soda ? avait demandé Hannah, ce qui avait fait rire son grand-père. Tu as revu l'ange après ça ? »

Papi avait lancé un regard plein de tendresse à mamie. « Je la vois tous les jours. »

Mamie et lui s'étaient incroyablement bien trouvés, et Hannah n'espérait qu'une chose : avoir la même chance qu'eux un jour.

Hannah zappait les chaînes de télévision dans le salon lorsqu'elle reçut une alerte sur son téléphone : un appel vidéo entrant de Liam. Un appel vidéo ? Étrange. Elle glissa son doigt sur l'écran pour décrocher et le visage de Liam apparut.

– Salut ! Désolé de te déranger, mais on est juste tous les deux entre mecs cet après-midi, et Noah m'a demandé s'il pouvait t'appeler.

– Noah veut me parler ?

Le visage de Noah surgit alors, et le petit garçon écarta son père hors de leur vue.

– Tu peux me parler de la balançoire en pneu ?

– Oh, bien sûr, répondit-elle en éteignant la télévision, ses jambes repliées sur le canapé pour se mettre à l'aise. C'est à la ferme de M. Abernathy. Ton papa le connaît, Emmitt Abernathy.

– Papa ? cria Noah. Hannah veut savoir si tu connais Nathy.

L'image vacilla et soudain le visage de Liam revint à l'écran.

– Salut, lui sourit-elle.

– Salut. Et si au lieu de parler de la balançoire à Noah, on lui montrait ? Je vais appeler Emmitt et s'il est d'accord, on pourrait lui rendre visite demain.

– Ce serait sympa. On pourrait y aller vers dix heures ?

– Ça marche.

Noah applaudit joyeusement en arrière-plan.

– Génial. Eh bien, Noah, on devrait laisser cette dame continuer tranquillement sa journée.

– D'accord. Au revoir, Noah ! lança-t-elle.

Une petite voix se fit entendre à côté de Liam.

– Au revoir, Hannah.

– On se voit demain, d'accord ?

– D'accord ! gloussa le garçonnet.

Hannah raccrocha et pensa à la chance qu'avait Liam d'avoir son petit Noah. Un vrai rayon de soleil. Peut-être qu'une journée à deux lui remonterait le moral.

Chapitre 16

Après son appel avec Liam et Noah, Hannah envoya un e-mail à Amanda pour lui dire de ne plus s'inquiéter de ces photos manquantes pour le reste de la journée, et qu'elle allait voir si elle ne trouverait pas un fichier de sauvegarde quelque part. C'était surtout une tactique pour donner un sursis à Amanda et à l'équipe, et leur éviter de prévenir la hiérarchie alors qu'Hannah n'était pas là au moment le plus crucial de la production. Mais elle savait pertinemment qu'elle n'avait pas ces fichiers et qu'essayer de transmettre l'atmosphère, le message et le concept du reportage en images en utilisant de vieilles archives inutilisées serait presque impossible.

Elle était tellement préoccupée par cette histoire qu'elle finit par s'assoupir. À son réveil, sa mère était dans la cuisine et grignotait un de ses cookies aux pépites de chocolat. Hannah entra et en prit un.

– Ça va ? lui demanda sa mère, tout en mettant quelques biscuits sur un plateau qu'elle posa au centre de l'îlot.

– Pas vraiment.

Tout en picorant, Hannah entreprit de raconter ce qu'il se passait à son travail et ce que Liam lui avait avoué au café.

– La vie est parfois complètement folle, dit sa mère en secouant la tête. J'espère qu'un jour tu pourras regarder en arrière et comprendre le sens de toute cette période de ta vie.

– Peut-être…, admit-elle.

Soudain, son téléphone sonna dans sa poche. Elle n'osait pas regarder, de peur que ce soit Amanda, mais de toute façon, elle serait probablement bien contrainte de répondre. Elle posa son cookie pour sortir son téléphone.

– Attends une seconde, dit-elle, perplexe. C'est Georgia, la fille avec qui je suis rentrée de New York.

Elle décrocha et entendit aussitôt des sanglots.

– J'ai besoin de ton aide. Tu peux venir me chercher ? s'écria Georgia, le souffle court. Je ne voulais pas t'embêter, mais je n'ai nulle part où aller.

– Oh mon Dieu. Oui, évidemment. Où es-tu ?

– À l'angle de la quatrième rue et de Church.

Elle renifla au bout de la ligne.

– Je ne suis pas loin. Ne bouge pas. J'arrive.

– Qu'est-ce qui se passe ? demanda sa mère quand Hannah raccrocha.

– Georgia est dans tous ses états. Elle m'a demandé de venir la chercher en ville.

Elle se leva et se dirigea vers le vestiaire, en sortit son manteau et l'enfila.

– Je peux avoir les clés de la voiture de papa ?

– Bien sûr, lança sa mère en sortant les clés de son sac à main et en les tendant à sa fille.

– Je reviens tout de suite !

Hannah sauta dans le pick-up de son père, qu'il laissait chez mamie, afin de pouvoir aller faire des courses pour elle quand il venait la voir de Floride. Elle démarra pour aller chercher

Georgia, et le moteur protesta faute d'utilisation pendant l'hiver.

Au point de rendez-vous au coin de la rue, elle vit Georgia et Jerry qui l'attendaient dans un froid glacial. Georgia grimpa sur le siège passager, entassa ses sacs autour d'elle et installa Jerry sur ses genoux.

– Je suis vraiment désolée de te déranger, souffla-t-elle, les yeux rougis, en tâtonnant pour attacher sa ceinture de sécurité, les mains tremblantes. Mais j'ai tout essayé, et je ne savais pas où aller. Je dors dans les bois depuis que Liam m'a déposée, et il fait trop froid pour continuer.

– Oh mon Dieu, qu'est-ce qui s'est passé ?

– J'ai eu une piste pour retrouver mes parents de la part de l'agence qui s'est occupée de mon adoption. Ils m'ont donné deux photos : l'une de mes parents et l'autre d'un bébé que je suppose être mon frère ou ma sœur. Au dos, c'est écrit « Franklin, Tennessee ».

Elle retourna la photo pour lui montrer le nom de la ville inscrit au crayon à papier.

– Je me suis donc dit que c'était la ville où ils vivaient. Mon père leur avait donné les photos un jour, il y a une trentaine d'années, en leur disant de me les donner si jamais je les cherchais, malgré le refus de divulgation qu'il avait signé. Il a confié à l'agence qu'il avait hésité à signer.

– Un refus de divulgation ? Qu'est-ce que c'est ?

– C'est un document qui interdit la divulgation d'informations sur mes parents, sauf si je consens à ne pas les contacter. Je suis venue à Franklin pour faire des recherches et voir si je pouvais découvrir leur identité. J'avais juste prévu de me présenter et, s'ils ne voulaient rien avoir à faire avec moi, de repartir aussitôt. Je pensais que je les trouverais tout de suite dans une si petite ville. J'ai engagé un enquêteur qui devait m'aider, mais quand je l'ai rencontré, il m'a dit qu'il avait besoin de plus que de simples photos sans noms et sans autre identification. Il va essayer de deviner l'âge de l'enfant et de trouver des actes de naissance, mais ce n'est pas gagné. Je les ai montrées à tout le monde et je n'ai aucune piste. Je croyais vraiment que je les trouverais, mais manifestement, je me suis trompée.

– Pourquoi ne m'as-tu pas appelée plus tôt ?

– Je ne voulais pas te déranger avec tout ce que tu as à faire, mais quand l'enquêteur m'a dit qu'il n'avait aucune piste, je me suis effondrée. J'ai dépensé mes dernières économies pour venir ici, et je n'ai pas de travail, pas d'argent, rien. Je voulais retrouver ma famille, et maintenant je me sens complètement perdue.

– Viens avec moi chez ma grand-mère. Il y a plein de place, proposa Hannah en tournant au coin de la rue et en retournant vers la maison.

– Tu es sûre que ça ne posera pas de problème ?

– Bien sûr, la rassura Hannah.

Elle aimait même plutôt l'idée d'avoir Georgia avec elle. Elle pourrait peut-être trouver un moyen d'aider sa nouvelle amie.

– Je crois qu'il adore ça, papa, lança Hannah, tandis que Chuck faisait rouler sur le sol la vieille balle de tennis dénichée dans la remise.

Un rire puissant lui échappa lorsque Jerry s'élança à la poursuite du jouet improvisé, piétinant sur la pointe des pattes. Il grognait et tentait de la mordre, sa queue battant à mille à l'heure.

– Regardez ça ! gloussa encore son père.

Il s'approcha, reprit la balle sur le sol et s'assit par terre.

Jerry se précipita vers lui et se figea, les yeux rivés sur la balle, la queue balayant la moquette de droite à gauche. Chuck fit rouler la balle doucement par terre et Jerry courut derrière, et ses aboiements provoquèrent le fou rire de Chuck.

– J'avais besoin de ça, admit son père.

– Il va falloir lui acheter des jouets, suggéra Maura, les mains sur les hanches, le torchon qu'elle avait utilisé pour le ménage se balançant entre ses doigts. Il est trop mignon.

Elle secoua la tête avec tendresse en observant le chien avant de lancer :

– Allez, Georgia, à table. Tu as besoin d'une bonne recette du Sud après la nuit que tu as passée.

– Maman ne rate jamais une occasion de cuisiner, confia Hannah à son amie.

À peine Hannah avait-elle expliqué la situation de Georgia à ses parents que sa mère avait pris Georgia et Jerry sous son aile. Elle avait changé les draps de l'ancienne chambre d'Hannah et préparé un grand dîner pour tout le monde. Elle avait même trouvé des restes pour Jerry, même si Georgia lui avait soutenu avoir assez de nourriture pour lui. Jerry avait été plus que ravi de son repas – il s'était jeté sur son bol.

– Je ne suis pas très à l'aise à l'idée de rester ici et de ne rien faire pour vous remercier, dit Georgia en s'asseyant à table. Je pourrais faire des petites tâches pour vous, si vous en avez besoin ?

– Tu es vraiment adorable, répliqua Maura en posant une assiette de ragoût de poulet devant Georgia. Thé ou limonade ?

– Thé, s'il vous plaît, répondit Georgia en se tournant vers Hannah qui avait pris place à côté d'elle. Je ne plaisante pas. Je me sentirais vraiment mieux si je pouvais participer.

– Vous pourriez nettoyer ensemble la boutique de mamie, Hannah, proposa Maura.

Elle tendit à Georgia un grand verre de thé glacé surmonté d'un quartier de citron.

– On devrait tout laisser propre et repeint à la fermeture. Je sais que ce n'est pas très prestigieux, mais ça nous aiderait beaucoup. On pourrait même te payer, Georgia. On prévoit toujours une petite enveloppe pour les aides extérieures.

Hannah savait qu'ils n'avaient pas vraiment de budget, sa mère voulait juste aider Georgia. Maura était ainsi – elle soutenait les autres, et c'était ce qu'elle faisait le mieux.

– Je serais heureuse de donner un coup de main. N'importe quoi, avec plaisir.

– Je vais faire ta déclaration d'embauche, alors, lança Maura avec un grand sourire.

Georgia croisa les mains, ravie.

– Ça va me faire du bien d'être utile. Merci.

– Vous pourriez peut-être aller là-bas demain après avoir vu mamie à l'hôpital ?

– Bonne idée, répondit Hannah. Mais est-ce que ça veut dire que je dois lui apporter les papiers ?

– On n'est pas obligées de l'assommer avec ça tout de suite, la rassura sa mère. On peut attendre un peu pour le moment…

Hannah était heureuse de pouvoir aider Georgia, même si ce n'était qu'à court terme. Et une petite partie d'elle avait hâte de retourner au *Bouquet de Souvenirs*. Peut-être que ce grand ménage lui permettrait d'oublier quelque temps son avenir incertain.

Chapitre 17

La maisonnée dormait encore lorsque Hannah se réveilla le lendemain matin. Elle avait pris le journal de sa grand-mère avec elle et s'était préparé une tasse de café, avant d'allumer la télévision de la cuisine pour suivre les informations à faible volume. Elle regarda assez longtemps pour voir la météo : un front chaud s'annonçait.

Dans le silence de l'aube, elle s'assit à table et jeta un coup d'œil par la fenêtre aux fauteuils à bascule de sa grand-mère sous le porche. Mamie avait l'habitude de s'asseoir dans l'un d'eux chaque été. Ce serait tellement agréable de prendre un café ici avec elle lorsqu'il ferait meilleur. En aurait-elle seulement de nouveau l'occasion ?

Hannah chassa cette question de son esprit et décida plutôt de lire l'entrée suivante dans le journal de sa grand-mère.

5 juin 1943

Charles est porté disparu. Personne n'a eu de nouvelles de lui depuis sa dernière lettre en mars. Je suis folle d'inquiétude. Des rumeurs font état d'une bataille qui se serait déroulée dans les environs de sa base, mais personne n'a réussi à le retrouver, ni lui ni son ami Alvin. Je ne savais pas qu'il avait un ami qui s'appelait Alvin – sa mère m'a dit qu'Alvin était son compagnon de chambrée.

Je vais au travail tous les jours et je remercie James Williams de nous faire travailler de si longues heures, car ainsi, je ne reste pas seule dans ma chambre à réfléchir à tout ce qui a pu arriver à Charles. Cette ignorance me pousse à imaginer ce qui a pu se passer là-bas, et mon esprit s'emballe, au point de m'empêcher de dormir. Je prie pour qu'il revienne sain et sauf.

Hannah comprit comment mamie avait probablement fini par épouser papi, et se désola pour Charles. Elle connaissait le dénouement de cette histoire avant même de l'avoir lu.

Jerry entra en trottinant et bondit pour poser ses pattes sur sa jambe. Hannah ferma le journal et lui caressa la tête.

– Bonjour, la salua Georgia en entrant, un sac de nourriture pour chiens à la main.

Elle avait enfilé un pyjama en flanelle et ses cheveux étaient remontés en une queue de cheval, ce qui ne changeait pas vraiment de sa coiffure habituelle. Elle posa le sachet près du mur et ouvrit la porte arrière pour laisser sortir Jerry.

– Le jardin n'est pas clôturé, prévint Hannah.

– Ce n'est pas grave. Il n'ira pas bien loin. Il fait ses besoins avant le petit déjeuner tous les matins… C'est du café ?

– Oui. Les tasses sont dans le placard du haut, à gauche de la cafetière.

– Je t'aime, lâcha Georgia en allant se préparer une tasse.

Une fois le café prêt, elle rejoignit Hannah à table et jeta un coup d'œil par la fenêtre aux fauteuils à bascule de mamie.

– Ils sont sympas.

– Peut-être qu'on pourra bientôt en profiter. Le temps est censé se réchauffer… À moins que tu ne retrouves tes parents d'ici là, déclara Hannah en posant sa tasse. Tu veux bien me montrer leur photo ?

– Je vais la chercher.

Georgia fit rentrer Jerry et retourna dans sa chambre.

Le petit chien renifla autour du sac de nourriture, visiblement dans tous ses états, car son petit déjeuner n'était pas encore servi. Il leva les yeux vers Hannah.

– Je n'ai rien pour toi ! s'exclama-t-elle en levant les deux mains ouvertes.

Georgia revint avec les photos et les étala devant Hannah.

Hannah étudia celle de ses parents.

– Ils ont l'air de former une belle famille, estima-t-elle, tandis que Georgia versait à manger dans une gamelle pour Jerry. Et le bébé est adorable.

Hannah caressa du doigt la couverture bleue ornée d'ancres miniatures dans les bras de l'enfant.

– Qui étaient tes parents adoptifs ?

– Une femme nommée Betty et son mari Paul. C'étaient des gens formidables, mais je ne me suis jamais sentie à ma place dans leur famille. Ils étaient incroyablement… traditionnels, expliqua-t-elle en s'asseyant avec son café.

D'un doigt, elle tira la photo de sa famille biologique vers elle et la contempla.

– J'étais leur « enfant sauvage », comme ils m'appelaient. Pendant des années, j'ai cru que c'était vrai, mais plus je grandissais, plus je me rendais compte que je n'étais pas rebelle, je voyais juste le monde différemment. Alors qu'ils voulaient que j'apprenne à jouer aux échecs, moi je me demandais ce que ça donnerait si je peignais ma chambre avec des motifs clinquants. Ils m'ont inscrite au club de sciences de l'école, alors que je voulais faire de la danse. Des trucs du genre.

– Ça a dû être difficile.

Georgia ne quittait pas la photo des yeux.

– Je me suis demandé au fil du temps si mes parents biologiques étaient aussi créatifs que moi.

– J'espère que tu le sauras un jour.

Hannah sirota son café et se sentit chanceuse d'avoir pu compter sur sa famille pour la soutenir.

– Qu'est-ce qui t'a poussée à les chercher maintenant ? reprit-elle.

Georgia tenait sa tasse à deux mains, le regard plongé sur le liquide brun.

– C'est une longue histoire, tu as le temps ?

– Absolument.

– Alors, c'est parti. J'ai commencé à penser à eux à mes dix-huit ans, quand je suis tombée enceinte.

Hannah se figea, la tasse en équilibre précaire à mi-chemin entre la table et ses lèvres. Elle se rendit compte que le café était sur le point de se renverser, alors elle la redressa.

– Paul et Betty n'ont eu aucun scrupule. Ils m'ont dit que si j'étais assez grande pour que ça m'arrive, je devais trouver un boulot et apprendre à être adulte. Je n'avais aucune idée de ce que je devais faire, mais je savais ce que je ne voulais pas faire : galérer quelque part dans un emploi de bureau. J'ai commencé à prendre des photos et à les accrocher à l'épicerie. De temps en temps, j'en vendais une. La plus grande que j'aie jamais vendue est allée à un certain Brent Silva. Il était de passage et, après une soirée au bar, il m'a proposé de m'emmener à Chicago. On est restés ensemble un certain temps.

« Avant même de m'en rendre compte, j'avais un petit appartement à la périphérie de la ville et j'étais serveuse au bar-grill du coin. À la fin de mon service, j'étais tellement crevée que j'avais du mal à voir clair, je ne savais pas si j'aurais assez d'énergie pour rentrer à la maison et m'occuper d'un bébé. Brent et moi, on s'est séparés, et je me suis demandé s'il ne serait pas mieux pour l'enfant que je le fasse adopter comme l'avaient fait mes parents.

– C'est ce que tu as choisi ?

Georgia secoua la tête.

– Non. Je l'ai perdu. C'est Dieu qui m'a dit : « Ce n'est pas le moment. » Mais j'en étais venue à aimer cette liberté de vivre seule loin de mes parents. J'ai commencé à comprendre que tout ce que j'avais « mal » fait selon eux, c'était simplement que je l'avais fait avec plus de créativité – autrement. J'avais passé toute ma vie à essayer d'être ce que je n'étais pas et à me sentir en échec, alors qu'en fait pas du tout ! Et je n'ai pu m'en rendre vraiment compte que lorsque j'ai été contrainte de voler de mes propres ailes. J'ai rendu mon appartement, j'ai acheté une tente pour pouvoir voyager facilement et je me suis mise à prendre des photos à plein temps pendant environ un an, partout dans le pays.

« Je me suis servie de mes économies, je suis retournée à Chicago et je suivais des cours du soir à l'université du coin quand je pouvais me le permettre, et j'ai fini par intégrer une école pour un cursus de quatre ans grâce à une bourse d'études en art. Six ans après environ, j'ai obtenu mon diplôme et j'ai accepté un poste de directrice de création dans une agence de médias locale. Je ne gagnais pas très bien ma vie, mais j'avais un nouvel appartement. Je devais être serveuse le week-end et deux fois par semaine le soir pour payer le loyer dans le centre de Chicago, mais j'avais l'impression de construire quelque chose.

– Génial !

– Et puis tout s'est écroulé quand j'ai rencontré Jackson Reuttiger.

– C'est qui ?

– Mon ex.

Elle reprit une longue gorgée de café et déglutit.

– Jackson était différent de tous ceux avec qui j'étais sortie. Je l'ai rencontré au bar-grill où j'avais l'habitude de faire quelques heures par semaine. Il avait un poste important dans le centre – je n'ai jamais vraiment compris quoi, mais bref, il portait des chemises très chères et des chaussures à bout pointu en cuir italien. On est sortis ensemble jusqu'à quelques semaines avant ce voyage. J'étais sur un petit nuage la plupart du temps pendant notre relation. Je me souviens avoir repensé à tout le chemin parcouru un soir où nous sommes entrés dans le bar où j'avais travaillé et qu'on a bu une bière ensemble. Pour une fois, c'était *moi* qu'on servait.

Hannah sourit.

– Mais un jour, on était sortis prendre un verre et j'ai ressenti ce malaise vaguement familier au creux du ventre. Je lui ai dit que je voulais juste de l'eau, que je ne me sentais pas bien. J'ai vu la peur dans son regard, comme si son avenir avec moi défilait devant ses yeux et le terrifiait au plus haut point. Et j'ai su qu'il n'était pas celui que je voulais pour moi et mon enfant.

Les yeux de Georgia s'embuèrent et elle s'éclaircit la voix.

– Enfin, il n'a pas eu à s'inquiéter, parce que j'ai perdu ce bébé aussi.

– Oh, je suis tellement désolée, souffla Hannah, une main sur la bouche, avant de comprendre. Alors, tu as perdu ce bébé tout récemment ?

– Oui. Il y a environ quatre mois, confirma Georgia, la voix éraillée.

Hannah s'approcha et la prit dans ses bras. L'intense étreinte de Georgia la surprit, et elle comprit que la jeune femme avait vraiment besoin d'une oreille amicale.

– C'est ce qui t'a poussée à retrouver tes parents ?

– J'avais l'impression que personne ne me comprenait, ni mes parents adoptifs ni Jackson… Je veux retrouver ma vraie famille, tu vois ? Sans rancune, sans attentes. Juste des gens qui me ressemblent.

Elle empila les deux photos et les reprit dans sa main.

– J'espère que je les retrouverai.

– Moi aussi.

Elle avait tellement envie que Georgia trouve les gens qui l'accepteraient telle qu'elle était vraiment et qui célébreraient ses talents. Avec un tel soutien dans sa vie, elle pourrait probablement accomplir tellement de choses.

Tandis qu'elles finissaient leur café, le détective privé appela Georgia et lui demanda un rendez-vous. Il voulait lui exposer d'autres idées qu'il avait eues pour retrouver ses parents. Hannah la déposa donc en ville, avant de faire un saut à l'hôpital et de rejoindre ensuite Liam et Noah.

– J'ai lu que Charles était porté disparu, déclara Hannah à sa grand-mère.

Un regard nostalgique traversa le visage de la vieille dame, et elle leva ses bras meurtris pour joindre les mains, ses perfusions se tendant à chaque mouvement.

– Il y a toujours deux faces à chaque médaille, répondit-elle, le regard empreint d'une rare intensité.

– Qu'est-ce que tu veux dire ?

– Je reviendrai sur Charles plus tard. Parlons un peu de ta propre vie.

Hannah rapprocha sa chaise lorsque mamie lui tendit la main.

– Je vais te dire ce que je sais par expérience : il y a des gens dans la vie qui te permettent de faire ce que tu veux, de vagabonder librement comme une chenille sur son petit chemin.

Il n'y a rien de mal à ça – l'amour et la confiance qui créent ce genre de liberté, c'est vraiment essentiel. Mais d'autres personnes peuvent te toucher de telle manière qu'avant même que tu ne t'en rendes compte, tu te transformes en papillon et tu t'envoles grâce à tes ailes aux couleurs vives dont tu ne soupçonnais pas l'existence. Quand tu rencontreras cette personne, tu pourrais repenser à la version de toi qui était avec Miles et ne même pas la reconnaître !

Hannah acquiesça – les sages paroles de mamie étaient toujours une source d'inspiration.

– Tu veux dire que Charles était ton Miles ?

– Mmmm, nuança-t-elle, ses lèvres minces serrées en un faible sourire. Charles n'avait rien à voir avec Miles. Je l'adorais. C'était un homme charmant. Je l'aime encore aujourd'hui. Notre histoire a été tragique, comme elle devait l'être. Les voies et les choix du Seigneur sont impénétrables…

Ses yeux brillaient de larmes et elle les chassa d'un revers de la main. Hannah hocha la tête et réfléchit à ces mots.

– Si Charles était revenu de la guerre, qui serais-je devenue ? Ou, plus important encore, qui ne serais-je *pas* devenue ?

– Je ne serais pas là. Parce que papi et toi n'auriez jamais eu papa.

Mamie serra la main d'Hannah.

– C'est vrai. Et je n'aurais peut-être jamais eu ma boutique de fleurs. C'est ce qui me définit depuis tant d'années. Je sais au fond de moi qu'il pourrait redevenir extraordinaire, enchaîna-t-elle, en changeant de sujet – elle pensait toujours à cette boutique. Comment vont les affaires ces jours-ci ?

Hannah lâcha la main de sa grand-mère et se pencha vers elle.

– Mamie, tu dois bien te rendre compte que la situation est désespérée. Tu dois être au courant, non ?

Sa grand-mère pinça les lèvres.

– Je n'abandonnerai pas, murmura-t-elle avec obstination.

– Papi aurait été d'accord pour que tu tournes la page. J'en suis presque sûre. Il aurait voulu que tu te reposes, mamie. Ton cœur ne peut plus supporter le stress quotidien de ce travail.

Mamie ferma les yeux, visiblement épuisée, et murmura :

– Sans *Le Bouquet de Souvenirs*, je n'ai plus de cœur du tout. Je l'ai construit à partir de rien. Mais cette boutique m'a construite aussi, confia-t-elle en agitant un doigt tremblant vers sa petite-fille. Et je sais que tes parents essaient encore une fois de la fermer. Je leur ai dit il y a quelques années que je m'y refusais, et je m'y refuse toujours.

– Mais ton entêtement met maman et papa dans une situation financière difficile, mamie. Je sais que ce n'est pas ce que tu veux pour eux.

Ses yeux se voilèrent de tristesse.

– Je crois que j'espérais que quelqu'un la sauverait, comme elle m'a sauvée.

Une pointe de culpabilité creusa le ventre d'Hannah, car, d'après ce que Darlene lui avait dit, elle savait que mamie parlait d'elle.

Sa grand-mère déglutit difficilement et regarda Hannah droit dans les yeux.

– J'étais une enfant naïve quand j'ai ouvert cette boutique. Mais en faisant des bouquets pour les gens, j'ai appris à connaître le monde. J'ai rencontré des gens en deuil, j'ai connu d'autres guerres, j'ai participé à des célébrations et j'ai vu des parents heureux avec leur nouveau-né… Tous ceux que j'ai rencontrés grâce au *Bouquet de Souvenirs* m'ont permis d'en apprendre plus sur les autres et sur moi-même. En apprenant à connaître le monde et ses habitants, je suis devenue une meilleure épouse, une meilleure mère et une meilleure grand-mère.

Hannah compara cette situation à sa propre vie professionnelle. Elle pensa à Amanda, avec qui elle travaillait si étroitement. Elle ne savait pas ce qu'Amanda aimait faire pour son anniversaire ni ne connaissait sa famille. Elle n'avait aucune idée de l'endroit où sa collègue avait grandi. Elle n'avait ce genre d'informations sur personne à New York. Et pourtant, elle avait appelé tous ces gens des amis. Pendant tout ce temps, elle s'était persuadée qu'elle deviendrait une personne plus équilibrée si elle quittait cette petite ville, mais peut-être en aurait-elle finalement appris davantage en restant ici.

Chapitre 18

– Hannah ! s'écria Noah.

Le petit garçon, debout près de son père, se mit à courir vers elle sur le chemin de terre menant au cottage d'Emmitt Abernathy, où Hannah avait proposé à Liam de se rejoindre. Noah l'entoura de ses petits bras et lui serra la taille.

– Bonjour, le salua-t-elle avec un petit rire, surprise par ce câlin. Tu es prêt à te balancer très haut ?

Elle fit un signe de la main à Liam, qui remontait le chemin de terre vers eux.

– Oui !

Noah lui prit la main et tenta de la regarder sous le rebord du bonnet qui avait glissé sur son front. Il le remit en place d'une main emmitouflée.

– J'ai appelé M. Abernathy pour lui dire qu'on allait peut-être passer. Il a donné son accord pour qu'on utilise la balançoire, et il a même proposé qu'on passe le voir pour un chocolat chaud si on a froid.

Les yeux de Noah s'arrondirent.

– J'adorerais avoir un chocolat chaud.

Elle se pencha vers lui et chuchota :

– Il a dit qu'il gardait une réserve secrète de bonbons à la menthe dans son placard et qu'il en glissait parfois un ou deux dans le chocolat chaud.

– On peut en avoir maintenant ?

Hannah éclata de rire.

– D'abord un peu de balançoire, d'accord ?

Elle l'entraîna vers le vieux pneu suspendu à une corde.

– Salut, lança Liam en la rattrapant.

– Salut, l'imita-t-elle tandis qu'ils franchissaient la colline longeant la petite maison d'Emmitt.

Sur sa ferme, le vieux monsieur vivait dans une modeste maison en A, à la toiture triangulaire, avec un petit porche et deux fauteuils à bascule à l'avant. Une lueur jaune irradiait des fenêtres, ce qui donnait à la scène une impression de chaleur qu'elle n'avait plus revue depuis l'enfance. Ils passèrent devant deux chênes entre lesquels était tendu un hamac. Il était rempli de feuilles mortes, et la toile s'affaissait sous leur poids.

En été, Emmitt avait toujours laissé les enfants de la ville se promener près de chez lui et utiliser la balançoire en pneu suspendue à un énorme érable, offrant une vue magnifique sur la rivière qui longeait l'arrière de la propriété. Il avait un petit-fils de leur âge nommé Tommy, mais même si celui-ci n'était pas là, Emmitt les accueillait toujours. Ils y allaient tout le temps et, le soir, ils voyaient le fermier et sa femme Sue leur adresser un signe de la main depuis leur porche. La présence d'enfants sur leurs terres ne les dérangeait pas le moins du monde. Au contraire, c'était pour eux comme une grande famille.

– Je ne suis jamais venu ici, déclara Liam en regardant autour de lui. Tommy et moi, on a joué au base-ball ensemble quand on était jeunes.

– J'avais oublié ça, lui dit Hannah. Emmitt vit seul ici maintenant – Sue est décédée il y a quelques années et Tommy est dans l'armée, stationnée en Arizona.

– Oh, waouh, souffla Liam. La vie a pas mal changé pour nous tous, hein ?

Hannah acquiesça. Elle se rendait soudain compte à quel point il avait raison.

L'herbe froide crissait sous leurs pas tandis qu'ils redescendaient la colline sur l'autre versant, jusqu'à la balançoire au milieu de la clairière.

– Emmitt était ravi que je l'appelle, lança-t-elle à Liam tout en traversant la vaste propriété. J'ai dû demander son numéro à mamie juste avant de la quitter aujourd'hui. Ça faisait si longtemps que je ne lui avais pas parlé.

Elle agitait joyeusement le bras de Noah d'avant en arrière tout en discutant.

– C'est ça, la balançoire ? demanda le petit garçon en désignant le vieux pneu suspendu par une corde épaisse à un érable imposant et qui tournait sur lui-même au gré du vent.

– Oui ! s'écria Hannah.

Toutes les fois où mamie et papi l'avaient amenée ici pour jouer quand elle avait à peu près l'âge de Noah lui revinrent alors en mémoire. Elle restait dehors pendant des heures à se balancer et à attraper des insectes au bord de la rivière pendant que ses grands-parents discutaient avec le couple de propriétaires.

Lorsqu'ils atteignirent la balançoire, Hannah la stabilisa pour que Noah puisse y passer les jambes.

– Je préfère toujours m'accrocher à la corde, expliqua-t-elle, mais certains de mes amis avaient l'habitude de se tenir au pneu – fais comme tu penses être le mieux pour toi.

– Le pneu, décida Noah avec un immense sourire. Ne me pousse pas trop haut au début.

Hannah saisit le pneu et le tira vers elle, et les baskets du garçonnet gigotèrent dans le vide au-dessus du sol gelé.

– Comme ça ? Ou plus haut ?

– Un peu plus haut !

Elle leva le pneu jusqu'à sa poitrine et le relâcha – Noah s'envola dans les airs avec autant de délicatesse qu'une plume sous la brise. La trajectoire de la balançoire longeait la rive, la tête de Noah bascula en arrière, tandis que tout son corps vibrait sous son éclat de rire.

– Encore ! cria-t-il en battant des jambes. Mais encore plus haut !

Hannah attrapa le pneu et le tira presque jusqu'à hauteur des yeux, puis le lâcha. Noah poussa un cri de joie en s'élevant dans les airs au-dessus de l'herbe luxuriante.

– Ça me fait des chatouilles dans le ventre ! Plus haut !

– Je crois que si tu veux aller plus haut, il faut demander à ton père.

La balançoire virevolta en passant devant eux.

– Tu veux bien me pousser, papa, s'il te plaît !

À sa voix, Hannah se rendit compte à quel point il parlait différemment à son père qu'à elle. Il était plus réservé, plus incertain. Exactement comme Liam.

Hannah s'écarta pour permettre à Liam de se mettre en position. Il tendit le bras et attrapa le pneu, le souleva au-dessus de sa tête, puis le lâcha. Noah et le pneu furent catapultés vers le sol, puis de nouveau vers les cimes, et le petit garçon poussait autant de cris d'excitation que d'éclats de rire.

– Dingue ! Qui aurait cru que ton père pouvait pousser des pneus de balançoire comme ça ! dit Hannah en souriant à Liam.

Les épaules du jeune homme se détendirent et il attrapa à nouveau la balançoire, envoyant Noah dans les airs une fois de plus, et le petit s'esclaffa de plaisir.

– Ne t'arrête pas ! cria Noah. Continue, papa !

Les encouragements de Noah semblèrent toucher Liam, qui sourit en retour à son fils, avant de le pousser une nouvelle fois et de le regarder s'envoler. Hannah ressentit une pointe de joie devant cette scène. C'était la première fois qu'elle était témoin d'une réelle complicité entre eux, et elle en demandait encore.

– Bonjouuur ! cria une voix depuis le chalet.

Emmitt, dans sa salopette en jean, les saluait de la main depuis son porche.

– Bonjour, Emmitt ! lança Hannah.

– Vous n'êtes pas encore transformés en blocs de glace ? Il fait encore frais à l'ombre, hein ?

– Il fait un peu froid, mais on s'éclate !

– Ravi de l'apprendre ! J'ai préparé du chocolat si vous voulez vous réchauffer.

– Oh ! s'exclama Noah en laissant ses pieds traîner sur le sol pour ralentir, avant de lever les yeux vers Hannah. On pourra avoir ses bonbons à la menthe ?

– On peut aller voir ! Tu veux qu'on fasse une pause pour boire un chocolat chaud ?

Liam se pencha et stabilisa la balançoire pour que Noah puisse descendre. Le petit garçon tendit la main à son père. Hannah comprit à la surprise sur le visage de Liam que Noah n'avait pas l'habitude de faire un tel geste. Le père observa son fils avec curiosité tandis que tous deux grimpaient la colline, main dans la main.

– Papa, tu n'as pas pu te balancer, remarqua Noah en levant les yeux vers lui.

– Ce n'est pas grave.

– Peut-être après avoir bu notre chocolat chaud ? proposa Noah en le lâchant pour monter les marches à la rencontre d'Emmitt.

Hannah et Liam les rejoignirent.

– Dieu du ciel, tu as bien grandi. Comment c'est possible ? taquina-t-il Hannah. La dernière fois que je t'ai vue, tu étais une adolescente toute menue qui fonçait vers l'inconnu.

Hannah sourit et le serra dans ses bras.

– Ça fait trop longtemps.

– Qui est-ce que tu as amené avec toi ? demanda Emmitt.

Hannah lui présenta Liam et Noah.

Emmitt se baissa pour se mettre à la hauteur de Noah et caressa sa barbe grise.

– J'ai entendu dire qu'un petit gars avait envie d'un chocolat chaud. Mais il faut réussir le test d'abord. Tu sais ce que c'est ?

Noah secoua la tête, les yeux écarquillés.

– Tu dois enlever tes gants et me montrer tes mains.

Noah s'exécuta et leva ses petites mains, les dix doigts bien écartés.

– Ouaip. C'est l'heure du chocolat chaud. Tes mains ont l'air plus froides qu'une grenouille givrée.

– Une grenouille givrée ? répéta Noah en fronçant le nez avec un petit gloussement.

– Oui ! Je n'en ai jamais vu moi-même – c'est peut-être parce que celles d'ici sont tellement intelligentes qu'elles ne se laissent jamais givrer. Qu'en penses-tu ?

Emmitt conduisit Noah jusqu'à la cuisine, le parquet irrégulier grinçant sous leurs pieds, et l'assit à une vieille table en formica. Il désigna un bol au centre, rempli de ses fameux bonbons à la menthe.

– Tu en veux un ?

– Je peux ?

– Bien sûr.

Emmitt poussa le bol vers Noah, qui s'agenouilla sur sa chaise avant d'en gober un.

– Prends-en autant que tu veux !

À cet instant, la bouilloire se mit à siffler sur le poêle. Emmitt sortit quatre tasses d'un vieux placard en bois et les remplit d'eau chaude, et ajouta une cuillerée de chocolat en poudre conservé dans un gros bocal en verre.

– Quel plaisir de vous recevoir tous, déclara le vieil homme. Ça fait longtemps que je n'ai pas eu de jeunes à la maison.

Il déposa quelques marshmallows à la surface de chaque boisson et les distribua, avant de s'asseoir.

– Comment va ton papa ? demanda-t-il à Hannah, avant de souffler sur la vapeur qui s'échappait de sa tasse.

– Plutôt bien. Il y va doucement, vous voyez ?

Emmitt lui adressa un sourire complice.

Hannah se débarrassa de son gros manteau et but une gorgée de son chocolat. Le liquide chaud et sucré l'imprégna jusqu'aux os.

– Et toi, jeune homme ? reprit Emmitt en s'adressant à Noah, qui avait tendu son manteau et son chapeau à Hannah. Comment ça s'est passé sur la balançoire ?

– C'était super marrant ! s'exclama Noah en poussant ses marshmallows avec sa paille. Ce que j'ai préféré, c'est quand papa m'a poussé.

– Ah, les papas sont doués pour ce genre de choses. Ils font toujours les activités les plus amusantes.

– Comme quoi ?

Emmitt se gratta la barbe.

– Eh bien, quand mon fils était petit, je l'emmenais pêcher, ou alors on construisait des choses ensemble. Parfois, on faisait du sport, même s'il est maintenant bien meilleur que moi avec une balle de base-ball.

Noah se tourna vers Liam, qui essayait manifestement d'assimiler cette information.

– Papa, est-ce qu'on pourrait jouer au base-ball de temps en temps ?

Liam parut à la fois surpris et intéressé par la question de son fils.

– Bien sûr.

Sa réponse semblait un peu hésitante. Qu'est-ce qui le retenait ?

– Hannah pourrait venir avec nous aussi ? insista Noah, avec le même regard timide et incertain qu'il affichait dès qu'il parlait à son père.

– Si elle le souhaite.

Hannah s'accouda à la table, les yeux rivés sur l'adorable garçonnet.

– J'adorerais faire du base-ball avec vous deux.

Emmitt s'adossa à sa chaise et croisa les bras, satisfait.

– Vous savez, ces dernières années, je serais complètement incapable de former qui que ce soit à mon ancien métier, même si ma vie en dépendait. J'ai tout oublié ! Mais je peux énumérer tous les exploits de mon fils en ligue régionale de base-ball, jusqu'à sa dernière année dans l'équipe du lycée. Je me souviens de chacun comme si c'était hier.

Emmitt n'avait jamais raté un seul événement avec ses amis et sa famille, et Hannah espérait de tout cœur qu'un jour, elle aurait ce genre de souvenirs pour se réchauffer pendant les jours de froid.

– Du nouveau ? demanda Hannah à Georgia lorsqu'elle passa la chercher au bureau du détective privé un peu plus tard.

– Peut-être. Ce n'est pas gagné, mais il m'a conseillé de me rendre aux archives de la ville pour discuter avec les gens qui y bossent. Tu crois que je pourrais d'abord y faire un saut, avant d'aller à la boutique de ta grand-mère ?

– Bien sûr, confirma-t-elle en prenant le virage pour se diriger vers le bâtiment public. Je vais repasser à la maison en attendant qu'on y aille. Tu veux que je fasse quelque chose avec Jerry ?

– Tu pourrais le laisser sortir un peu, ce serait génial. Ensuite, n'hésite pas à le mettre dans sa cage si tu ne veux pas qu'il traîne dans tes pattes.

– Ça marche. Envoie-moi un SMS quand tu seras prête à ce que je vienne te chercher.

Hannah déposa Georgia devant les archives.

– Je croise les doigts, lança Georgia en sortant de la voiture.

– Je croise tout pour toi.

– Tu es un ange. Merci de faire tout ça pour moi.

– Pas de problème.

À la maison, Hannah trouva ses parents bien installés dans le canapé de mamie dans le salon, avec Jerry sur les genoux de sa mère.

– Où est Georgia ? demanda Maura en caressant le chien.

– Je l'ai laissée au bureau des archives. Elle suit une piste pour retrouver ses parents biologiques.

– J'espère qu'elle aura des réponses. C'est une fille si gentille, sourit sa mère. Comment allait mamie ce matin ?

– Bien.

Elle s'assit entre eux, et Jerry quitta les genoux de sa mère pour venir sur les siens. Hannah lui gratta la tête.

Le téléphone d'Hannah interrompit leur conversation – elle venait de recevoir un e-mail. Elle tendit Jerry à son père et sortit son portable de sa poche pour lire le message.

– C'est Amanda, au travail. Je devrais probablement répondre, annonça-t-elle à ses parents en découvrant l'expéditeur. Elle cherche des images dont elle a besoin. Elle les a peut-être trouvées.

– D'accord, chérie, dit sa mère.

Hannah fila dans la chambre de sa grand-mère pour lire l'intégralité de l'e-mail.

« Je sais que tu as dit de ne pas m'inquiéter, mais le service informatique se demande si le photographe ou toi avez envoyé les photos par e-mail. Ils pourraient essayer de passer au crible les fichiers téléchargés pour les retrouver. Mais ce serait assez long et fastidieux, donc ils veulent d'abord confirmer avec toi si tu l'as fait ou non. A. »

Hannah se creusa la tête – avaient-ils échangé des e-mails ? Malheureusement, il lui semblait que non. Elle répondit à sa collègue : « J'étais avec l'équipe pendant les séances photo et j'ai rapporté l'appareil de la boîte qui a été utilisé au bureau, donc non, je ne pense pas avoir téléchargé d'images. Mais c'était une excellente idée. »

Elle éteignit son téléphone et s'effondra sur le lit de sa grand-mère. Qu'allait-elle faire pour ces photos manquantes ? Elle consulta le calendrier sur son application, le cœur battant la chamade. Plus que deux semaines environ pour terminer ce projet et l'envoyer en production.

Assise dans la chambre, elle réfléchit un instant. Les rédacteurs étaient certainement déjà en train de relire et de corriger les textes. Pourrait-elle faire des photos dans le coin pour remplacer les manquantes ? Elle pensa à la ferme d'Ardy Wright, mais elle était trop petite et entourée d'autres maisons…

Hannah envoya un court message à Amanda pour lui demander de lui faire parvenir les articles une fois prêts à être publiés, afin de connaître les angles adoptés par leurs auteurs.

Elle envoya un autre e-mail au photographe pour le prévenir qu'ils seraient peut-être contraints de prendre une autre direction. Tous ces tracas et soucis variés tourbillonnaient dans sa tête et la rongeaient.

Soudain, le déclic. Hannah se rendit compte qu'elle était seule dans la chambre de sa grand-mère, à se tracasser pour son travail, alors qu'elle pourrait penser à tout autre chose. Elle reposa son téléphone, attrapa le journal de mamie et l'ouvrit à l'entrée suivante pour se changer un peu les idées.

10 juin 1943

Toujours aucune nouvelle de Charles. Je suis retournée à la fontaine à soda hier pour voir si Warren était là. C'était très agréable de lui parler, et je sais qu'il comprend à quel point cette guerre peut m'angoisser. Mes parents ne veulent en aucun cas en discuter, et le simple fait de l'évoquer fait pleurer maman, alors je me tais. J'aimerais vraiment en parler à quelqu'un avant d'exploser. J'ai remarqué que la société Buxton Floral Co. avait fait une publicité pour un petit bouquet destiné aux familles en deuil qui ont perdu un être cher. Je leur ai proposé mon aide pour livrer ces arrangements le soir après mon travail. J'ai l'impression de participer à diffuser un peu de joie en ces temps difficiles.

Hannah sourit. Peut-être que mamie pourrait fermer sa boutique et faire quelques heures de bénévolat par semaine chez un autre fleuriste, ailleurs. Le seul problème, c'était qu'il n'y avait aucun autre fleuriste à proximité, il faudrait donc que quelqu'un la conduise… Elle prit une profonde inspiration et poursuivit sa lecture.

12 juin 1943

Ce soir, j'ai eu une longue conversation avec Minnie Buxton, qui dirige l'entreprise de fleurs, lorsque je suis allée récupérer mes livraisons. Elle s'inquiétait de sa capacité à proposer des bouquets à bas prix après l'été, car le coût des fleurs augmenterait à l'arrivée du froid. Elle en fait tellement et facture si peu qu'elle craint de ne pas pouvoir continuer. Mais j'ai eu une idée. Je lui ai expliqué qu'en ajoutant des gypsophiles et en remplaçant les marguerites par des œillets, elle pourrait garder la forme et la couleur du bouquet. Elle m'a laissée faire un essai pour lui montrer, et elle était vraiment enthousiasmée par ma création ! On a dansé de soulagement dans le magasin. C'était la première fois que je ressentais une véritable joie depuis si longtemps.

Rien d'étonnant à ce que mamie ait su trouver une solution insolite pour économiser un peu d'argent sur les arrangements. Elle relut les deux dernières phrases, et ses propres souvenirs de danse avec mamie à *La Gardienne des Souvenirs*, sur les chansons du vieux tourne-disque, refirent surface. Hannah tourna la page et parcourut l'entrée suivante.

18 juin 1943

Je ne dors pas très bien ces derniers temps. Je n'arrête pas de penser aux fleurs de condoléances que j'ai livrées – il y en a tellement, tellement... Mes allées et venues se prolongent jusqu'à la tombée de la nuit. Je livre des fleurs à tant de familles à la suite, tout en sachant qu'elles ont toutes perdu un être cher. Mes larmes ne cessent de couler, et c'est terriblement éprouvant. Mais j'aime tellement travailler avec les fleurs que je me suis renseignée pour voir si je pouvais trouver un endroit dans une ville voisine pour ouvrir ma propre affaire. L'idée me semble parfois trop intimidante et ne se réalisera probablement jamais, mais l'envie me titille, comme si toute la frustration que je ressens à propos de ma vie actuelle me murmure que je ne suis pas encore là où je suis censée être.

Hannah relut la dernière phrase, et les poils fins de ses bras se hérissèrent. Elle n'y avait jamais pensé auparavant. Mamie avait ouvert cette boutique à laquelle elle avait tant pensé, et Hannah commençait juste à saisir ce qu'elle voulait dire quand elle parlait de la bonne voie à suivre.

Le téléphone d'Hannah bipa. Georgia demandait par message si elle pouvait venir la chercher aux archives. Elle referma le journal et quitta la chambre, les mots de sa grand-mère sous le bras. Elle avait hâte d'apprendre comment mamie avait déménagé du Kentucky au Tennessee, où elle avait ouvert son propre magasin de fleurs. Toute cette histoire donnait à Hannah l'espoir qu'un autre chemin de vie l'attendait peut-être aussi. Et si c'était le cas, saurait-elle le trouver ?

Elle grimpa dans la voiture de son père et traversa la ville pour rejoindre son amie. Elle tendit vers la portière côté passager pour la déverrouiller.

– Tu as découvert quelque chose ?

– Non, rien. Rien..., répondit Georgia. J'ai l'impression qu'ils sont si proches et pourtant si loin.

– Je suis désolée. Il faut laisser du temps au temps. Quelqu'un doit bien les connaître. Peut-être que je pourrai montrer tes photos à mamie quand j'irai la revoir ?

– Oui, acquiesça Georgia, mais la déception se lisait clairement sur son visage.

Elles se rendirent au *Bouquet de Souvenirs*. Il était temps de préparer la boutique pour sa fermeture. Sur le trajet, Hannah comprit que comme pour les photos sans noms de Georgia, il n'y avait aucune réponse facile ni pour mamie ni pour son affaire.

Chapitre 19

– C'est quoi ce truc qui fait le tour du plafond ? demanda Georgia, un doigt tendu vers le rail solitaire qui bordait l'un des murs de *La Gardienne des Souvenirs*.

– Je ne sais pas trop. Quand j'étais petite, je ne l'ai jamais vraiment remarqué. Il faudra que je demande à mamie.

– Mmmm, murmura son amie, les yeux levés.

Hannah s'approcha du comptoir et y déposa un nouveau carton de classeurs et le journal. Elle sirota une gorgée du café qu'elles avaient pris en chemin et évalua rapidement le désordre.

– Je suppose qu'on devrait commencer par se débarrasser de ce qui est inutile et emballer le reste, suggéra-t-elle, submergée par la tâche à accomplir. Il faut que la boutique soit aussi jolie que possible tant qu'elle reste ouverte, tout en gardant un stock minimal. Comme ça, quand on fermera pour de bon, on aura moins à jeter.

– Ça me paraît bien. Par où veux-tu que je commence ?

– On devrait trier tous ces papiers. Je vais étiqueter les dossiers et les mettre contre le mur, puis je te passe les documents et je dis où les ranger. Une fois qu'on aura organisé tout cela, on pourra commencer à nettoyer et à repeindre.

– D'accord, approuva Georgia, avant de s'immobiliser, une main sur le journal. Il appartient à qui ?

– À ma grand-mère. Elle me l'a donné à lire pour mon anniversaire.

– Tu l'as commencé ?

– Oui. C'est très intéressant. Son petit ami a disparu pendant la Seconde Guerre mondiale, elle travaille dans une usine qu'elle déteste et livre des fleurs le soir.

– Oh, dingue ! Elle avait une vie passionnante.

– Tu veux qu'on lise une page avant de commencer ? proposa Hannah, qui mourait d'envie de procrastiner et de se replonger dans la vie de sa grand-mère.

– Absolument !

Georgia se hissa sur le comptoir, poussa les papiers et but son café à petites gorgées.

Hannah prit le journal, l'ouvrit et se mit à lire à voix haute.

23 juin 1943

Il a fait incroyablement chaud hier, mais je n'ai pas eu à m'inquiéter. Maman s'est réunie avec ses amies du quartier la semaine dernière et elles nous ont toutes cousu de nouveaux vêtements. Maman nous a fait une surprise : elle a utilisé nos taies d'oreiller pour nous faire des shorts d'été. Elle a même réutilisé la dentelle et l'a cousue au col d'une de mes chemises. J'ai donc un ensemble assorti tout simplement parfait. Je me suis sentie si légère que j'ai demandé si je pouvais aller faire un tour à la fontaine à soda hier, et j'ai vu Warren ! Je n'avais pas prévu de rester aussi longtemps, car je devais aller travailler le lendemain matin, mais je lui ai tout raconté au sujet de Charles, et c'était tellement agréable d'avoir quelqu'un qui me comprend et m'écoute. Je lui ai avoué à quel point je détestais travailler à l'usine métallurgique et à quel point ça me déprimait, même si je suis si reconnaissante d'avoir un emploi.

Warren m'a demandé si je reviendrais demain. Il m'a dit qu'il m'offrirait un coca.

– Qui est Warren ?

– Mon papi.

– Ooooh, roucoula Georgia. L'intrigue se corse ! Lis encore un peu. S'il te plaît ?

– Il faut qu'on travaille ! s'esclaffa Hannah, bien consciente qu'elle en avait autant envie que son amie. Mais bon, si tu m'y obliges…

Avec un petit sourire espiègle, elle reprit son café et tourna la page.

27 juin 1943

J'aime beaucoup mes discussions avec Warren. Je lui ai rendu visite à la fontaine à soda ces quatre derniers jours. Je l'ai taquiné en lui disant qu'il allait dépenser tout l'argent pour ses études à m'offrir des sodas, mais il a balayé ma remarque et m'en a quand même acheté un. Aujourd'hui, il m'a lu des passages de son livre d'histoire et nous avons discuté des différences entre les deux guerres mondiales. C'était passionnant. C'est un homme très sérieux. Il parle de sujets auxquels je n'ai jamais pensé, mais il m'arrive de le faire rire. C'est aussi palpitant que lorsque j'ai fait le bouquet pour Minnie.

– Warren est un vrai bourreau des cœurs ! gloussa Georgia. Il lui fait carrément des avances. Et tout ça alors qu'elle a déjà un petit ami ?

Elle fit la moue et secoua la tête, faussement choquée.

L'idée même que papi puisse être un dragueur fit rire Hannah à gorge déployée. Il n'aurait jamais essayé de voler la femme d'un autre délibérément.

– Je pense qu'il était amoureux de mamie, mais il n'aurait jamais rien tenté sans être sûr qu'elle était disponible. C'était un homme bien trop gentil.

– Lis une autre entrée !

Hannah n'était pas du tout opposée à cette requête. Le désordre dans la boutique serait toujours là quand elles auraient fini, et elle passait un bon moment.

– D'accord, une dernière et ensuite on s'y met !

– Bien sûr.

2 juillet 1943

J'ai reçu une lettre de Charles !

Georgia poussa un petit cri de surprise.

– C'est comme dans les films !

Puis elle mima la fermeture de sa bouche avec une clé et murmura « Désolée » entre ses lèvres pincées. Du doigt, elle dessina rapidement un cercle en l'air pour inviter Hannah à reprendre sa lecture.

Celle-ci obtempéra.

Dans ma main, je tiens l'enveloppe abîmée et rédigée par ses soins, et je suis si fébrile que j'en tremble. J'ai hâte de l'ouvrir ! Je vais noter tout ce qu'il me dit sur les lignes suivantes pour tout conserver à jamais dans ce journal. J'ouvre la lettre maintenant. Oh, je vois encore sa belle écriture ! Il dit…

Hannah se tut.

– Qu'est-ce que ça dit ?

Georgia se pencha sur les pages pour tenter de mieux voir la dernière ligne.

– Il n'y a rien, répondit Hannah en lui montrant les derniers mots. Elle s'arrête au milieu de la phrase.

– Eh bien, tourne la page ! On ne peut pas s'arrêter là-dessus !

Hannah contempla la demi-feuille vierge sous ce dernier mot. Perplexe, elle tourna la page.

3 juillet 1943

J'écris malgré mes larmes. J'ai pleuré toute la nuit et M. Williams a menacé de me renvoyer parce que je n'avais pas prévenu, mais je ne pouvais pas aller travailler aujourd'hui. Je peux à peine bouger.

Je n'ai pas réussi à l'écrire plus tôt, et j'ai du mal à m'y résoudre maintenant, mais voici ce que dit la lettre de Charles :

Ma très chère Faye,

Si tu lis ceci, c'est qu'ils m'ont retrouvé dans les champs et qu'ils t'ont envoyé mon dernier adieu. Je garderai cette lettre dans la poche de ma veste chaque jour où je devrai aller au combat, pour que, quoi qu'il arrive, j'aie une chance de te dire que je t'aime. Je déteste cette guerre et le temps qu'elle nous a volé, mais je veux que tu ailles de l'avant et que tu sois heureuse. Fais ce que tu aimes. Ne perds pas ton temps à autre chose.

Avec tout mon amour, Charles

– Oh, c'est si triste, souffla Georgia, décomposée, tout son corps immobile. C'est terrible ce qui s'est passé.

– Oui…

Le commentaire de mamie sur les deux faces d'une même médaille lui revint à l'esprit, et elle se rendit compte à quel point la vie de sa grand-mère aurait été différente si Charles avait survécu à la guerre. C'était doux-amer de se dire que tout s'était passé pour le mieux, comme les choses étaient censées se passer. Pour qu'Hannah puisse naître et vivre, Charles avait dû mourir.

– C'est une note bien triste pour commencer le ménage. On pourrait peut-être lire juste une autre page ?

– On pourrait déprimer encore plus, souligna Hannah, toujours perdue dans ses pensées.

– Ça vaut le coup d'essayer.

– D'accord.

Bizarrement, le journal l'aidait à évaluer plus clairement ses priorités. Il lui parlait. Elle passa à la date suivante.

15 août 1943

Un orage d'été s'est abattu toute la journée d'aujourd'hui, puis le soleil a brillé si fort que j'avais du mal à garder les yeux ouverts en allant à l'entreprise de fleurs. En chemin, un arc-en-ciel s'est formé au-dessus du magasin et j'ai eu hâte d'entrer pour le dire à Minnie. Elle m'a dit que c'était un signe que le bonheur est partout autour de nous, si on y prête attention et si on regarde vers le haut plutôt que vers le bas. Puis elle a mis un disque sur sa platine vinyle et m'a prise par la main pour danser. J'ai ri aux éclats et c'était un instant de pure grâce. Bien que mon chagrin se manifeste encore par vagues, je me suis promis de vivre d'autres moments comme celui-là. Je me suis alors rendu compte que je n'étais pas allée à la fontaine à soda depuis longtemps. Minnie m'a dit qu'elle s'occuperait de livrer mes bouquets demain après-midi, et elle m'a même donné cinq cents pour acheter une boisson.

– C'est une entrée parfaite pour finir ! Et j'ai un truc pour nous mettre dans la bonne ambiance.

Hannah posa le journal sur le comptoir et se rendit dans le coin arrière de la boutique, où mamie avait rangé son vieux tourne-disque. Elle sortit le titre *Rockin' Robin*, le posa sur la platine et monta le volume.

– Je ne savais pas que c'était Minnie qui avait dansé pour la première fois avec mamie. Quelle femme merveilleuse elle semblait être pour ma grand-mère. Quand j'étais petite, mamie et moi avions l'habitude de danser dans la boutique sur cette chanson. Je crois que je peux remercier Minnie.

Chapitre 20

La nuit était déjà noire quand Hannah et Georgia fermèrent la boutique et rentrèrent. Elles avaient travaillé comme des folles pour tout remettre en ordre, et *Le Bouquet de Souvenirs* était parfaitement rangée et prête à être nettoyée et repeinte le lendemain. Elles avaient trié la paperasse, appelé une entreprise de paysagisme qui viendrait le jour suivant, cherché deux peintres pour obtenir des devis et désherbé le trottoir de devant. Elles en avaient même profité pour réfléchir longuement à d'autres moyens d'embellir l'extérieur.

Lorsqu'elles arrivèrent chez mamie, elles dînèrent, puis Georgia sortit Jerry, tandis qu'Hannah aidait sa mère à finir de ranger la cuisine. Soudain, l'écran de son téléphone s'alluma : un message de Liam. *Désolé, il est vraiment tard. Je me demandais si tu serais dispo pour parler à Noah. Tu pourrais faire un appel vidéo avec lui ?*

Elle répondit par texto : *Bien sûr.*

Après une très longue journée, elle était prête à prendre une douche, à se mettre en pyjama et à s'installer dans son lit.

Son portable vibra et elle y répondit en marchant vers la chambre de sa grand-mère. Le visage de Liam apparut.

– Je suis encore une fois désolé, mais ma mère est sortie pour la soirée dont je t'ai parlé. Il n'y a que Noah et moi. Il ne veut pas que je lui lise son histoire. Il a dit qu'il voulait que je t'appelle pour que tu la lui lises.

– Quoi ?

L'idée que Noah la réclame lui procura une joie inattendue.

– Il en a les larmes aux yeux. Si je t'envoie le texte par SMS, tu pourras lui lire pendant que je tourne les pages ?

– Les histoires du soir ne se lisent pas au téléphone. Je pourrais peut-être venir lui faire la lecture ?

– Tu es sûre que ça ne te dérange pas ?

– Pas du tout. Mais il faut que je prenne une douche. J'ai passé la journée à ranger la boutique.

– Pas de problème. Je t'envoie l'adresse par texto, répondit-il avant de se détourner de l'écran. Noah ! Hannah vient te lire ton histoire, d'accord ?

Il tourna son portable afin de montrer Noah et sa petite lèvre tremblotante.

– J'arrive tout de suite, lui assura-t-elle.

Noah hocha la tête.

– À toute, conclut Liam.

À l'instant où elle raccrochait, elle reçut un e-mail d'Amanda : « Voici les articles prêts pour la double-page… »

Hannah l'ignora pour le moment et, après une douche rapide, partit rejoindre Liam et Noah.

Tout en balayant des yeux la campagne alentour, Hannah gara la voiture de son père sur le bas-côté de la route sinueuse et vérifia une dernière fois le GPS. Elle ne voyait rien d'autre que des terres agricoles des deux côtés, pourtant l'appareil s'évertuait à lui dire qu'elle était bien arrivée à destination.

Elle scruta la chaussée devant elle et là, tout au bout, elle discerna une boîte aux lettres isolée. Serait-ce la bonne ? Hannah enclencha la première vitesse et roula vers la boîte. Lorsqu'elle arriva devant, elle baissa la vitre pour laisser entrer l'air frais et plissa les yeux pour apercevoir ce qui se trouvait au bout du chemin de terre étroit, mais il faisait si sombre que ses phares ne suffisaient pas.

Elle se gara et pianota sur son téléphone, décrivit les alentours et demanda à Liam si elle était au bon endroit.

Il lui répondit : *C'est bien là. Remonte l'allée. La maison est en retrait de la route.*

Hannah tourna et s'engagea dans la longue voie privée, longea des champs et des arbres, ralentit plusieurs fois pour admirer leurs troncs massifs qui s'étiraient vers le ciel, leurs branches nues comme des bras s'étendant au-dessus d'elle. Des rangées de cultures bordaient le chemin aussi loin que ses phares lui permettaient de voir, chaque champ vantant ses produits avec d'adorables panneaux de bois peints sur le bord – laitues, choux-fleurs, citrouilles, concombres... Elle continua jusqu'à un massif de magnifiques chênes centenaires qui reprenaient là où les champs s'étaient arrêtés, entourant l'allée en file indienne. Tout au bout, elle crut apercevoir la silhouette d'une vieille ferme. Elle était prête à parier qu'avec l'arrivée du printemps, les feuilles créeraient une voûte ombragée au-dessus du chemin. Finalement, une longère colossale apparut et Hannah sursauta.

Cette superbe bâtisse était manifestement ancienne, avec ses deux cheminées de part et d'autre du toit en zinc. Des chaises à bascule étaient disposées sous le large porche qui entourait la maison sur trois côtés, et elle ne cessait de penser à l'amour que mamie porterait à cette vieille maison... Pourrait-elle en faire des photos pour le magazine ?

La porte d'entrée s'ouvrit et Noah sortit, debout sur le perron, en pyjama aux motifs de trains et en chaussettes. Alors qu'Hannah coupait le moteur et descendait, Liam rejoignit son fils pour l'accueillir.

– Mon Dieu, j'ai froid rien qu'à te voir en chaussettes dehors ! le taquina Hannah.

Elle laissa tomber les clés dans son sac à main et Liam ouvrit plus grand la porte pour l'inviter à entrer.

L'intérieur avait été rénové – aucune maison construite à une telle époque n'avait de tels espaces ouverts, avec plusieurs portes-fenêtres sur une même façade ouvrant sur un porche arrière couvert, équipé d'une cheminée en pierre. Les plafonds de la pièce principale, à la fois cuisine, salon et salle à manger, étaient voûtés et zébrés de poutres apparentes qui s'étendaient d'un mur à l'autre.

La cuisine se mariait parfaitement au salon : tout en bois lavé blanc avec des notes bleu foncé. Une vieille enseigne de détaillant en métal énumérant divers légumes et leurs prix était adossée à l'angle de la table de ferme surdimensionnée.

– Prêt pour ton histoire ? demanda Liam à Noah. Il faut que tu ailles au lit. Ton heure de coucher est passée depuis bien longtemps.

Noah prit la main d'Hannah et la guida dans le couloir.

– Je ne savais pas que ta grand-mère était agricultrice, dit-elle à Noah, tout en se demandant comment une femme pouvait s'occuper seule d'une si grande ferme.

– Oui, elle cultive beaucoup de choses pour les magasins et les marchés de producteurs, lui expliqua-t-il tandis qu'ils marchaient. Je peux avoir autant de fraises que je veux.

Ils s'arrêtèrent devant une porte ouverte.

– Ça, c'est ma chambre quand je suis chez grand-maman.

Hannah entra. Une maquette de train et des rails faisaient tout le tour du plafond et la literie aussi était ornée de locomotives.

– Tu aimes les trains ?

– Oui. Mon grand-père les collectionnait.

Il prit un livre et le tendit à Hannah avant de se glisser sous sa couette.

– Oh, c'est bien.

Elle s'agenouilla à côté du lit et l'ouvrit à la première page. Pendant que Noah se blottissait sous ses couvertures, Hannah commença à lire.

Noah l'observait avec des yeux endormis, d'une innocence absolue, et son cœur était proche d'éclater. Soudain, elle se mit à rêver de moments comme ceux-là – elle avait envie de construire sa propre famille et de passer de précieux moments, consciente qu'il s'agissait de bien plus qu'une simple histoire du soir. Avant même qu'elle n'ait terminé le livre, il dormait.

Elle se rendit compte que Liam l'observait attentivement, avec des yeux curieux et un sourire affectueux sur les lèvres.

– Il était fatigué, lui murmura-t-elle alors qu'ils quittaient la chambre.

Liam ferma la porte et la verrouilla discrètement.

– Épuisé, même. Il a usé toutes ses forces pour rester debout jusqu'à ton arrivée. Désolé que tu aies dû faire tout ce chemin pour ça.

– Aucun souci. J'aime bien être avec lui.

Liam sourit.

– Il a fait traîner tout le coucher jusqu'à ce qu'il me demande de t'appeler. Il ne voulait pas que je lise son histoire.

– D'habitude, tu ne lui lis pas son histoire du soir ?

Il afficha un air réservé.

– C'est sa nounou, en général. C'est plus souvent elle qui est là quand il va se coucher.

Hannah hocha la tête.

– Ça doit être difficile pour toi de ne pas le voir avant qu'il ne s'endorme, répondit-elle, alors qu'ils reprenaient ensemble le couloir menant au salon.

– Oui, c'est vrai.

Hannah comprenait le chagrin et les ravages que cela pouvait causer à l'esprit et au cœur. Un mois après l'enterrement de papi, elle pouvait vaquer à ses occupations et tout à coup fondre en larmes à cause de lui, complètement submergée par l'irrévocabilité de sa disparition.

– Pendant que tu es là, je peux te demander une tout autre faveur ?

– Dis-moi ?

– Ma mère doit apporter un plat à son club de lecture demain, et je lui ai dit que je l'aiderais à en préparer un, puisqu'elle devait sortir tard ce soir.

– C'est gentil de ta part.

– C'était le moins que je puisse faire pour la remercier d'avoir gardé Noah pendant une semaine et d'avoir dû se dépêcher de rentrer à la maison pour aller à sa soirée, avec lui dans ses bagages.

Hannah s'approcha de lui.

– Qu'est-ce que tu vas cuisiner ?

– Justement. Je n'en ai aucune idée. Je ne suis pas vraiment un cordon-bleu…

Elle rit doucement pour ne pas réveiller Noah.

– Donc tu veux que je te donne une idée de plat et que je t'aide à le faire ?

– En gros.

– Eh bien, tu as de la chance. J'adore cuisiner et je n'en ai pas assez l'occasion. Emmenez-moi dans votre cuisine, monsieur, le taquina-t-elle en lui prenant le bras. Voyons un peu quels ingrédients vous avez.

– Je crois que ma mère avait peur de voir ce que j'allais inventer – je l'ai vu sur son visage. Je suis sûr qu'elle s'attend à un paquet de chips et à des sandwichs au beurre de cacahuète.

Hannah se pencha dans le réfrigérateur.

– Elle va être très surprise. Il n'y aura pas un seul sandwich au beurre de cacahuète à la ronde. Elle a vraiment plein de légumes différents… Et qu'est-ce que c'est ? demanda-t-elle en sortant une cocotte pour en retirer le couvercle. Oh ! Du poulet, ça marche.

Elle la tendit à Liam qui la posa sur le comptoir.

– Tu as un plat creux que je peux utiliser pour préparer un ragoût ?

Hannah se lava les mains et les sécha avec de l'essuie-tout pendant que Liam sortait un plat de cuisson du placard et le plaçait à côté du poulet.

– De quels légumes a-t-on besoin ? lança-t-il en sortant une botte de carottes et un oignon.

– Il faut absolument des brocolis. Tu as d'autres légumes dans le congélateur ? Oh, et j'aurai besoin de plusieurs grands bols pour mélanger les ingrédients.

Pendant qu'il ouvrait la porte du congélateur et y jetait un œil, Hannah demanda :

– Qui cuisine pour vous à Charleston ?

– Je commande juste des plats préparés – je travaille généralement à l'heure des repas. Elise, la nounou, cuisine pour Noah.

– C'est quand la dernière fois que tu t'es assis à une table pour profiter d'un bon dîner ?

Il se figea puis se tourna vers elle, son regard cherchant le sien.

– Chez ta grand-mère, avec toi.

Les joues d'Hannah s'empourprèrent et elle prit une grande inspiration pour chasser l'agitation que ce souvenir provoqua en elle.

– Je voulais dire avant, dit-elle, mais il se remémorait déjà cette soirée-là, elle le voyait bien.

Puis, tout d'un coup, il se referma.

– Je ne me rappelle pas, répondit-il en sortant un sachet du congélateur ouvert. Maman a des légumes du jardin mélangés. Ils sont déjà coupés en dés...

– Qu'est-ce qui ne va pas ? insista-t-elle sans ambages, tout en faisant un pas vers lui. Tu peux me le dire. On est amis, tu te souviens ?

Le mot « amis » sonnait bizarrement à ses oreilles, comme s'il ne correspondait pas à la réalité.

– Je n'ai pas eu de dîner normal depuis qu'Alison..., admit-il. Et puis toi.

Son regard toujours incertain croisa encore le sien.

– Tu as dîné ?

– Pas encore.

– Tu n'as pas mangé avec Noah ? s'étonna-t-elle à voix haute.

Il secoua la tête.

– Eh bien, j'ai grignoté un nugget, concéda-t-il avec un petit sourire en coin. Mais ça remonte à quelques heures.

Elle lui sourit en réfléchissant.

– On devrait doubler les proportions, alors.

Elle n'avait pas prévu de partager un repas, mais peut-être pourrait-elle l'amener à s'ouvrir sur sa relation avec son fils. Elle alluma la radio dans le coin de la cuisine et baissa le volume. La musique se répandit tout autour d'eux.

– Tu es disponible maintenant ?

– Absolument.

– Parfait. On pourrait trouver des allumettes et mettre la bougie sur la table ? Ce serait bien.

Liam sortit un briquet du tiroir et s'approcha de la bougie.

– Est-ce que vous avez des herbes et des condiments ? Il nous faudrait du persil, du sel, du poivre et de la ciboulette si possible. Et j'ai vu de la crème et du beurre dans le frigo. Si tu as de la farine et de la levure, on pourrait préparer un plat très appétissant.

– Quel plat ?

– Le fameux poulet au babeurre de ma grand-mère.

– Ça m'a tout l'air d'un dîner que j'aimerais bien déguster. Rien que les ingrédients tout seuls sont terriblement délicieux.

Il lui tendit un bol sorti du placard.

– Est-ce que ton travail te prend tellement de temps que tu dois travailler à l'heure des repas ? demanda Hannah, curieuse, en sortant la farine et en mesurant la quantité nécessaire.

– Oui. Mon père a toujours voulu que je fasse ce que j'aime – il me le répétait tout le temps. J'utilise donc mon héritage pour monter mon entreprise. Mon associé et moi, on a commencé modestement, mais maintenant je veux investir l'argent de mon héritage dans l'entreprise pour la développer.

Il lui tendit la levure chimique et elle la prit.

Elle essaya de ne pas se focaliser sur le signal d'alarme le plus flagrant : il construisait une entreprise qui lui prenait tellement de temps qu'il mangeait à son bureau et laissait son fils avec une nounou à plein temps.

– C'est quel genre d'entreprise ?

– J'achète des parcelles de terrain, je les rénove ou j'y construis de grandes surfaces commerciales, puis je les revends. En fait, je viens d'acquérir les magasins vacants à l'angle de Main Street et d'Ivy Lane, dans le centre-ville.

Hannah connaissait cet endroit : c'était la série de boutiques qui bloquaient actuellement la vue des passants de Main Street sur *Le Bouquet de Souvenirs*.

– Oh, et tu sais quelles boutiques vont s'y installer ?

Avec la bonne enseigne, les gens pourraient s'aventurer dans Ivy Lane et tomber sur celle de mamie.

– J'ai une société qui loue ce petit pâté de maisons et qui prévoit d'y installer une librairie et quelques boutiques de vêtements.

– Oh, une librairie, ce serait génial.

Liam sourit.

– Ma mère serait d'accord avec toi.

– Oui, hein ! renchérit Hannah avant de se reconcentrer sur la tâche à accomplir. Bon, on a de la pâte à préparer.

L'arôme de beurre qui flottait dans la cuisine était divin, et les deux plats cuisaient maintenant dans le four. La radio diffusait de la musique douce, et la bougie vacillait entre Hannah et Liam sur la table.

– Parle-moi de ton travail, dit Liam en versant un verre de vin blanc à Hannah.

– Je suis directrice artistique pour un magazine.

– Je me souviens que tu voulais faire quelque chose comme ça quand on était jeunes. Tu étais si enthousiaste à l'idée d'aller à l'université. Tu dois donc aimer ton boulot.

Il lui tendit le verre.

Elle réfléchit à sa remarque.

– Honnêtement, oui, avant, mais aujourd'hui, je n'en suis plus si sûre. Et j'ai des problèmes en ce moment.

– Qu'est-ce qui se passe ?

Elle lui raconta le désastre des photos perdues.

– Le reportage s'intitule « Chez vous, chez nous », censé présenter toute une série d'articles sur la vie à la ferme dans tout le pays. J'ai les articles dans ma boîte de réception, mais je n'ai pas encore pu les lire. J'espère qu'ils me donneront de l'inspiration pour une nouvelle séance photo.

Elle envisagea de demander à Liam si elle pouvait photographier la ferme, mais décida de s'abstenir pour l'instant. Elle ne tenait absolument pas à se laisser entraîner dans une longue conversation sur le boulot.

Le minuteur du four sonna.

– On dirait bien que le dîner est prêt ! Je vais le sortir.

– Je m'en occupe.

Il se leva et prit le torchon à carreaux bleu et blanc près de l'évier, puis sortit les plats du four, en apporta un à table et le posa sur un dessous-de-plat.

– Ça a l'air délicieux, dit-elle en y jetant un coup d'œil.

Les légumes bouillonnaient à travers la pâte dorée qui formait une croûte moelleuse sur le dessus, et d'autres petits légumes bourgeonnaient sur le pourtour.

Liam entreprit de servir le ragoût. Il déposa une grosse part bien chaude au centre de l'assiette et la lui donna. Puis il remplit une autre assiette pour lui-même.

– Comment va ta grand-mère ?

– Elle va bien, je crois, répondit Hannah en glissant une serviette sur ses genoux. Je déteste l'idée qu'elle puisse passer ses derniers jours à l'hôpital. La vie peut être si fragile, tout peut changer en un instant. Ça me donne envie de profiter de l'instant présent, dès que je peux.

– Si c'était ton dernier jour et que tu le savais, qu'est-ce que tu ferais ?

– Question délicate… C'est facile de dire que je m'enfuirais au coucher du soleil, mais la vie n'est pas si simple, et il y a des choses que je ne contrôle pas, comme la maladie de mamie. Je suppose que je passerais cette dernière journée avec ceux qui comptent le plus pour moi. Et toi, à ton avis ? Il y a quelque chose que tu as toujours voulu faire ?

Il but une gorgée de vin, et à son expression, on aurait pu croire qu'il tentait de résoudre un problème de mathématiques. Puis il posa son verre et repoussa sa chaise, se leva et se dirigea du côté de la table où se trouvait Hannah. Il lui prit la main et l'attira doucement vers lui jusqu'à ce qu'elle se trouve debout. Seule la mélodie douce de la radio perçait le silence entre eux. Il passa un bras autour de sa taille et lui prit une main, puis se mit à bouger lentement au rythme de la musique.

– Si c'était mon dernier jour, dit-il en la regardant droit dans les yeux, je danserais avec toi.

Elle le dévisageait, pétillante de surprise comme autant de bulles de champagne.

– C'est ce que tu voudrais faire pour ton dernier jour – danser avec moi ?

– Une fois, pendant le feu de joie dans le champ, quand on était ados, Morgan et toi dansiez dans les phares d'une des voitures. Je me souviens encore de tes longs cheveux qui tombaient dans le dos de ta robe fine d'été, et de tes mains au-dessus de ta tête. Les autres gars hululaient et braillaient, mais je me disais : « J'aimerais bien danser avec elle. »

– Pourquoi ne l'as-tu pas fait ?

– Quand j'ai enfin eu le courage de descendre de mon pick-up, Ethan t'a prise à part et t'a demandé de rentrer à la maison.

Soudain, Liam la pencha en arrière, ce qui la fit rire. Il la releva à la force de ses bras.

– Je pense que mon dernier jour serait consacré à… prendre des risques.

Il la fit virevolter et la ramena contre lui, et elle sourit encore une fois.

– Je peux danser, papa ?

La voix ensommeillée de Noah résonna dans l'embrasure de la porte, et ils sursautèrent de concert.

– Je me suis réveillé, expliqua-t-il, les yeux lourds, la joue barrée d'une marque de draps rosie.

Hannah s'approcha de lui et le prit par la main.

– Bien sûr que tu peux danser. Voilà ce qu'on va faire : je vais te montrer comment j'ai appris à danser. Ton père a de plus grands pieds que moi, alors il fera ça mieux que moi.

Elle fit pivoter Noah vers son père.

– Monte sur les pieds de ton papa et accroche-toi à lui.

Elle tourna légèrement le volume de la radio pour qu'ils puissent mieux entendre la musique.

– Maintenant, Liam, danse comme tu le faisais avec moi, et Noah apprendra tes pas.

Liam se mit à bouger les pieds, et Noah glissa tout contre lui. Le petit garçon arborait un air de pur bonheur endormi, les yeux fixés sur son père.

– Hannah est une bonne professeure, n'est-ce pas ? demanda Liam à Noah.

– Oui, mais toi aussi tu es doué, répondit Noah en remuant ses petits orteils sur les pieds de Liam.

Liam le prit dans ses bras. Sans crier gare, Noah passa ses bras autour du cou de son père et le serra fort. Le cœur d'Hannah se mit à battre la chamade. Si c'était son dernier jour, cette scène ferait sans aucun doute partie de sa liste de choses à voir.

Chapitre 21

Le lendemain matin, Hannah et Georgia arrivèrent tôt au *Bouquet de Souvenirs*.

Georgia s'assit en tailleur dans la vitrine vide.

– Et si on réussissait à redonner à cet endroit toute sa splendeur ? lança-t-elle avec optimisme. Et si on parvenait à faire suffisamment de ventes pour rembourser les dettes et redresser la boutique ?

– Je dois admettre que c'est aussi ce que je me suis dit après avoir entendu Liam parler des nouvelles enseignes qui doivent s'installer.

Hannah ouvrit la porte arrière et déposa un bol de lait pour Confetti, même si elle n'avait hélas toujours pas aperçu la petite chatte.

– Mais par où commencer ?

Georgia descendit du rebord de la fenêtre et s'approcha.

– Tu es trop impliquée dans tout ça. Ferme les yeux.

Ravie de cette distraction, Hannah obéit.

– Tu bosses pour un magazine, n'est-ce pas ? Imagine, tu dois faire un reportage sur les fleurs, et tu as carte blanche. Juste une toile vierge géante en trois dimensions. Qu'est-ce que tu mets dessus ?

Des images se mirent à jaillir dans l'esprit d'Hannah. Le nom de la boutique peint en jolie écriture cursive sur le mur du fond, en bleu et vert comme des vignes, avec des bouquets de fleurs roses, violettes et jaunes autour des jambages – et le tout tourbillonnant au-dessus d'une fresque murale. Le vieux comptoir du fond s'était mué en une immense commode antique blanchie à la chaux, avec un plan de travail en marbre, le vieux tourne-disque posé dessus, et des vases anciens en verre taillé entourés de cercles lumineux scintillant et chatoyant contre le mur du fond.

Hannah repensa soudain à ce que Liam lui avait dit au sujet des risques à prendre, et cette suggestion lui donna une nouvelle perspective. Et si elle réussissait à créer une nouvelle boutique ici ? Si les deux femmes réussissaient à rendre *Le Bouquet de Souvenirs* accueillant pour de nouveaux clients en l'inscrivant dans le présent, elles pourraient peut-être renverser la situation.

– De toute façon, on doit tout repeindre pour résilier le bail, fit remarquer Hannah, toujours perdue dans un océan de possibilités, avant d'écarquiller les yeux. Il nous faut de la peinture blanche la plus brillante possible : les fleurs donneront de la couleur.

– Oh oui ! acquiesça Georgia en commençant à faire le tour de la pièce. Tu vois tous ces seaux argentés ? On pourrait en mettre de nouveaux à la place et les remplir de fleurs du sol au plafond.

– Mais comment on les atteindrait ?

Le regard de Georgia se posa sur le rail tout en haut.

– Je parie qu'il y avait une échelle qui coulissait le long de ce mur.

– Mais oui, tu as peut-être raison.

– Ne serait-ce pas magnifique d'en mettre une nouvelle, tout en bois, bien large et solide, recouverte d'une épaisse couche de lasure ?

– Ce serait splendide ! Je vais prendre les mesures tout de suite.

La vision commune des deux amies prenait forme. Leurs côtés créatifs se rejoignaient aisément et Hannah était ravie que Georgia lui fasse part de ses idées. Rien n'était encore gagné, mais si leur plan fonctionnait vraiment ?

– Alors, comment remplacer un objet comme l'échelle ? Il faudrait la faire fabriquer sur mesure.

– On pourrait demander autour de nous si quelqu'un connaît un menuisier qui pourrait la concevoir ? Je suis sûre qu'on peut trouver.

– Je crois que j'aimerais aussi faire poncer et sabler le parquet, puis le protéger avec un vernis transparent pour le faire briller et l'assortir à l'échelle. Ses imperfections et la couleur claire du bois en feraient une belle toile de fond. On pourrait aussi accrocher des lustres à la place de ces vieilles lampes, genre plongeants et en cristal. Et puis teindre le vieux comptoir de la caisse en bois.

Elle se tourna vers le long mur vide à gauche de la porte.

– Et si ce mur était couvert d'une œuvre d'art ? Et puis, devant, on pourrait installer plusieurs fauteuils à bascule avec des coussins assortis.

– Ce serait splendide, confirma Georgia en se dirigeant vers la vitrine. Ici, j'imagine d'élégants rideaux de satin, retenus sur les côtés par des embrasses. Et à l'intérieur de la vitrine, il y a assez de place pour mettre des meubles anciens de différentes hauteurs – blanchis à la chaux comme les autres dont tu as parlé – pour mettre en valeur les arrangements floraux de la saison. Je suis passée devant trois antiquaires en ville. On ne craint pas la pénurie de meubles.

Les mains sur les hanches, Hannah réfléchit.

– Une telle rénovation, ça ferait pas mal d'argent..., commença-t-elle, mais l'idée faisait son chemin. Et si on réussissait avec un budget réduit ? On pourrait tout faire nous-mêmes et n'embaucher des pros que pour ce qu'on ne sait absolument pas faire.

– Bien sûr ! On pourrait tout boucler en une semaine si on s'y met à fond.

– Je pense aussi, confirma Hannah en observant les murs si mornes dans leur état actuel.

L'idée de surprendre mamie avec une telle rénovation donnait un nouvel élan à Hannah. Elle grimaça à la perspective de devoir réclamer une prolongation de ses congés, mais elle pourrait peut-être parler de l'état de santé de sa grand-mère. Il faudrait qu'elle s'en occupe plus tard.

– L'intérieur, ce sera facile. Mais que fait-on de l'extérieur ?

Georgia s'appuya contre la large étagère pour jeter un coup d'œil par la grande fenêtre du magasin.

– Toutes ces mauvaises herbes doivent disparaître.

– Clairement, approuva Hannah. On doit aussi complètement vider le jardin à l'avant et remettre du gazon et de nouveaux massifs avec du paillage. Le bardage extérieur pourrait aussi être repeint dans un blanc éclatant. Mais je sais que ça fait beaucoup...

– On pourrait débroussailler nous-mêmes et faire notre propre aménagement paysager.

Hannah se mordit la lèvre, des chiffres plein la tête.

– Si on fait tous les travaux nous-mêmes à l'intérieur, je crois que je pourrais me permettre de payer la majeure partie des rénovations extérieures... Oh, je viens de penser à quelque chose ! dit-elle en s'approchant de Georgia. Et si on rendait l'arrivée à la boutique très accueillante avec des fleurs, on pourrait aussi repeindre les sièges actuels et ajouter des parasols aux couleurs vives ? Pourquoi ne pas installer des écuelles pour les chiens des clients, des mangeoires pour les oiseaux et des bols de lait pour les chats ? Mamie adorerait ça. Si les gens savent qu'ils peuvent s'asseoir et se détendre ici, et « se fabriquer des souvenirs », ils penseront d'abord à nous le jour où ils auront besoin de fleurs.

– J'adore l'idée, confirma Georgia en tapant dans ses mains avec enthousiasme. On pourrait même faire un partenariat avec la boulangerie du coin et faire des événements ensemble pour les grandes occasions.

Hannah sentait l'excitation monter en elle.

– Tu sais, ma grand-mère offrait toujours de la limonade ou du thé glacé aux clients. On pourrait avoir un plateau à limonade et un service à thé en argent.

– Oh, tu me prends par les sentiments ! s'esclaffa Georgia. J'adorerais concevoir l'extérieur pour toi. Je pourrais proposer des croquis.

– Ce serait génial ! Je crois que je connais la personne idéale pour peindre ce qui nous plairait à l'intérieur aussi... Je me demande si on réussira dans les temps. Ce serait génial de faire une surprise à mamie quand elle rentrera à la maison.

Tous ces rêves autour de la boutique avaient poussé Hannah à espérer que sa grand-mère sortirait un jour de l'hôpital. Qu'elle redeviendrait active, se promènerait en ville tous les matins et discuterait avec tout le monde. Même si Hannah savait qu'il était possible que l'avenir de mamie soit moins favorable, elle voulait s'accrocher à sa foi encore un peu plus longtemps. Et remettre la boutique en état l'aiderait à y parvenir.

– Mademoiselle Hannah Townshend, reine de beauté de notre ville, de retour parmi nous ! s'exclama Ardy, le père d'Ethan, en s'essuyant les mains avec un torchon maculé de graisse.

Ses cheveux avaient blanchi sur les côtés et son ventre était plus imposant que dans ses souvenirs, mais son sourire était tout aussi chaleureux.

– Reine de beauté ? répéta-t-elle en riant. Ce n'était qu'une seule fois, et c'était reine du festival de la pastèque. Ce n'est pas vraiment un prix très prestigieux, il n'y avait que trois autres concurrentes et moi en lice.

– Tu as très bien porté cette couronne, insista-t-il en s'approchant, toujours un immense sourire aux lèvres. Je t'embrasserais bien, mais je ne voudrais pas salir tes beaux vêtements. Tu cherches Ethan ?

– Oui.

– Il est en pause-déjeuner, commença-t-il à expliquer, quand tout à coup la porte de l'atelier s'ouvrit. Eh bien, voyez-vous ça ! Quand on parle du loup…

– Un souci avec la voiture de ton père ?

Ethan entra et la dévisagea d'un air amusé – il se demandait clairement ce qu'elle faisait là. Il aimait l'embêter, mais elle ne s'en vexait pas le moins du monde. C'était sa manière bien à lui de montrer son affection.

– Ethan, tu me confirmes que tu seras à la maison…

Une femme aux cheveux bruns et sans prétention apparut, un bambin sur la hanche, et continua de parler à Ethan avant de s'arrêter. Elle analysa la scène et son regard se posa sur Hannah.

Ethan se retourna, et l'atmosphère devint nettement moins sereine, au grand désarroi d'Hannah.

– Voici ma femme, Christie, dit-il en les présentant. Et mon fils Wesley.

– Tu as un fils ? s'étonna Hannah en voyant les yeux bleus familiers de l'enfant.

– Oui, répondit-il à voix basse, avant de faire un geste vers Hannah. Christie, voici…

– Je sais qui c'est, le coupa Christie.

Les mots de Christie Wright étaient plus prudents qu'énervés, mais donnaient à Hannah l'impression de ne pas être la bienvenue.

– Rentre à la maison pour dix-sept heures, s'il te plaît. Il faut que tu gardes Wesley pour moi.

– Pas de souci.

Christie jeta à Hannah un dernier regard appuyé, puis repartit, et l'ambiance s'allégea aussitôt. Ethan enfonça ses mains dans les poches de son jean et jeta un rapide coup d'œil à son père. Hannah se tenait entre les deux hommes et attendait une explication.

– Il faut que j'y retourne, lança Ardy. J'ai une transmission qui nous fait tous peur. Ça m'a fait plaisir de te voir, Hannah.

– À bientôt, le salua-t-elle.

Elle espérait toujours qu'Ethan élucide un peu la situation, car sa confusion amenuisait l'enthousiasme qui l'avait portée à son arrivée au garage pour le voir.

– Alors, qu'est-ce qui se passe ? demanda Ethan à Hannah, comme si de rien n'était.

– Je ne sais pas vraiment, répliqua-t-elle honnêtement. C'était quoi, ça ?

– Elle est juste grincheuse, c'est tout.

– Grincheuse.

Elle prononça ce mot comme une affirmation, mais il savait parfaitement que c'était une question.

– Et vous avez un fils ? poursuivit Hannah, tout en sentant son ton s'adoucir au souvenir de ces joues roses et de ces yeux bleus. Pourquoi mamie ne me l'a pas dit ? Elle le savait sûrement.

– Je ne vois plus ta famille, Hannah. J'ai avancé et j'ai mené ma propre vie après ton départ. Je me suis plongé dans le travail et je me suis concentré sur ma famille. Comme je te l'ai dit, il y a beaucoup de choses que tu ne sais pas sur moi ces temps-ci. Je dois aller pointer.

Il s'approcha de l'ordinateur et tapa sur quelques touches.

– Tu passes juste dire bonjour ou tu as besoin d'une vidange ?

– J'ai besoin de tes talents artistiques.

Elle laissa un sourire chaleureux se dessiner sur ses lèvres. Elle savait que ça le toucherait.

– Je ne fais plus d'art. Écoute, je dois aller bosser.

– Attends, quoi ?

Elle lui saisit le bras pour l'empêcher d'avancer vers la porte du garage.

– Il y a bien longtemps que je ne peins plus.

Hannah était consciente que bien des changements étaient intervenus au fil de ses années d'absence, mais cette nouvelle était un véritable choc.

– Tu ne peins plus du tout ? Même pas pendant ton temps libre ?

Ses paroles s'évanouirent dans l'air, sa déception presque palpable. Il secoua la tête, mais ses yeux cachaient plus que ce qu'il voulait bien lui dire.

– Tu pourrais t'y remettre. Tu es le meilleur, et j'ai besoin de toi.

– Désolé, Hannah. Tu devras trouver quelqu'un d'autre.

– C'est pour mamie.

Elle lut sur ses traits qu'elle avait réussi à le faire céder.

– Tu pourrais passer ce soir après le travail à la boutique pour que je te montre ce dont j'ai besoin ?

Son torse se gonfla quand il prit une grande inspiration qu'il relâcha entre ses lèvres serrées, visiblement frustré.

– Je ne peux pas ce soir. Je dois rentrer à la maison pour m'occuper de Wesley.

– Tu pourrais l'amener. Peut-être qu'on pourrait lui offrir une glace après.

– Je ne peux pas.

– Qu'est-ce qui se passe ?

– Ethan, lança un homme depuis la porte du garage. On manque de bras ici. Tu veux bien finir ton interminable pause-déjeuner et te mettre au boulot ?

– Oui, désolé, j'arrive, répondit-il avant de se tourner vers Hannah. Écoute, je dois y aller. Je te rappelle plus tard, d'accord ?

– Ethan ! cria l'homme, ce qui poussa Ardy à quitter son poste et à se diriger vers lui avec un haussement d'épaules impatient.

Ethan pénétra dans le garage, la porte se ferma derrière eux, et elle se retrouva seule dans la salle d'attente. Stupéfaite, elle se retourna et sortit, angoissée. Ethan avait été si catégorique toute sa vie, à répéter qu'il ne travaillerait jamais au garage d'Ardy, et pourtant il était là, à pointer après sa pause.

Et pourquoi Christie avait-elle été si froide ? Hannah ne l'avait jamais rencontrée de sa vie. Que lui avait-elle fait ? Elle se souvenait de ce qu'Ethan avait dit à propos de son épouse, qu'elle s'inquiétait de ses envies d'aller explorer le monde, mais c'était Hannah qui était revenue dans leur monde. Quel était donc son problème ?

Ethan avait raison sur un point : tout avait changé. En fait, plus rien ne semblait être comme dans sa jeunesse. Elle avait envie de parler à sa grand-mère. Peut-être qu'elle pourrait passer à l'hôpital lui rendre une petite visite dès que Georgia aurait fini à la boutique pour la journée. Elle remonta en voiture et rebroussa chemin.

Hannah avait laissé Georgia dans sa chambre, devant l'ordinateur, en quête de pistes sur ses parents.

Elle avait bien essayé de voir sa grand-mère sur le trajet du retour, mais comme celle-ci dormait à son arrivée, elle ne s'était pas attardée. Sa mère et son père étaient sortis faire des courses, et Hannah se retrouva donc seule. Comme elle ressentait le besoin d'entendre la voix de sa grand-mère, elle sortit son journal et s'installa confortablement.

16 août 1943

Je n'en croyais pas mes yeux quand je suis entrée au café Beaty's *après tout ce temps. Warren était assis à notre place habituelle à la fontaine à soda, en train de lire un livre avec deux cocas devant lui. Je l'ai surpris en arrivant dans son dos. « Tu as soif ? » l'ai-je taquiné, tout en me demandant pour qui il avait acheté le deuxième verre. Lorsqu'il s'est retourné, j'ai eu du mal à respirer en voyant son sourire. Personne ne m'avait jamais souri ainsi. J'ai eu l'impression qu'il allait se lever et me serrer dans ses bras. Le vendeur a fait rougir Warren quand il a confié qu'il achetait deux cocas tous les jours depuis un mois et demi, en attendant que je revienne. On a discuté pendant des heures. Je lui ai parlé de Charles parce que je savais qu'il comprendrait. Je lui ai aussi raconté comment j'avais dansé avec Minnie et combien ça m'avait remonté le moral. On a parlé si longtemps que j'ai bu le coca qu'il m'avait offert et j'ai même utilisé la pièce de cinq cents de Minnie pour en prendre un deuxième !*

18 août 1943

J'ai appris à faire toutes sortes de jolis bouquets avec Minnie. Je la rejoins avant d'aller travailler à l'usine métallurgique et nous confectionnons ensemble tous les bouquets de la journée. Elle dit que je l'ai impressionnée par mon don pour le choix des fleurs et qu'un jour, je finirai par la mettre sur la paille. Je ne ferais jamais une chose pareille.

C'était tellement génial que mamie ait découvert son talent à un si jeune âge et qu'elle ait eu une mentore en la personne de Minnie. Hannah avait appris les ficelles du métier toute seule – personne ne comprenait son travail, et parfois elle se sentait seule. Elle ne dansait clairement jamais dans son bureau. Les délais pouvaient être contraignants et elle ne parvenait pas toujours à convaincre ses collègues, mais elle aimait la créativité de ses missions.

Son téléphone bipa – un nouvel e-mail d'Amanda. Si seulement la présentation du magazine pouvait être aussi simple que la confection d'un bouquet de fleurs. Elle ouvrit le message et lut : « Bonjour Hannah, désolée de te déranger à nouveau, mais Rich demande à voir le projet de mise en page… À l'aide ! »

Rich Baldwin était le patron d'Hannah. Elle posa le journal et décida qu'il était temps de lire les articles qu'Amanda lui avait envoyés et de réfléchir à la suite. Elle savait que cet exercice ne ferait que la plonger dans des heures de réflexion et de questionnements – comment allait-elle bien pouvoir s'en dépêtrer ? Elle devait affronter la réalité. Aussi, elle ouvrit son ordinateur portable et consulta les articles pour le reportage.

Elle se mit à lire et, à mesure que ses yeux parcouraient les mots à l'écran, elle se sentit gagnée par un soulagement sans précédent.

– Ils parlent tous de familles et des traditions familiales à la ferme, chuchota-t-elle. Il faut donc que je prenne des photos d'une famille…

Hannah avait besoin d'un photographe professionnel rapidement, et elle avait besoin d'une famille. Elle leva les yeux de son ordinateur : elle savait parfaitement où elle pourrait trouver les deux et se demandait si ce serait seulement possible. Elle répondit à Amanda : « J'ai une idée pour le reportage ! Ne bougez pas ! » Puis elle sortit un bloc-notes et se mit au travail.

Chapitre 22

À cette époque de l'année, le climat du sud des États-Unis peut aguicher son monde avec une journée douce, une brise légère et un soleil printanier, puis tout reprendre le lendemain avec un ciel gris et une impitoyable tempête de neige. Ce matin était l'un des bons jours. Le soleil brillait haut dans un ciel bleu électrique, la neige fondait et l'air fleurait bon la magie. Hannah s'était levée tôt et était déjà à la boutique, sur une échelle, et mettait la dernière main au mur blanc fraîchement peint et traversé par un rayon de soleil.

– Waouh, tu avances vite ! s'étonna Georgia en passant la porte avec deux tasses de café et un sac en papier du café du coin dans chaque main, et Jerry dans son sac en bandoulière.

Georgia avait prévu quelques entretiens avec des historiens de la ville pour voir s'ils savaient quoi que ce soit sur ses parents, mais elle était d'abord passée au *Bouquet de Souvenirs* avec Hannah.

– Quand je suis partie, tu venais à peine de commencer à peindre, et maintenant tu as presque terminé ce mur.

– Juste la première couche, nuança Hannah du haut de l'échelle.

Elle avait décidé de peindre tous les murs dans un blanc brillant, puis d'ajouter de la couleur grâce aux fleurs, comme elle l'avait imaginé lorsque Georgia et elle en avaient discuté pour la première fois. Plus elle passait de temps ici, plus elle se sentait sereine. C'était un véritable défi, mais travailler ici était paisible et réconfortant.

– Ça a déjà l'air tellement plus frais et plus neuf.

Georgia posa les cafés sur le comptoir propre au centre de la pièce et sortit Jerry de son sac.

Ses griffes grattèrent sur le parquet et il se mit à renifler les cartons de fleurs.

– N'est-ce pas ?

Hannah se pencha en arrière pour admirer son travail.

En redescendant quelques barreaux, elle aperçut une tache noire qui passait devant la fenêtre de la porte de derrière. Elle s'approcha doucement et regarda dehors, dans l'espoir que ce soit Confetti. Comme elle aurait enfin voulu voir la chatte noir de jais laper le lait qu'elle mettait à sa disposition. Hélas, l'animal était déjà parti, et le lait toujours là.

– Depuis que je suis rentrée, je n'ai jamais vu Confetti, la petite chatte sauvage avec laquelle mamie s'est liée d'amitié, et je sais qu'elle va me le demander, s'inquiéta-t-elle à voix haute. Je veux pouvoir lui dire qu'elle va bien. Ça me ferait tellement plaisir.

– Je me demande où elle vit pendant tout ce temps ?

– Aucune idée.

Hannah s'éloigna de la porte et vérifia les noms inscrits sur les gobelets, puis attrapa le sien.

– Quel genre de café m'as-tu choisi ?

– Miel et lait d'amande, répondit Georgia en posant son sac sur le comptoir. Je nous ai pris des muffins aussi. J'ai déjà mangé le mien.

– Ça a l'air délicieux, dit-elle en s'essuyant le front de son bras couvert de peinture.

Elle vérifia son téléphone et n'y trouva aucun nouveau message. Elle avait envoyé un texto à Ethan ce matin pour lui demander s'il passerait, mais pas de nouvelles. Elle lui avait précisé qu'elle serait ici toute la journée.

– Tu as besoin d'autre chose avant que je ne parte à mes entretiens ?

– Non, non, je pense que tout est sous contrôle.

– Jerry, viens ici ! appela Georgia en prenant le chihuahua dans ses bras. Tu es sûre que ton père est d'accord pour que je prenne sa voiture ?

– Oui, ne t'inquiète pas.

– Et tu seras bien ici à la boutique ?

– Bien sûr. Je vais peindre toute la journée, et même si je dois rentrer à pied, c'est tout à fait faisable. Mamie le fait tout le temps ! Il va faire à peu près beau aujourd'hui, alors la promenade devrait être agréable.

– Envoie-moi un texto si tu as besoin de moi.

Georgia prit son café, glissa Jerry dans son sac et sortit sous le soleil.

Hannah sentit une vague d'optimisme l'envahir en s'enfonçant dans la pièce pour allumer le vieux tourne-disque. La chanson *Rockin' Robin* résonna, et elle se mit aussitôt à virevolter et oublia tout pendant quelques instants. Elle ferma les yeux et tournoya, laissant le son la ramener à une époque bien plus simple. Elle ne s'était pas sentie aussi joyeuse depuis longtemps, jusqu'à ce que le carillon au-dessus de la porte se mette à tinter.

Christie se tenait là, et la porte se refermait doucement derrière elle.

Hannah trottina jusqu'au tourne-disque et l'éteignit d'un coup sec, avant d'aller saluer Christie à l'avant de la boutique.

– Bonjour, lança-t-elle en s'approchant prudemment.

– Je me demandais si tu étais revenue pour Ethan, dit-elle en relevant fièrement le menton, même si elle semblait anxieuse.

– Qu'est-ce que tu veux dire ?

– Parce que si c'est le cas, il faut que tu nous laisses tranquilles, poursuivit-elle en passant nerveusement la main dans ses cheveux ébouriffés par le vent. Je te demande, de femme à femme, de te retirer.

De quoi parlait-elle ?

– Je suis rentrée à la maison parce que ma grand-mère est malade à l'hôpital, expliqua Hannah. Je suis restée en contact avec Ethan parce qu'il était mon meilleur ami. Et je ne compte l'emmener nulle part, donc tu n'as pas à t'inquiéter.

– J'aimerais que tu nous laisses à notre vie de famille. C'est déjà assez difficile sans que tu t'en mêles. Je suis venue te demander – s'il te plaît – de ne pas l'inciter à peindre quoi que ce soit. Il a dit que tu voulais qu'il peigne quelque chose ici.

– Pourquoi ne peindrait-il pas ?

– Parce que ça lui met de grandes idées en tête.

– Qu'y a-t-il de mal à avoir de grandes idées ? Il a beaucoup de talent.

– Il a des engagements maintenant.

Elle pinça les lèvres en signe de désapprobation.

– Écoute, quand on a commencé à sortir ensemble, je suis tombée enceinte et il a dû aller travailler pour son père. La peinture lui rappelle tout ce qu'il a abandonné pour devenir le père de Wesley. Et il m'a avoué une fois qu'il se sentait coupable d'avoir souhaité une autre vie que celle qu'on a tous les trois, alors je sais qu'il y pense toujours.

– Il peut avoir les deux. Il n'est pas obligé d'abandonner la peinture.

– Je crois qu'il a peur de ce que ça pourrait lui apporter s'il se donnait à fond.

– Qu'est-ce que tu veux dire ?

– Si par miracle il arrivait à fuir cette ville, il finirait par s'éloigner de nous. Et s'il se retrouvait dans une galerie d'art à New York, ou un truc du genre ? On ne saurait pas quoi faire là-bas. Lui et moi, on s'éloignerait l'un de l'autre, et ensuite, Wesley ne connaîtrait plus son père et n'aurait plus rien en commun avec lui. Et ça, c'est le meilleur des scénarios.

– Et le pire ?

– Il gâcherait toute sa vie à essayer d'être ce qu'il n'est pas. Ma grossesse a tout changé pour lui, mais je suis persuadée que ça l'a fait grandir.

Hannah repensa à toutes les fois où, au lycée, Ethan avait été frustré par son projet de départ à New York. Mais maintenant, elle se demandait si ce n'était pas parce qu'il avait lui aussi eu envie de réaliser ses rêves et que, pour une raison ou une autre, il ne s'était pas senti capable d'aller au bout.

– Les rêves, ce n'est pas seulement pour les enfants. Il ne devrait pas avoir à les « abandonner ». Et il y a aussi l'art ici, tu sais. Il pourrait très bien rester auprès des siens et peindre à Franklin et à Nashville, comme il l'a déjà fait.

– Mais au bout du compte, il passerait à autre chose, insista Christie, inquiète.

– Tu es en train de me dire qu'Ethan n'utilise pas le talent qu'il a reçu de Dieu parce qu'il craint que ça le mène au succès ? Ça n'a aucun sens. Je pense que cette peur, c'est la tienne : tu crains d'être un second choix dans sa vie, et j'en doute très sérieusement.

– Parfois, il faut juste vivre la vie qu'on vous donne, tu sais ? lâcha-t-elle entre ses dents. Tu débarques en ville avec tes grandes idées, tu lui mets des folies dans la tête, tu l'embrouilles. Laisse-le tranquille. Tout allait bien entre nous avant que tu n'arrives.

– Vraiment, tout allait bien ? Parce que ce genre de raisonnement me dit tout autre chose..., répliqua-t-elle en secouant la tête. Et toi, Christie ? Quels sont tes rêves ?

– Moi ? Oh, je ne sais pas peindre ni quoi que ce soit. Et je ne mène pas une vie luxueuse comme toi. Je travaille au supermarché comme caissière. C'est bien payé et ils me laissent travailler pendant la journée pour que je puisse faire garder mon petit, et c'est gentil de leur part.

– Mais quand tu étais gamine, qu'est-ce que tu voulais faire quand tu serais grande ?

Le regard dubitatif de Christie resta suspendu entre elles avant qu'elle ne réponde :

– C'est précisément le problème, mademoiselle Townshend, ce sont mes rêves d'enfant. Uniquement des rêves. Ni des talents ni la réalité. C'est ce que je m'efforce de vous faire comprendre, à Ethan et à toi.

– D'accord, concéda Hannah, prête à tenter une autre approche. Quel était ton rêve d'enfant alors ?

– Devenir danseuse. Ce qui devrait prouver ce que je dis, juste là.

– Pourquoi ça devrait-il prouver quoi que ce soit ? Si tu veux devenir danseuse, tu peux. Tu te souviens quand tu as cessé de rêver d'être danseuse ?

– Je n'ai jamais cessé de rêver, mais ça n'a aucun sens de penser que je serai un jour danseuse. Je mesure un mètre soixante et un.

Elle lâcha un petit rire incrédule.

– Pour autant, si tu avais persévéré dans cette voie, tu pourrais être aujourd'hui à New York en train de danser pendant qu'Ethan peint. Ce serait incroyable, non ?

La frustration se lisait sur le visage de Christie et elle mit ses mains sur les hanches.

– Les gens comme Ethan et moi ne vivent pas dans une grande ville. Ce n'est pas nous.

– Alors, ne vivez pas dans une grande ville. Mais je pense que tu devrais te donner la permission de suivre tes rêves.

– Ce débat n'ira nulle part, nous ne sommes pas d'accord, restons-en là.

Hannah lui sourit.

– Je vais te faire danser.

Christie la dévisagea comme si elle avait perdu la tête.

– Quoi ?

– Je vais le faire, s'engagea Hannah. Je vais te faire danser, et je ferai peindre Ethan, et je te garantis que ça va vous changer la vie.

– Mademoiselle Townshend, je crains que tu ne sois un peu folle.

Elle prononça ces mots, mais Hannah remarqua une pointe d'intérêt dans son regard. Peut-être Hannah lui avait-elle permis d'espérer un peu quand Christie avait visiblement baissé les bras. Elle n'avait pas l'air convaincue, mais elle semblait songeuse.

– Je suis probablement folle, confirma Hannah. Mais je n'ai jamais échoué dans aucune de mes missions.

– Cette discussion a été… intéressante, conclut Christie en se tournant vers la porte.

Mais au moment de partir, elle lança doucement par-dessus son épaule :

– Je vais envoyer Ethan jeter un coup d'œil à cette peinture dont tu as besoin.

– Christie, tu es fabuleuse ! s'écria Hannah alors que la porte se refermait derrière la jeune femme.

Lorsque celle-ci longea la devanture, Hannah aurait juré avoir aperçu l'ébauche d'un sourire sur ses lèvres.

– Est-ce que tu as complètement perdu la tête ? demanda Maura à l'autre bout du fil, alors qu'Hannah se tenait au milieu de la boutique. Tu vas jeter toutes tes économies dans ces travaux, et pour quoi ? On n'a aucun moyen de faire vivre le magasin, et personne n'a prouvé qu'une telle affaire pouvait marcher à notre époque. On a déjà tellement investi dans cet endroit ; je ne peux pas, en toute conscience, te laisser dépenser ton argent durement gagné pour ça...

– Je suis une adulte, maman. Je ne suis pas inconsciente, mais je dois essayer. Je vais régler les factures, c'est décidé. C'est important pour moi d'essayer.

– Pourquoi, ma puce ?

Elle chercha en elle la réponse, et même si elle avait envie de répondre que c'était pour mamie, quelque chose lui disait que c'était bien plus que ça. Elle voulait aussi se fabriquer des souvenirs, et elle avait vraiment l'impression qu'elle devait le faire. Elle voulait pouvoir faire un jour le point sur sa vie et se dire que sa vie avait compté pour les autres.

– Je veux voir si j'arrive à relancer la boutique.

– Comment ? Tu seras à New York.

– Je sais. Je n'ai pas encore réfléchi à tous les détails, mais s'il y a bien une chose essentielle, c'est *Le Bouquet de Souvenirs*. Je ne peux pas le laisser péricliter.

– Tu as toujours eu une volonté de fer, mais tu as aussi été excellente dans tout ce que tu as entrepris. Voyons ce que tu arriveras à en faire.

– Merci, maman. Je t'aime.

– Je t'aime aussi.

Hannah contempla la boutique de sa grand-mère avec un nouvel élan – elle se sentait utile.

Il était temps de déployer ses ailes.

– Comment se sont passés les entretiens ? demanda Hannah quand Georgia repassa la porte de la boutique.

Elle venait de redescendre de l'échelle, après avoir terminé le mur.

– J'ai rencontré un grand journaliste qui va voir un peu ce qu'il peut trouver, même si l'historien n'avait aucune piste, raconta Georgia en laissant Jerry sortir du sac. Mais ma conversation avec le journaliste n'a pas entièrement porté sur moi.

– Ah ?

Hannah fit signe à Georgia de venir s'asseoir à l'arrière, tandis qu'elle se rendait dans le coin cuisine pour se laver les mains maculées de peinture.

– J'espère que ça ne te dérange pas, mais je lui ai parlé du *Bouquet de Souvenirs*. Il veut faire un article sur sa renaissance.

– Quoi ? s'écria Hannah en agitant les mains avant de les sécher avec de l'essuie-tout.

Georgia s'approcha d'elle.

– Oui. Ça ferait partie d'une série que le journal consacre aux propriétés anciennes, et ça paraîtrait en première page à côté du Festival de Printemps de la ville.

Hannah serra Georgia dans ses bras.

– C'est génial ! La publicité serait incroyable…, répondit-elle en se couvrant la bouche d'une main, surexcitée. Quand est-ce que l'article sera publié ?

– Il veut le sortir dès qu'on sera prêtes. Tiens, lança Georgia en fouillant dans sa poche avant d'en sortir une carte de visite.

Il y a son nom et son numéro. Je pourrais certainement aider pour la séance photo de la boutique...

– Je dois faire venir Ethan ici, tout de suite. Tu as les clés de la voiture ?

Georgia les lui tendit, une lueur d'espoir dans les yeux.

– Garde la boutique. Je reviens tout de suite.

Hannah franchit la porte du garage et appela Ethan.

– C'est quoi tout ce remue-ménage ? cria Ardy en s'avançant vers elle.

– Il faut que je parle à Ethan. Il est au garage ? demanda-t-elle en frôlant Ardy.

– Hé, tu ne peux pas aller là-bas.

Hannah ouvrit la porte et entra dans le vaste hangar qui résonnait, le sifflement de l'hydraulique et le gémissement des perceuses étouffant ses appels. Elle parcourut la file de voitures, certaines avec le capot relevé, d'autres sur des ponts élévateurs, et scruta les visages des mécaniciens qui s'arrêtaient de travailler, manifestement confus.

– Tu crois que tu fais quoi, là ? s'exclama Ethan en arrivant dans son dos.

– J'ai besoin de toi.

Quelqu'un la siffla depuis l'une des voitures, mais elle l'ignora.

– J'ai parlé à Christie.

Ethan écarquilla les yeux, soudain intéressé.

– Elle m'a dit qu'elle allait te parler. Elle l'a fait ?

– Non.

– J'ai besoin que tu peignes une fresque pour moi tout de suite.

– Je t'ai déjà dit...

– Je sais ce que tu as dit, mais je ne veux rien savoir.

Elle l'attrapa par le bras et l'entraîna avec elle vers la sortie, sous les huées et les braillements des collègues mécaniciens d'Ethan.

– Hé, vous allez où ? demanda Ardy tandis qu'ils traversaient la salle d'attente et se dirigeaient vers le parking.

– Je vous l'emprunte !

– Ethan, Christie ne va pas être contente ! insista Ardy en les suivant.

– Christie est tout à fait d'accord ! rétorqua Hannah par-dessus son épaule, avant d'ouvrir la portière côté passager. Je vais lui trouver des cours de danse ! Toi, tu montes. Tu es à moi pour la journée.

– Des cours de danse ? répéta Ethan quand elle s'installa au volant.

– Absolument.

Hannah sortit de sa place de stationnement et prit la route du magasin de peinture.

Chapitre 23

– Ça faisait un bail, lâcha Ethan, hésitant, au beau milieu des pots de peinture dans son uniforme de mécanicien et ses chaussures de sécurité.

Il contemplait le mur blanc du fond au *Bouquet de Souvenirs*, son assurance d'autrefois remplacée par de l'incertitude. Où était passée son arrogance ? Il avait douté pendant tout le temps passé au magasin de peinture, alors que le jeune Ethan y entrait en trombe et s'emparait de ses couleurs sans le moindre flottement.

– Les dons de Dieu ne disparaissent pas. Ce qu'il t'a offert, il ne te le reprendra pas, le consola Hannah en posant les mains sur ses épaules, sous le regard de Georgia, Jerry dans ses bras. Tu peux le faire !

Ethan était concentré, ses épaules tendues, ses lèvres figées en une ligne.

– Qu'est-ce que tu veux sur ce mur ? demanda-t-il, manifestement peu convaincu par ses encouragements.

– Ce serait super que tu peignes une ligne d'horizon dans un style vintage de Franklin Main Street.

Ils avaient choisi tout un nuancier. Les couleurs contrasteraient avec les murs d'un blanc éclatant et les meubles qu'ils allaient remettre à neuf, et formeraient une très belle toile de fond pour mettre en valeur les fleurs. Toute la pièce en serait plus lumineuse et accueillante.

– Je ne crois pas en être capable.

Georgia se tourna vers Hannah comme pour lui demander une explication.

– Ethan, dit Hannah en s'approchant encore de lui. Tu peux le faire.

Ethan croisa les bras et secoua la tête, fixant le mur vierge. Finalement, il se tourna vers Hannah.

– Je suis désolé. Je ne vais pas le faire.

Il se mit à empiler les pots de peinture contre le mur.

– Ethan, tu es le meilleur. J'ai besoin du meilleur pour ce projet.

– Je ne suis plus le meilleur, répondit-il, les dents serrées. J'ai laissé les gars du garage en plan, on manque de bras là-bas, je dois y retourner. Je vais marcher s'il le faut.

– Il n'y a qu'une seule fresque, rétorqua-t-elle pour tenter de l'aider.

Elle se posta devant lui et le regarda droit dans les yeux.

– On a beaucoup changé toi et moi, je le sais, dit-elle doucement, avant d'esquisser un petit sourire nostalgique. Beaucoup de temps s'est écoulé depuis nos années de débauche. Mais quand je te regarde, je te vois toi, et pas seulement le type qui porte l'uniforme de ton père. Ce n'est qu'une partie de ta vie. Il y a tellement plus en toi que ça.

Elle se baissa pour attraper un pinceau qu'elle lui tendit.

– J'ai confiance en toi. Alors, fais-toi confiance aussi, parce que tu es absolument fantastique.

Plus elle parlait, plus la mâchoire de son ami d'enfance se crispait, et tout son corps se tendait.

– Hannah, j'ai besoin que tu respectes quelque chose. Tu n'es plus cette fille que je ramenais de l'école avec les bottes posées sur le tableau de bord de mon pick-up, et je ne suis plus ce gamin qui te ramenait. Et certes, ces parties de nous-mêmes appartiennent à notre passé, on n'est plus les mêmes et on ne sera plus jamais ces personnes.

Il se dirigea à grandes enjambées vers la porte.

– Tu trouveras une autre idée pour ce mur, lança-t-il en ouvrant la porte avant de s'éclipser.

– Pourquoi est-il parti ? demanda Georgia d'une voix douce, visiblement touchée par l'échange entre Hannah et Ethan.

– Je me disais que s'il entrait ici..., souffla-t-elle en se tournant vers le mur vide. Faisons une liste de tout ce qu'il nous reste à faire, et ensuite on s'y met. Je vais m'occuper d'Ethan.

Le téléphone d'Hannah bipa alors dans sa poche. Liam lui demandait par message : *Que fais-tu ce soir ?*

Elle répondit aussitôt : *Georgia est ici avec moi. Elle séjourne chez mamie. On avait prévu de bosser à la boutique. Pourquoi ?*

Je me demandais si tu aimerais venir dîner avec ma mère, Noah et moi – c'est moi qui invite. Tu pourrais amener Georgia avec toi. Vous seriez toutes libres ce soir ?

– Eh bien, quelle surprise, commenta Hannah.

– Qu'est-ce qui se passe ?

– Est-ce qu'on est disponibles pour aller dîner avec Liam ? lui demanda Hannah, heureuse de cette distraction après ce qui venait de se passer avec Ethan.

Georgia alla jusqu'à la porte arrière et laissa Jerry sortir en laisse.

– Bien sûr. C'est vraiment gentil de sa part.

– Je vais lui confirmer, alors. Ce sera sympa de rencontrer sa mère et de revoir Noah.

Ses doigts tapotaient déjà l'écran de son téléphone.

– Il nous rejoint en ville à dix-huit heures, annonça-t-elle en lisant sa réponse dès réception, alors je pense qu'on devrait rentrer à la maison et faire un brin de toilette. On s'y remet dès demain.

Elles rassemblèrent leurs affaires et éteignirent toutes les lumières. Lorsque Hannah ferma la porte, le mur blanc la toisait.

– On a encore beaucoup de pain sur la planche, déclara-t-elle en pensant à Ethan.

– Ça va s'arranger.

– J'espère que tu as raison.

Hannah verrouilla la porte derrière elles.

Mary McGuire, toute menue, en ballerines bleu marine assorties à son manteau ceinturé, traversait la rue d'un pas traînant aux côtés de Liam, en tenant la main de Noah.

– Alors, c'est toi qui fais les ragoûts ? s'exclama-t-elle en rejoignant Hannah devant le restaurant du coin.

Noah entoura les jambes d'Hannah de ses petits bras et la serra fort. Ce geste lui remonta aussitôt le moral.

– Salut, mon pote, le salua-t-elle, avant de répondre à la mère de Liam. C'est bien moi ! Et voici Georgia.

– Enchantée, Georgia.

Liam leur tint la porte pour entrer. Les lampes et les bougies donnaient à l'endroit une ambiance chaleureuse et douillette, sur fond de photos en noir et blanc des habitants de la ville au fil des ans, qui tapissaient les murs. Il donna son nom à l'hôtesse qui les conduisit à leur table.

Mary se tourna vers Hannah, un air doux et affectueux sur le visage.

– Hannah, je suis ravie de te rencontrer enfin. Liam m'a beaucoup parlé de toi.

– Vraiment ? lança Hannah, intéressée.

Liam tira la chaise d'Hannah pour qu'elle s'installe.

– En fait, c'est Noah qui a beaucoup parlé de toi, rectifia Liam. Il était très excité de te voir ce soir.

– Je veux m'asseoir ici, réclama Noah en désignant la place libre entre Hannah et Georgia.

Hannah écarta le siège de la table pour permettre à Noah de grimper dessus.

La serveuse posa un menu en papier pour enfants avec une petite boîte de crayons de couleur devant Noah et prit leurs commandes de boissons.

– Pourquoi ne pas partager une bouteille de vin ? proposa Mary. Je me sens d'humeur festive. C'est tellement agréable d'être en famille et avec des amies.

– Bien sûr, maman. Plutôt rouge ou blanc ?

– Qu'est-ce que vous préférez, mesdames ?

Hannah et Georgia secouèrent poliment la tête, laissant le choix à Mary.

– L'un ou l'autre me convient, lui dit Hannah. Qu'est-ce que tu préfères ?

– On devrait prendre le rouge de Mickey, et le petit prendra un verre de lait, lança Mary à la serveuse, qui s'empressa d'en prendre note.

– Le rouge de Mickey ? répéta Hannah, qui n'avait jamais entendu parler de ce vin.

Noah rapprocha son menu d'Hannah et lui tendit un crayon. Il écrivit ensuite un X au centre du jeu de morpion imprimé. Hannah ajouta un O.

– Mickey Jones possède un vignoble privé très exclusif en bas de la route qui mène à notre ferme, expliqua Mary. Personne n'est au courant, il ne dépose que quelques bouteilles ici chaque jour, et si vous savez le demander, ils le servent, mais pour tous les autres, ce n'est pas au menu.

– J'ai l'impression d'être James Bond, réagit Georgia, une étincelle dans les yeux, ce qui fit glousser Mary.

– J'ai entendu parler d'Hannah et de son retour pour rendre visite à sa grand-mère. Mais toi, Georgia, qu'est-ce qui t'amène en ville ?

La serveuse revint du bar tout proche avec une bouteille et proposa à Mary de goûter avant de les servir tous les quatre. Hannah but une gorgée de ce vin délicieusement fruité et parfumé.

– Je suis ici pour retrouver mes parents, annonça Georgia.

Mary la dévisagea, captivée.

– Oh ?

– J'ai été adoptée et l'agence refuse de me donner la moindre information, mais j'ai quelques photos.

– Waouh, souffla Mary.

Elle appuya son avant-bras sur la table et prit une gorgée de vin de l'autre main, tout ouïe.

– Oui, mais pas de noms, malheureusement. Mon père a juste déposé les photos, apparemment. Ma mère et lui ont signé un document disant que je ne peux pas connaître leur identité, mais quelques années plus tard, il est revenu à l'agence et a glissé les photos à la femme de l'accueil, en lui disant de me les confier si je venais à les rechercher. Je crois que j'espère qu'il a changé d'avis, raconta-t-elle en prenant son sac à main pour fouiller dedans. Vous voulez voir les photos ?

Elle les tendit à Mary.

– Et s'il n'a pas changé d'avis, que feras-tu ? demanda Mary en regardant les photos.

Elle sourit devant celle avec le bébé avant de les rendre à Georgia.

– Je n'y ai pas encore réfléchi. Mais même si je ne les retrouve pas, je suis contente d'être venue parce que j'ai pu vous rencontrer, toi, Liam, Hannah et ses parents. Hannah a été si gentille, elle me laisse même travailler dans la boutique de sa grand-mère. On s'amuse beaucoup…

– Ah, mais oui, dit Mary en s'adressant à Hannah. Liam m'a dit que ta grand-mère tient la boutique de fleurs du centre, c'est bien ça ?

– Oui.

– Est-ce que tu envisages toujours de liquider la boutique ? demanda Liam en buvant une gorgée de vin.

– Eh bien, Georgia et moi avons réfléchi et on est en train de tout refaire. Je pense que ça va vraiment surprendre mamie, et j'espère que ça va complètement revitaliser l'entreprise et amener de nouveaux clients.

– Et il en faudra beaucoup pour compenser la hausse du loyer, ajouta Georgia, mais ça vaut le coup d'essayer.

Liam sembla tout à coup plus intéressé quand Hannah évoqua la rénovation du *Bouquet de Souvenirs*.

– Quelle bonne idée, répondit Mary. Je ne sais pas trop comment aider, mais j'ai toujours une réserve de fruits et de légumes frais de saison… et je fais une excellente limonade.

– En fait, grand-mère offrait toujours des muffins et de la limonade à ses clients. J'aimerais beaucoup proposer la limonade de votre ferme. Ça donnerait vraiment une touche locale.

– Oh, c'est une excellente idée, renchérit Georgia.

– Je serais ravie de vous donner un coup de main, confirma Mary.

La serveuse revint prendre leur commande et Hannah remarqua alors l'expression indéchiffrable de Liam. Qu'est-ce que c'était ? De l'incertitude ? Se demandait-il si elle allait rester à Franklin, ou bien avait-il quelque chose d'autre à l'esprit en lien avec la boutique de mamie ? Son comportement avait changé depuis qu'elle avait abordé ce sujet.

– Tout va bien ? lui demanda Hannah.

– Oui, oui, répondit-il en esquissant un sourire et en attrapant la carte, les yeux levés vers la serveuse. Les dames d'abord !

Chapitre 24

Le lendemain matin, juste après le lever du soleil, alors que Georgia restait au *Bouquet de Souvenirs* pour concevoir la vitrine, Hannah partit voir mamie. Comme Georgia n'avait pas réussi à retrouver ses parents biologiques, Hannah emporta les photos de la famille de Georgia pour voir si, par hasard, sa grand-mère ne saurait pas quelque chose à leur sujet.

– La femme avec qui j'ai fait le trajet depuis l'aéroport – Georgia – voulait que je te montre ces photos pour voir si tu reconnaîtrais les personnes dessus.

Hannah les sortit de son portefeuille et les lui tendit.

– Tu peux me donner mes lunettes sur la table, ma chérie ?

Mamie posa les photos sur la couverture en tricot blanc qui recouvrait ses jambes. Hannah les lui passa, et sa grand-mère inspecta les portraits de plus près.

– Non. Je suis désolée, je ne les connais pas.

Elle lui rendit les photographies, et Hannah, déçue pour son amie, les rangea.

– Ce n'est pas grave. Je me sens mal pour Georgia. Elle veut vraiment retrouver les siens.

Sa grand-mère s'esclaffa.

– On veut tous ça, répondit-elle en lissant sa couverture. Comment va la boutique ?

Hannah décala le déambulateur que mamie utilisait pour se déplacer dans l'hôpital et s'assit sur une chaise près du lit.

– Tout est sous contrôle.

Elle voulait la rassurer sans trop lui en dire pour ne pas gâcher la surprise.

– J'ai travaillé dur pour la remettre en état et j'ai même demandé à une agricultrice locale de fournir de la limonade fraîche aux clients.

– Oh, Hannah, c'est adorable, répondit-elle en se redressant. Et comment va Confetti ?

– J'ai veillé à ce qu'elle ait du lait frais à sa disposition tous les jours.

Hannah choisit ses mots avec soin, elle ne voulait pas lui dire qu'elle jetait ce lait à la fin de la journée parce qu'il n'avait pas été touché.

– Je savais que tu m'aiderais, dit-elle en se penchant en arrière et en croisant les bras d'un air satisfait. Et comment vas-tu, ma puce ?

– Je ne sais pas, mamie, répondit Hannah honnêtement. Je ne sais plus ce que je suis censée faire.

– Qu'est-ce que tu veux dire ?

– J'ai bossé très dur pour en arriver là où j'en suis dans mon travail à New York, et ça marche bien pour moi... Mais il y a un problème avec l'un des projets que je porte et une idée m'est venue à l'esprit. J'ai évité la question, je n'ai même pas voulu y penser ou essayer de le résoudre – ça ne me ressemble pas. Je devrais piloter, mais au lieu de ça, j'ai fait un pas de côté.

– Tu te donnes juste le temps de réfléchir à ce que tu veux vraiment, analysa sa grand-mère.

Elle savait toujours présenter les choses avec tant de bienveillance.

– Et ces derniers jours t'ont pas mal déboussolée. Accorde-toi une pause.

– Mon ancienne vie m'a rattrapée, et tout à coup, ici, je me sens vivante, confia-t-elle. Je suis toujours la même femme qu'à New York, mais elle se sent bien ici aussi.

– On se sent toujours le plus en vie lorsqu'on accomplit ce que Dieu a prévu pour nous. Ce n'est pas parce que tu es ici que tu dois redevenir la fille qui a grandi dans cette ville. Tu as changé, Hannah. Mais ce n'est pas forcément une mauvaise chose.

– Tu es en train de dire que je devrais vivre ici et pas à New York ?

– Je dis que tu devrais te donner la permission de vivre là où tu t'épanouis le plus.

– J'aimerais savoir avec certitude où c'est.

– Tu le découvriras. Je n'en doute pas une seconde.

– Attends une minute ! lança-t-elle, en se mettant à faire les cent pas tandis qu'une idée germait dans son esprit. Les photos du magazine sont censées illustrer comment chacun trouve les siens…

Elle se précipita au chevet de sa grand-mère et l'embrassa sur les deux joues, en pleine effervescence.

– Tu es géniale ! Merci !

Mamie gloussa.

– Je ne sais pas trop ce que j'ai fait, mais de rien.

Hannah franchit le seuil de la boutique. Elle attrapa Georgia et la fit tourner sur elle-même, ce qui fit aboyer Jerry qui s'approcha pour escalader la jambe de sa maîtresse.

– J'ai une idée fabuleuse, s'exclama Hannah. Ce projet au travail m'a fait passer un sale quart d'heure. Je pense que je peux tout arranger, mais pour réussir, j'ai besoin de ton aide ! Comme ça, je pourrai me concentrer sur la réouverture de la boutique.

– De mon aide ?

– J'ai besoin de tes compétences de photographe. Tu serais partante ?

– Bien sûr, qu'est-ce qu'on doit faire ?

– Il faut que j'appelle Liam. Je voudrais lui demander si toi et moi on peut venir prendre des photos de sa famille et de la ferme de Mary. J'imagine déjà dix à vingt photos... Le chêne au milieu du champ, le porche d'entrée avec ses chaises à bascule, tous les panneaux peints à la main étiquetant chaque série de cultures... Il y a tellement de choses à découvrir.

– Appelle Liam pour voir s'il est d'accord, répondit Georgia, enthousiaste. Je vais continuer à peindre.

Hannah composa son numéro, arpentant la boutique, très enthousiaste. Quand il décrocha, elle lui expliqua son projet.

– Il a dit oui ! J'y vais tout de suite pour repérer les lieux. Une fois que j'aurai une idée plus précise de ce que je veux, toi et moi on pourra aller prendre les photos. Ça te convient ?

– Absolument. Je ne sais pas comment, mais tu as réussi à me faire embaucher comme photographe pour *Farmhouse Living* ! s'écria-t-elle.

– Si ça marche, tu pourrais bien devenir la photographe en chef de *Farmhouse Living*.

Georgia la dévisagea pendant une seconde, les yeux écarquillés, avant de plaquer une main sur sa bouche, surexcitée.

Si l'intuition d'Hannah était correcte, Georgia venait peut-être de l'aider à sauver sa carrière.

– Est-ce que ça va aller pour vous tous dans ce froid glacial ? demanda Mary, grelottant malgré les bras croisés sur sa poitrine, tandis qu'Hannah et Liam faisaient le tour de la ferme.

– Ça ira, maman, lui assura-t-il. On ne va pas rester dehors très longtemps.

– D'accord. Je vais préparer du café pour votre retour.

– Merci, lui lança Hannah, tout en ouvrant sur une page vierge le carnet de croquis qu'elle avait acheté en chemin.

– Jetons d'abord un coup d'œil à la grange, proposa Liam en la guidant le long du chemin, la terre molle sous leurs pieds. J'avais l'habitude de grimper à cet arbre quand j'étais petit.

Il désigna un érable au bord du chemin. Ses branches s'étendaient à l'infini, et son tronc était si large qu'Hannah n'aurait pu l'entourer de ses bras. Une branche basse lui donna une idée.

– Je me demande si on ne pourrait pas faire une photo de famille sur cet arbre avec Noah et toi. Est-ce que tu serais d'accord ?

– Et figurer dans un magazine national ?

– Oui, confirma-t-elle avec un sourire entendu. Vous avez tous les deux le look parfait pour les magazines.

– Est-ce que tu me dragues ? lui demanda-t-il, un sourire au coin des lèvres.

Hannah gloussa.

– Appelle ça comme tu veux.

Il la dévisagea d'un air amusé, en haussant les sourcils.

– Tu ne dis pas non.

Il saisit la branche de l'arbre et leva les yeux vers la cime.

– Je vais raconter à tout le monde que tu as dit que je ressemblais à un mannequin de magazine.

Il prit la pose, ce qui la fit rire de plus belle.

– Attends ! lança-t-elle, son crayon en suspens au-dessus de la feuille. Reste comme ça.

Elle fit glisser la mine sur la feuille, traçant rapidement les contours de l'arbre, puis positionnant Liam comme devant ses yeux. Puis elle ajouta Noah, assis sur la branche, les jambes ballantes, et Liam admirant son fils avec tendresse. Elle retourna le carnet et lui montra son idée.

Il se détendit, manifestement stupéfait.

– Oh, waouh ! C'est incroyable. Tu es manifestement très douée dans ton métier.

– Je ne sais pas, répondit-elle en haussant les épaules.

Il lui prit la main.

– Viens, je vais te montrer la grange. Je pense qu'elle pourrait coller à ce que tu cherches. Je l'ai construite avec mon père.

Liam la conduisit jusqu'à la structure rouge brique. Il tira sur l'une des grandes portes pour l'ouvrir.

– Ma mère s'en sert pour des fêtes, expliqua-t-il lorsqu'ils passèrent le seuil.

Il appuya sur un interrupteur.

Hannah sursauta, bouche bée.

– C'est. Absolument. Parfait !

Un énorme lustre était suspendu au plafond, scintillant tel un joyau rare au-dessus de leurs têtes. Des bottes de foin étaient empilées contre les murs et parsemaient le sol en ciment, comme autant de sièges improvisés autour des tables rustiques en tonneaux de whisky. Sur l'une d'elles, deux verres et une bouteille de vin. Elle les désigna d'un geste interrogateur.

– Cru local, annonça-t-il en faisant sauter le bouchon et en versant à chacun un verre.

Elle prit le sien et le porta à ses lèvres. Un effluve de nectar fruité mêlé à la morsure de l'alcool lui chatouilla les papilles.

– Je suis censée travailler, plaisanta-t-elle.

– Et tu travailles, dit-il en tapotant le couvercle du tonneau. Montre-moi ce que tu envisages pour cet espace. Je veux voir.

Hannah prit une autre gorgée et s'exécuta. Elle dessina ses suggestions pour les photos de Georgia. Son crayon volait sur le papier, et les idées venaient plus vite qu'elle ne parvenait à les dessiner.

– Je ne savais pas que tu étais aussi créative.

Elle retourna son carnet pour qu'il puisse y jeter un œil. Sur le croquis, Liam était assis sur une botte de foin au centre de la grange, sous le lustre, avec Noah sur les genoux, et apprenait à son fils à jouer de la guitare.

Il l'étudia un instant.

– Alison était notre professeure à tous les deux. Une fois, elle et moi évoquions le fait qu'elle voulait apprendre à Noah à manger avec des baguettes quand il serait plus grand… Cette idée m'a semblé tellement idiote à l'époque, mais aujourd'hui, je me demande toujours qui lui apprendra à manger comme ça. Je n'ai jamais utilisé de baguettes… Tu sais, quand Alison est morte et que j'étais en deuil, Noah était si petit qu'il n'a rien compris. L'élever, c'est un défi terrifiant. Noah était difficile – il faisait des crises de colère, pleurait la nuit à cause de cauchemars, mais il ne me laissait jamais le consoler.

– Il avait le cœur brisé lui aussi.

– Je sais. Et je suis resté sidéré. Une amie nous a recommandé notre nounou, et lorsqu'elle est arrivée, elle m'a apporté le soulagement dont j'avais besoin pour surmonter mon propre chagrin, mais je ne savais plus où était ma place dans sa vie. Je me suis donc plongé dans le travail, et j'ai monté mon entreprise avec le frère d'Alison.

Un soupçon d'hésitation traversa son visage, mais disparut avant qu'elle ne comprenne la cause.

– Parce que, poursuivit-il, si mon rôle était de subvenir aux besoins de ma famille, je devais être le meilleur pourvoyeur possible pour Noah. Alison a grandi dans un milieu aisé, et j'ai eu l'impression que je devais faire mes preuves, à la fois en sa mémoire et pour Noah.

– Tu te mets beaucoup de pression.

Il acquiesça.

– Je veux juste que les gens auxquels je tiens sachent qu'ils sont aimés.

Hannah posa sa main sur son bras.

– Je crois que Noah s'est peut-être senti plus aimé par toi quand tu l'as poussé sur la balançoire et quand tu as dansé avec lui dans la cuisine qu'à n'importe quel autre moment.

– Oui, admit-il. Mais j'avais besoin que tu me montres comment faire. Tu es si douée avec lui – pas comme sa nounou.

– Comment ça ? insista-t-elle, intéressée par sa réponse.

– Elise est un peu comme une institutrice. Tes interactions avec Noah sont plus naturelles. Comme le ferait une mère.

La douleur qui surgissait chaque fois qu'elle se permettait de penser à la maternité la submergea.

– Il t'aime vraiment beaucoup.

Liam but une gorgée et la dévisagea. Sa vulnérabilité était palpable.

– Moi aussi, je t'aime beaucoup, avoua-t-il.

Un frisson se répandit en elle comme une traînée de poudre. Liam était si différent de Miles. Il l'écoutait, il était ouvert et honnête.

– Tu es plutôt pas mal du tout toi aussi.

Au beau milieu de cette grange avec Liam, New York ne semblait plus être l'endroit idéal pour elle. Elle tombait amoureuse de Liam, mais son adorable enfant et lui allaient retourner à Charleston d'ici peu. Juste au moment où les étoiles semblaient enfin s'aligner.

Chapitre 25

7 septembre 1943

J'ai envie de hurler de bonheur ! J'ai quitté mon emploi à l'usine métallurgique. Je suis partie comme ça. Minnie m'a proposé un emploi à plein temps dans son magasin de fleurs ! Je travaillerai cinq jours par semaine avec deux jours de congé ! J'ai tout raconté à Warren et il m'a dit qu'il allait appeler mes parents pour leur demander s'il pouvait m'inviter à dîner pour fêter ça ! Je suis au comble de la joie. En plus, ça me donnera plus de temps pour discuter avec lui. J'aime bien nos discussions. On parle d'art et de musique plutôt que de politique de guerre comme avec mes parents. Il me lit des textes auxquels je ne me serais jamais intéressée auparavant, et je veux juste m'imprégner de chaque mot qu'il souhaite me dire.

Tandis que le soleil se levait par la fenêtre de la chambre, Hannah referma le journal de mamie et le posa sur la commode de sa chambre. Rien n'arrivait donc par hasard – il suffisait de regarder mamie aujourd'hui. Après avoir lu les mots de sa grand-mère, Hannah avait encore plus envie de réussir à faire renaître *Le Bouquet de Souvenirs*. Papi et la boutique étaient les deux bonheurs de mamie, et Hannah ne supportait pas l'idée qu'elle vive ses dernières années en sachant que les choses n'avaient pas tourné comme elle l'avait espéré.

Ses yeux se posèrent sur la porte ouverte de l'armoire et elle remarqua ses vieilles bottes courtes d'équitation. Elle ne savait pas que mamie les avait gardées. Celles avec lesquelles elle aimait monter à cheval. Les côtés étaient encore sales de sa dernière sortie, ce qui fit remonter un souvenir à la surface.

Elle avait dix-huit ans, une botte poussiéreuse posée sur l'aile de la Bronco d'Ethan, avec laquelle ils avaient roulé tout l'été. Il avait investi les économies de toute une vie de tontes de pelouse pour ce morceau de tôle qu'il s'était juré de restaurer un jour. Hannah avait tripoté l'ourlet de son jean jusqu'à ce qu'il entoure confortablement le cuir de sa botte, puis, pour faire bonne mesure, avait tapé du pied sur le chemin de gravier menant à la vieille grange à chevaux pour que son jean tombe bien.

Le soleil avait glissé sous l'horizon et les éclairs dansaient autour d'eux alors qu'ils se tenaient entre les deux grands champs de maïs de la propriété des grands-parents d'Ethan, en pleine campagne. Le petit terrain comprenait une grange et une zone de pâturage pour les chevaux d'Ethan, Flash, Emma et Nugget. Hannah avait noué ses cheveux avec le ruban qui lui avait permis de ne pas les avoir dans les yeux plus tôt dans la journée alors qu'elle montait Flash, son préféré des trois, et avait grimpé dans la voiture de son meilleur ami.

« Pourquoi voudrais-tu partir d'ici ? » avait-il lancé en tendant la main par la fenêtre ouverte, ajustant son rétroviseur latéral pour empêcher les reflets du soleil orange vif de l'aveugler, alors que l'astre se couchait entre les collines ondoyantes du Tennessee qui défilaient autour d'eux.

Maintenant qu'elle y réfléchissait, des années plus tard, elle ne savait pas pourquoi quiconque voudrait partir d'ici…

– Qu'est-ce qui t'arrive, mouchette ? demanda son père dans l'embrasure de la porte, avant d'entrer et de s'asseoir à côté d'Hannah sur le lit de sa grand-mère.

Il avait l'habitude de l'appeler « mouchette » quand elle était petite, et ce surnom la replongea aussitôt dans une époque plus simple.

– Je ne sais pas, soupira-t-elle. Juste la vie, je suppose.

– Tu as vécu énormément de bouleversements en très peu de temps, observa Chuck en lui tapotant la jambe tendrement. Tu continues à aller de l'avant, à te donner à fond pour ce qui se présente au loin, avant même d'avoir affronté ce qui se trouve juste devant ton nez.

– Je pensais que mon poste à New York était l'aboutissement de tout ce que j'ai toujours voulu et de tout ce pour quoi j'ai travaillé. Mais quand je suis ici, j'ai l'impression que c'est si éloigné de ce que je veux vraiment être…

Elle saisit un oreiller et le serra contre son ventre avant de s'allonger sur le lit, comme vaincue.

– Je pensais que j'avais tout compris à ma vie.

– Tu veux que je te dise un secret ? Personne ne comprend sa vie. La vie n'est pas immuable, elle ne se fige jamais. C'est une dynamique en constante évolution, remplie d'expériences et de désirs. L'essentiel, c'est d'essayer de faire de son mieux à chaque instant et d'écouter sa voix intérieure lorsqu'elle essaie de nous dire quelque chose.

– Mais c'est justement ça, objecta Hannah en se redressant. Je ne suis plus sûre de ce que je veux. Je me dis de plus en plus que j'ai envie d'être ici, pour tenir la boutique de mamie, mais je ne sais pas encore bien comment s'imbriquent toutes les autres pièces de ma vie.

– Alors, continue à suivre le chemin que tu as choisi, et reste à l'écoute à mesure que tu avances.

– Je n'ai jamais traversé la vie sans un plan solide. N'est-ce pas un peu risqué ?

– Parfois, il faut faire du surplace un certain temps, en attendant la prochaine vague, comme ça, dès qu'elle arrivera, tu seras prête à l'aborder.

– Tu dois avoir raison.

– J'ai toujours raison, rétorqua-t-il avec un clin d'œil. Allez, viens prendre le petit déjeuner. Georgia est déjà debout et ta mère a fait des pancakes. Il fait un temps radieux aujourd'hui, alors elle a installé la table sous le porche de derrière.

– Des pancakes et du soleil ? Ça donne envie.

Elle s'étira, reluqua les bottes et se demanda si elles iraient bien avec ses jeans de marque. Elle prit une profonde inspiration et se leva, prête à affronter la journée.

– Qu'est-ce qui t'arrive ? demanda Georgia derrière ses lunettes de soleil, lorsque Hannah s'arrêta net, ses anciennes bottes aux pieds, au beau milieu du trottoir sur Main Street.

Jerry tira sur sa laisse avant de se retourner pour voir ce qui se passait.

Hannah jeta un coup d'œil à la vitrine de la boulangerie pour déchiffrer le prospectus affiché. Elles se rendaient au *Bouquet de Souvenirs* pour rencontrer le journaliste qui écrivait l'article sur la boutique et, pour profiter de l'arrivée du beau temps, Hannah avait proposé d'y aller à pied ce matin.

– Des cours de danse.

Elle désigna la grande affiche jaune. Elle posa par terre son sac rempli des fournitures qu'elles avaient achetées, courut à l'intérieur, saisit une des brochures sur le comptoir ainsi qu'une autre pour le prochain festival de printemps, et les fourra dans son sac avant de ressortir.

– Tu veux suivre des cours de danse ?

– Non, mais je vais le faire.

– La serveuse a glissé un truc bizarre dans ton café ce matin ?

Georgia la dévisagea, perplexe.

Hannah éclata de rire.

– Non ! Christie, la femme d'Ethan, veut devenir danseuse. Je voulais passer des coups de fil pour lui trouver des cours de danse, mais voilà que je vois ça juste ici. Je vais appeler pour un cours d'essai.

– Ça a l'air sympa, observa Georgia alors qu'elles reprenaient leur chemin. Oh, il ne faut pas qu'on oublie de passer prendre les paniers commandés pour remplacer les seaux argentés.

Elles avaient décidé que les paniers donneraient à la boutique une allure plus décontractée et douillette.

– Le magasin de décoration d'intérieur est juste en bas de la rue. Alors, tu sais si Mary a quelqu'un à nous conseiller pour fabriquer notre échelle ?

– Oui ! s'exclama Georgia en se penchant pour caresser la tête de son petit chien. Elle a dit qu'elle avait une vieille échelle dans sa grange qui serait parfaite. Elle va voir si Liam peut l'adapter pour qu'elle se fixe au rail.

Hannah s'arrêta et se concentra sur Georgia.

– Oh, mais c'est fantastique !

– Oui, il faut qu'on aille chercher ces paniers pour pouvoir déballer les fleurs.

Elles passèrent devant la rue où vivaient les parents d'Ethan, et Hannah ne put s'empêcher de jeter un coup d'œil à la maison. La voiture d'Ethan était garée devant.

– Ça t'embêterait d'aller chercher les paniers pour moi ?

Elle vérifia l'heure sur son téléphone – encore une heure avant que le journaliste n'arrive.

– Je vais passer chez les parents d'Ethan pour voir si je peux essayer une fois de plus de le convaincre de peindre notre fresque.

– Tu penses réussir ?

– Aucune idée, mais je ne le saurai pas avant d'avoir essayé.

– Mais qu'est-ce que tu fous là ? l'accueillit Ethan en apparaissant sous le porche.

– Je viens te convaincre de peindre la boutique de mamie, rétorqua Hannah depuis le siège conducteur de la vieille Bronco.

Elle avait ouvert la portière et posé ses bottes sur le tableau de bord, à côté du volant, tout en sirotant son café.

Ethan baissa les yeux vers ses bottes poussiéreuses, puis remonta jusqu'à son visage.

– Eh bien, c'est raté.

Il affichait une moue défensive, mais l'affection qu'il portait à sa meilleure amie transparaissait dans son regard.

– Je ne quitterai pas ce siège tant que tu ne m'auras pas dit oui.

– On dirait que tu vas beaucoup conduire, alors. Je dois être au boulot dans cinq minutes. Tu ferais mieux de poser tes vieilles bottes sur les pédales.

Elle replia les jambes et les posa par terre, tout son corps tourné vers lui.

– Si c'est à cause de mon départ il y a des années, ne punis pas mamie pour ça. J'en prends toute la responsabilité.

Des pensées inavouées défilèrent sur son visage.

– C'est ma faute, Ethan. Pas celle de mamie, insista-t-elle.

– Ça dépasse largement ton départ.

– Qu'est-ce que c'est alors ? demanda-t-elle en se levant pour lui faire face. Je suis ta meilleure amie.

Il secoua la tête, s'éloigna, puis s'arrêta et fit demi-tour. Elle se rapprocha de lui.

– Dis-moi, s'il te plaît.

Il releva la tête vers le ciel comme si la réponse s'y trouvait. Puis il la regarda droit dans les yeux.

– Dans notre jeunesse, tu m'as donné l'espoir que ma vie pouvait être différente, que je pouvais devenir plus qu'un gars d'une petite ville dans le garage de mon père. Je n'avais jamais rencontré quelqu'un d'ici qui avait ce genre d'élan vital. Ton rêve, c'était New York, mais le mien était encore plus grand. Et oui, quand tu es partie, ça m'a coupé les ailes. Je suis tombé de haut, Hannah, je me suis écrasé par terre. Mais je me suis toujours accroché à cette possibilité. Et quand Christie est tombée enceinte et que j'ai dû commencer à subvenir aux besoins de ma famille, mon avenir s'est dessiné devant moi. Peindre me rappelle la vie que j'espérais, mais que je n'ai pas pu vivre. Je sais que je peux encore peindre. Bien sûr que je le sais. Mais si je peins, j'ai peur d'avoir de la rancœur envers ma vie actuelle, et Christie et Wesley ne méritent pas ça.

Sans crier gare, Hannah posa une main contre le torse de son ami, sous son regard stupéfait.

– Je sens toujours ton cœur battre, dit-elle.

– J'espère bien.

– Si ton cœur bat encore, c'est que tu es en vie, et que la vie que tu veux est à ta portée. Tu dois juste faire ce qu'il faut pour qu'elle se réalise.

– C'est facile à dire pour toi, lâcha-t-il, visiblement frustré. Franklin n'est pas franchement une terre promise comme la grande ville d'où tu débarques. Tu arrives avec tes grandes idées, sans penser à autre chose qu'à toi-même. Évidemment, c'est facile pour toi de changer de vie. Mais si je n'arrive plus à nourrir mon propre fils ? Ça me tuerait.

– Et si tu y parvenais ? Tu choisis la sécurité, et c'est très respectable, Ethan. Mais tu décides d'ignorer aussi le talent que Dieu t'a donné. Tu te dois à toi-même et à ta famille de l'explorer. Tu n'as pas besoin de quitter ton travail. Fais ce que tu aimes aussi souvent que tu le peux, et ton chemin sera tracé.

Cette dernière phrase la fit tiquer – on aurait dit mamie.

– Tu as fini ? demanda Ethan, en tentant de reprendre le dessus. À ce rythme, je vais te jeter à l'arrière et t'emmener avec moi, pour que tu puisses expliquer à mon père pourquoi je suis en retard.

– C'est ton choix, Ethan, mais tu pourrais accepter de faire cette fresque et décider ensuite si tu veux continuer à peindre.

Il ne répondit rien, alors elle renchérit :

– Je te propose un truc : si j'arrive à convaincre Christie de suivre des cours de danse, tu peindras au *Bouquet de Souvenirs* pour moi.

– Quoi ?

– Je suis sérieuse. Je veux essayer de convaincre ta femme de danser.

– Bonne chance, dit-il avec un petit rire indigné.

– Marché conclu ?

Il souffla à travers ses lèvres pincées.

– Marché conclu, je suppose.

Hannah l'entoura de ses bras.

– Je t'aime ! s'écria-t-elle.

Ethan éclata de rire.

– Ne m'aime pas tant que je n'ai rien peint de décent. Et j'ai besoin d'un oui ferme de Christie avant même de toucher un pinceau. Je n'accepterai pas tes idées farfelues à moins qu'elle ne les accepte aussi.

– Absolument.

– Bon maintenant, je peux aller travailler ?

– Oui, confirma-t-elle en lui offrant un immense sourire.

– Tu veux que je te dépose à la boutique ?

– Avec plaisir.

Elle le serra encore une fois brièvement, puis contourna la voiture pour grimper côté passager, et posa ses vieilles bottes sur le tableau de bord, comme dans leur jeunesse.

– Ils sont superbes ! s'émerveilla Hannah, tandis que Georgia remplaçait les vieux seaux argentés par les paniers qu'elles avaient achetés.

– Je suis contente qu'ils te plaisent, dit Georgia en tournant la tête sur le côté et en plissant un œil pour s'assurer de la rectitude du présentoir.

– Je vais voir avec Liam ce soir s'il peut faire quelque chose à propos de l'échelle, suggéra Hannah.

– J'adore venir dans ce magasin avec toi.

Georgia inséra un vase rempli d'eau au fond de chaque panier. Elle saisit une poignée de roses rouges et les glissa à l'intérieur.

– Regarde comme c'est beau ! s'exclama-t-elle tout en reculant pour admirer son œuvre. J'ai l'impression que ce que je fais a du sens ici.

– J'aimerais proposer à mamie de te donner du travail si tu le souhaites, mais on doit d'abord devenir rentables.

– Oh, tu serais d'accord ? J'adorerais ça.

– Alors on ferait mieux de commencer à gagner de l'argent, la taquina Hannah, en essuyant un vase avec un chiffon pour le débarrasser de sa poussière. Je pense que dans la foulée de l'article qu'on va avoir dans le journal, le Festival de Printemps serait notre meilleure chance d'attirer des prospects et de nous faire connaître.

Elle sortit la petite brochure de son sac et la tendit à Georgia.

– Mais c'est dans trois jours ! s'écria Georgia en jetant un coup d'œil au papier.

– Je sais..., admit Hannah en se mordillant la lèvre. Et je me demandais aussi si tu aimerais gérer un stand pour le festival. On pourrait mettre une table avec quelques bouquets sous notre tente d'exposant sur le trottoir.

– Tu veux que je m'en occupe ?

– Oui. Je me suis dit que tu pourrais faire des petits bouquets pour les festivaliers, et je pourrais rester dans la boutique pour ceux qui auraient des commandes plus importantes. Je te paierais... Ça t'intéresse ?

Georgia sautilla sur place et se mit à applaudir.

– Ça a l'air génial. Merci de me laisser une chance !

– Je suis contente de te voir si enthousiaste.

Hannah balaya des yeux l'espace et se souvint des bouquets de condoléances que Minnie avait imaginés pendant la guerre.

– J'aimerais trouver un petit cadeau unique à offrir pendant le festival...

Elle contempla les différentes fleurs, essayant de trouver ce qu'elles pourraient vendre en plus de ce qu'elles avaient l'habitude d'avoir en stock. Soudain, une idée lui vint à l'esprit.

– Et si on faisait de petits bouquets à emporter, et qu'on offrait une jolie carte souvenir avec une photo du bouquet à chaque festivalier ?

– Les fleurs sont éternelles..., dit Georgia.

– Non. Les *souvenirs* sont éternels.

– C'est parfait.

– Bon, d'accord, récapitula Hannah, motivée à l'idée de tout préparer. Il nous reste trois jours...

Elle balança le chiffon à poussière sur le comptoir.

– Je reviens ! J'ai un truc à régler avec Christie Wright.

Hannah posa une bouteille d'eau devant la caisse de l'épicerie tenue par Christie.

– Juste ça ? demanda Christie, qui avait manifestement d'autres soucis en tête.

– Et ça.

Hannah aplatit de la main le prospectus du cours de danse sur le tapis roulant.

– Tu veux acheter un bout de papier ?

– Non, pas du tout. Je veux acheter les cours sur ce papier.

– Tu développes une nouvelle compétence ?

– Non, *tu* développes une nouvelle compétence.

– Et à quel moment je suis censée trouver le temps pour ça ?

– Regarde, insista Hannah en pointant du doigt l'heure indiquée sur le papier. C'est seulement une fois par semaine pour commencer. Je peux garder Wesley pour toi si tu en as besoin.

Une femme qui s'était avancée derrière Hannah, avec une miche de pain et deux sachets de fromage râpé, s'éclaircit la voix.

– Dis oui, demanda Hannah en tendant à Christie sa carte de crédit pour payer l'eau.

Christie la passa, déchira le reçu et le tendit à Hannah avec sa carte.

– Tu bloques ma caisse.

– Alors, dis oui, répéta-t-elle.

La dame derrière Hannah toussa et piétina bruyamment.

– Le premier cours a lieu après-demain. Je passe te prendre ! s'exclama Hannah en se dirigeant vers les portes coulissantes. Je nous inscris toutes les deux.

Christie leva les yeux au ciel, mais elle n'avait pas dit non – un très bon signe.

– Qu'est-ce que tu fais, Hannah ? demanda Noah en traversant la ferme vers elle alors qu'elle déverrouillait le hayon du pick-up de son père et grimpait à l'arrière.

Après avoir rencontré le journaliste et terminé sa journée à la boutique avec son amie, Hannah avait appelé Liam pour convenir d'un rendez-vous avec Georgia pour la séance photo et pour s'assurer que toute la famille était d'accord pour figurer dans le magazine. Pendant la conversation, elle avait proposé de surprendre Noah avec une partie de base-ball. L'office des sports lui avait fourni tout le matériel nécessaire : casques, gants, battes et équipement de terrain. Elle devait simplement tout rapporter avant le coucher du soleil. Lorsque Liam la rejoignit, elle souleva le seau de balles par-dessus bord et le lui tendit.

– Du base-ball ! répondit-elle en jetant les bases qui claquèrent sur l'herbe.

Liam posa le seau sur le terrain, laissé en jachère pour lui permettre de se reposer avant les plantations de la saison suivante. Il s'approcha et prit un gant, glissa sa main dans le cuir usé et la replia comme s'il attrapait une balle.

Hannah lui tendit une batte d'enfant et une batte d'adulte, s'empara de deux casques de frappeur et bondit au sol. Elle fourra quelques balles dans les poches du nouveau survêtement qu'elle venait d'acheter en ville. Elle récupéra le monticule du lanceur et courut jusqu'au centre du terrain pour l'installer.

– Tu sais lancer ? s'écria Liam.

Il avait l'air aussi excité que son fils.

– Si mon meilleur ami d'enfance était un garçon, c'est pas pour rien ! répondit-elle.

Elle sortit une balle de sa poche, prit du recul et l'envoya droit sur lui.

Liam tendit le bras et l'attrapa dans son gant, ce qui fit sursauter Noah.

– Je peux en attraper une ?

– Bien sûr ! s'exclama Hannah. Prends un gant.

Liam tendit à Noah le gant de la ligue junior et lui montra comment le replier pour attraper la balle.

– Tu veux une balle haute ou une balle basse ? demanda Hannah depuis le monticule du lanceur.

– Je vais essayer une balle basse.

– D'accord ! Laisse ton père te montrer comment l'attraper comme un alligator. Montre-lui, Liam.

Elle ne parvenait pas à les entendre de son poste, mais elle savait exactement ce que Liam disait parce que son père lui avait enseigné la même technique. Il lui avait expliqué qu'elle devait se placer devant la balle, poser son gant sur le sol et le garder ouvert comme la gueule d'un alligator, prêt à croquer la balle dès qu'elle toucherait son gant.

Noah était accroupi, son gant en position.

– Elle arrive !

Hannah fit rouler la balle en ligne droite jusqu'à lui et Noah la récupéra avant de se mettre à sautiller et à taper des mains, ce qui fit rire Liam.

– Vous voulez m'aider à installer les bases ? demanda Hannah.

– Oui !

Noah se précipita vers elle, son gant toujours à la main.

Ils préparèrent un terrain de base-ball improvisé et puis Liam tendit une batte à Noah.

– Prêt à frapper quelques balles ?

Le petit garçon se mit en position. Liam se plaça derrière lui, entoura son fils de ses bras et posa les mains sur celles de Noah pour lui montrer comment tenir la batte. Il lui expliqua où mettre ses pieds, puis il pointa Hannah du doigt.

Hannah envoya une balle lente à Noah, qui la rata.

Liam intervint pour encourager son fils, et Noah regarda Liam en hochant la tête, puis leva la batte, prêt à frapper. Liam lui donna un dernier petit conseil avant qu'Hannah ne lance une autre balle.

Noah s'élança et frappa la balle. Elle roula sur le sol jusqu'à la deuxième base.

– Waouh ! cria Hannah en courant après la balle. Je crois que tu as des talents de frappeur ! À ton âge, la plupart des enfants utilisent un tee.

Noah bomba son frêle torse et, pour la première fois, se tourna vers son père pour partager son excitation plutôt que vers Hannah. Le cœur de cette dernière se mit à chanter de joie à cette image.

Chapitre 26

Au réveil, Hannah pensait encore à sa partie de base-ball de la veille. Elle n'aurait même pas su dire à quand remontait sa dernière soirée passée à l'extérieur. Liam, Noah et elle s'étaient tant amusés à frapper des balles jusqu'à ce que le soleil disparaisse complètement à l'horizon.

Elle se demanda quelle heure il était et se pencha vers la table de chevet de sa grand-mère pour attraper son téléphone. Un coup d'œil à l'écran et elle se redressa aussitôt dans le lit en voyant la date. Aujourd'hui, elle était censée rentrer de la Barbade en avion. Elle avait complètement oublié de programmer son vol de retour pour New York. Certes, ce n'était pas très grave, mais on l'attendait au travail quelques jours plus tard. Elle avait volontairement pris plus de jours de vacances que nécessaire pour son voyage à la Barbade, afin d'être sûre d'avoir du temps pour se reposer et être prête à plonger en apnée dès son retour au bureau, mais elle allait avoir besoin de rallonger ses congés. Elle se pencherait sur la question un peu plus tard – pas question de commencer sa journée en se tracassant pour le boulot.

Hannah reposa son portable et reprit son journal. Elle avait hâte de voir mamie aujourd'hui. Elle décida de lire un court passage avant de se lever et de s'habiller.

23 décembre 1943

Je suis follement amoureuse de Warren Townshend. Comme tout a changé pour moi cette année ! Warren sera diplômé de l'université du Kentucky au printemps, et il a déjà trouvé un emploi dans une salle de concert historique de Nashville. C'est apparemment assez grandiose, car après de nombreux spectacles à guichets fermés, il a été décidé de déménager vers une salle encore plus grande. Ce changement a ouvert un poste à Warren : ils ont besoin de quelqu'un pour faire des recherches sur l'histoire du lieu, concevoir des visites guidées et gérer les archives. Il a appris aujourd'hui qu'il avait obtenu ce poste et il est venu aussitôt me l'annoncer. J'ai été triste de le voir partir, mais il m'a dit de ne pas m'inquiéter. Il m'a emmenée à la fontaine à soda et on s'est installés sur les deux tabourets du jour de notre rencontre. Warren nous a commandé des sodas, puis il m'a pris la main. Avant même que je ne comprenne ce qui se passait, il fouillait dans sa poche, ouvrait une petite boîte carrée avec un anneau en or et me demandait en mariage ! Il avait déjà demandé la permission à mon père et tout ! Il avait trouvé une maison à louer à Nashville, et il s'était même renseigné sur tous les fleuristes locaux, rien que pour moi ! Tant de choses ont changé que je n'ai plus l'impression d'être la même personne qu'avant de connaître Warren. Je suis la femme la plus chanceuse du monde.

Hannah comprenait ce que sa grand-mère voulait dire quand elle évoquait le sentiment d'être une tout autre personne. Depuis son arrivée, elle ne s'était plus préoccupée de ses obligations professionnelles ni de ce qui se passait à New York. Elle passait tout son temps à profiter des autres. Et c'était ce qui la comblait.

Hannah et Georgia firent le tour de la ferme, en quête de la composition parfaite qu'Hannah avait esquissée plus tôt. Georgia écarta l'appareil photo de son visage et plaça une main en coupe au-dessus de l'écran pour vérifier le cliché. Elle esquissa un sourire.

– Qu'est-ce qui se passe ? demanda Hannah.

Georgia fit la mise au point et prit une autre photo du porche, avant de baisser de nouveau les yeux vers l'écran.

– C'est magnifique, dit-elle en le tournant vers Hannah.

La photo représentait le bardage blanchi de la ferme avec une fenêtre décentrée, mais un détail inattendu en faisait l'image la plus douce de toutes : le visage de Noah à la fenêtre, le regard tourné vers la nature. Cet élément donnait une personnalité folle à l'ensemble, un sentiment chaleureux de retour à la maison.

– Oh, j'adore ! s'écria Hannah.

Elle fit signe à Noah et lut l'excitation sur son petit visage.

– Il faut que ce soit la photo centrale de tout le reportage. Elle est parfaite… Viens, on va la montrer à Liam.

Hannah et Georgia avaient passé environ une heure à déambuler dans la propriété, et elles avaient pris de très beaux clichés dans les champs. Elles rentrèrent donc voir si Mary, Liam et Noah étaient prêts.

Mary leur ouvrit la porte. Elle était maquillée, le visage légèrement poudré et blushé, les lèvres brillantes. Elle portait un jean et une chemise blanche boutonnée aux manches retroussées aux trois quarts.

– Parfaite pour une soirée décontractée à la ferme. J'adore, lança Hannah. Merci beaucoup de nous laisser faire ça.

– La décision était assez facile à prendre – je vais être dans *Farmhouse Living* ! Je ne savais pas que tu y travaillais, Hannah. Je suis ravie, je suis abonnée à ce magazine.

Soudain, Mary se recroquevilla un peu en frissonnant.

– Je vais rentrer. Entrez, vous aussi. Je vais préparer du café pour vous réchauffer.

Elle se dirigea vers la cuisine.

– Quelle femme adorable, glissa Georgia à voix basse depuis la porte d'entrée de la ferme, en regardant le monde à travers l'objectif de son appareil.

Georgia prit une photo et la tourna vers Hannah. La photo était spectaculaire : l'ombre de Mary remontant à grands pas le couloir, flanquée de rayons du soleil orange et jaune qui éclaboussaient une belle table d'appoint surmontée d'une sculpture en bois arrondie.

– Sublime, commenta Hannah, en caressant la table du bout des doigts.

Elle voulait prendre son temps pour que Mary soit fière de ce projet. Elle désigna la partie latérale du porche.

– Et si on en prenait une avec la lumière qui tombe sur les vieilles marches comme ça ? On pourrait la mettre à côté de celle que tu viens de prendre.

– Oh, excellente idée.

Georgia visa et prit plusieurs photos, en bougeant son objectif de haut en bas pour capturer plusieurs angles. Elle s'accroupit et tourna la bague de mise au point, puis immortalisa le tonneau rustique à côté de la porte d'entrée.

– Et si on prenait aussi un plan plus large du porche avant de rejoindre Mary ? proposa Hannah.

Lorsqu'elles arrivèrent à la cuisine, Mary s'approcha d'elles. Elle avait revêtu un tablier bleu avec des fleurs jaunes et tendit à chacune une tasse de café.

Noah entra en courant et serra Hannah dans ses petits bras.

– Vous avez pris toutes les photos que vous vouliez dehors ? demanda Mary.

– Oui. Tiens, montre-lui celle de Noah, demanda Hannah à Georgia, avant de s'accroupir pour être à la hauteur de Noah. On a une photo de toi à la fenêtre.

Noah s'esclaffa.

– Je peux la voir ?

Georgia montra le cliché à Mary tandis qu'Hannah soulevait Noah pour qu'il le voie aussi.

– C'est fantastique, souffla Mary en posant la main sur sa poitrine. Tu as vraiment un talent incroyable !

– C'est quoi cette histoire de photo de Noah ? lança Liam à la ronde en les rejoignant dans la cuisine.

Il était rasé de près, les cheveux peignés et légèrement coiffés. Il portait un T-shirt bien ajusté et un jean épais. Il se pencha par-dessus l'épaule d'Hannah pour admirer le cliché et elle ressentit une bouffée de bonheur en humant son parfum de cèdre et de coton frais.

– Oh, waouh !

Mary se pencha pour s'adresser à Noah.

– Tu vas apparaître dans un magazine, glissa-t-elle à son petit-fils.

Les yeux de Noah s'arrondirent et il serra ses petits poings.

– Fêtons le retour de tout le monde à la maison, décida Mary. Le café est prêt, j'ai de la crème, du lait et mon épice secrète.

– Une épice secrète ? répéta Georgia en la suivant jusqu'à la table.

Hannah prit place et Noah s'installa à côté d'elle.

– J'en vends au marché des producteurs, répondit Mary en lui tendant le pot orné d'une étiquette sur laquelle on lisait « Épice secrète de Mary pour le café et les gâteaux ».

Georgia le brandit et le secoua.

– Qu'est-ce qu'il y a dedans ?

– C'est un secret, répliqua Mary avec un grand sourire, en tapotant l'étiquette. Mais il y a de la cannelle, des clous de girofle, de la noix de muscade et du cacao en poudre, si ça peut t'aider à te décider.

– Ça a l'air délicieux, dit Hannah.

Mary leur versa à toutes une tasse fumante et les rejoignit à table, l'odeur des épices dansant dans l'air autour d'eux.

– Alors, tu gères toute cette ferme toute seule ? demanda Hannah.

– Oui, tout à fait. Depuis le décès de mon mari, Harvey. Ma sœur Sarah s'occupe de certaines choses à distance pour moi – elle vit en Géorgie. Mais la plupart des tâches me reviennent.

Hannah ne s'imaginait pas une seconde diriger une telle exploitation toute seule.

– Mais ça me va, j'adore faire ça. J'ai construit cette vie avec mon mari et on a élevé Liam ici... Chaque soirée un peu longue que je passe à faire ce qu'Harvey avait l'habitude de faire, je me sens épanouie et heureuse, ajouta-t-elle avant de lancer un regard taquin à Liam. J'essaie toujours de convaincre mon fils de prendre la relève lorsque je partirai à la retraite, mais il est follement convaincu que son avenir est dans l'achat de biens immobiliers.

– Maman, la coupa-t-il, manifestement peu désireux d'étaler ainsi leurs divergences.

– Je ne comprends pas, insista-t-elle avec un sourire triste. Si tu travaillais moins, si tu te concentrais sur la ferme, tu aurais plus de temps à consacrer à Noah.

Liam resta muet.

– Je vais faire des coloriages ! intervint le garçonnet en descendant de sa chaise.

Il courut dans une autre pièce, ce qui était probablement une bonne idée, étant donné la tournure de la conversation.

– Il a besoin de son père, poursuivit Mary. Je sais que tu as tes amies ici et que ce n'est pas vraiment le meilleur moment pour en parler, mais il faut bien que je le dise avant que tu ne partes. Un jour, il n'aura plus que toi.

La vérité transpirait de ses mots et embuait ses yeux.

– Tu as raison, ce n'est pas le bon moment pour en parler.

– Quand, alors ? renchérit sa mère. Ces derniers temps, la seule fois où tu as arrêté de travailler, c'est quand Hannah est revenue. Et tu es formidable avec Noah quand elle est là. Le petit me raconte les moments que vous passez tous ensemble. Mais tu veux t'enfuir dans une ville où tu n'as aucune racine, et pour quoi faire ? Acheter des bâtiments inutiles.

– J'ai dû faire face au même dilemme, réagit Hannah en entourant sa tasse de ses mains. J'aurais pu rester dans le Tennessee et bâtir une vie autour de ma famille, mais j'ai préféré faire ce dont j'avais envie. Je suis allée à l'université à New York et je ne suis jamais revenue jusqu'à aujourd'hui. C'est là-bas que j'ai construit ma vie.

Mary sirotait son café, l'oreille tendue, pensive.

– Et tu as l'impression d'avoir fait le bon choix ?

– À l'époque, oui. Mais aujourd'hui, je ne suis plus très sûre que c'était le mieux pour moi.

– Pourquoi ? demanda Liam.

– J'ai perdu beaucoup de temps avec mes proches, je n'ai pas gardé le contact avec mes amis… Je travaillais trop.

– C'est exactement ce que je n'arrête pas de lui dire, s'exclama Mary. Tu ne créeras jamais de liens avec Noah si tu n'es pas à la maison. Ici, tu pourrais être près de moi pour que je te file un coup de main avec lui, et le travail à la ferme te laisserait du temps à passer avec lui. Tu te souviens quand ton père et toi conduisiez le tracteur ensemble ? Tous ces jours à travailler côte à côte ?

– Je suis clairement en infériorité numérique ici, lâcha Liam, les lèvres pincées.

– Je ne voulais pas dire que tu ne faisais pas ce qu'il fallait, se dédouana Hannah, même si elle se posait des questions, après avoir vu de ses propres yeux la relation entre Liam et son fils.

Cette tristesse qu'elle avait entrevue lui revint en pleine figure, et il se referma devant elle. Hannah était entrée dans sa maison de famille et s'était acharnée sur lui sans même le vouloir. Les choix qu'il faisait ne dépendaient pas d'elle, et elle avait besoin de passer un moment en tête à tête pour s'excuser correctement.

– Je peux te parler une seconde ? demanda-t-elle à Liam avec un signe de tête en direction de la porte.

Mary s'engouffra dans la brèche pour laisser Hannah et Liam discuter un peu.

– Georgia, j'aimerais beaucoup que tu me montres toutes les photos que tu as prises. Peut-être que je peux sortir les biscuits que j'ai préparés et que toi, Noah et moi pourrions tous les trois les regarder ?

– Bien sûr, approuva Georgia en sortant son appareil photo.

Liam se leva de table et Hannah lui emboîta le pas. Il l'invita à passer devant lui dans le couloir.

– Prends ton manteau, dit-il. Allons faire un tour.

Ils sortirent tous les deux et suivirent l'étroit chemin de terre qui serpentait entre les champs. Les nuages avaient cédé la place à un ciel d'un bleu éclatant, et le soleil apportait juste assez de chaleur pour éloigner le froid hivernal.

– Je ne voulais pas t'enfoncer comme ça, commença Hannah en marchant. J'essayais de t'expliquer que j'avais fait la même chose, mais mes doutes et mes angoisses au sujet de mon départ ont refait surface et j'ai parlé sans réfléchir. Je suis désolée.

– Pas de souci.

Elle se demanda s'il n'y en avait quand même pas un.

– Ma mère a toujours son opinion, quoi qu'en disent les autres. Mon travail m'éloigne de la ferme, mais je n'y peux rien, reprit-il.

– Écoute, je crois fermement qu'il faut faire ce que l'on aime – j'ai moi-même beaucoup réfléchi à cette question. Alors, qu'est-ce que tu aimes tant dans ton métier ?

Elle avait en effet listé ce qu'elle aimait dans sa carrière. Au départ, c'était un exutoire créatif, mais avec son nouveau poste, la part créative s'était réduite à peau de chagrin, elle devait déléguer davantage et superviser le processus dans son ensemble. C'est elle qui avait poussé les cadres à l'autoriser à accompagner le photographe lors de la prise de vue, et tout ce qu'elle faisait d'un peu créatif ces jours-ci, c'était parce qu'elle insistait auprès de ses collègues pour qu'ils la laissent s'impliquer. Elle avait accepté la promotion sans même se demander une seule seconde ce qui lui plairait dans cette nouvelle fonction. Il fallait juste aller de l'avant, et sa vie avait alors pris forme en miroir de celle de Miles.

Le silence de Liam la désarçonna.

– J'aime la sécurité que procurent les revenus, admit-il finalement. Et Alison allait créer cette entreprise avec son frère, Jonathan. Ils avaient tout préparé quand elle est tombée malade, alors j'ai pris le relais pour faire tourner l'affaire.

– C'est très honorable, et ça n'aurait été nécessaire que si elle avait envisagé de reprendre le travail à un moment donné. Mais ce n'est pas à toi de sauver son entreprise et de continuer indéfiniment, si ce n'est pas ce que tu veux faire de ta vie, non ?

– On ne fait pas toujours ce qu'on veut. Mais hormis ce point, c'est plus une question de sécurité financière, clairement.

– Et c'est tout ?

– La sécurité financière, c'est très important. Je te rappelle que je dois prendre soin de Noah.

– Bien sûr, je sais bien, mais si tout ce que tu veux, c'est la sécurité, ne pourrais-tu pas l'avoir aussi en bossant à la ferme ?

À en juger par ses mâchoires crispées, elle se demanda si, malgré ce qu'il avait dit, ce n'était pas davantage pour rendre Alison fière que pour s'assurer la sécurité de l'emploi.

– Je ne te dis pas de venir travailler ici. J'essaie juste de comprendre pourquoi ton métier est si important au point de passer du temps loin de ton fils et de refuser tes responsabilités de père.

– Tu ne peux pas comprendre, souffla-t-il.

– Essaie quand même de m'expliquer.

Liam se remit à marcher. Hannah se précipita devant lui et l'arrêta.

– Je pose la question parce que je ne comprends pas, pas parce que je ne suis pas capable de comprendre, balbutia-t-elle tandis qu'il la dépassait à nouveau, visiblement exaspéré.

Elle trébucha en tentant de le devancer une nouvelle fois.

– Parce que je pense que tu es assez génial et que tu as été fantastique avec Noah. Je ne comprends pas pourquoi Noah ne pourrait pas profiter de ce côté de toi tous les jours.

Liam se figea et lui accorda enfin une attention prudente.

Hannah tendit les mains pour saisir les siennes.

– Parle-moi, le pressa-t-elle.

Il baissa la tête, ses yeux balayant le chemin de gravier. Hannah fit un pas de plus vers lui et entrelaça leurs doigts.

– Qu'est-ce qu'il y a ?

– Je l'ai laissé tomber.

Sa confession lui fit l'effet d'un coup de poing dans le ventre. Elle comprit que s'il s'imposait une pression énorme pour tout le reste, il s'imposait les mêmes exigences en tant que père, et ses peurs brouillaient la réalité.

– Je ne pense pas, non. Je le vois se rapprocher de toi. Il a juste besoin de ta permission pour se laisser aller. Et cette permission, tu la lui donnes en passant du temps avec lui.

À sa grande surprise, il l'attira vers lui et l'entoura de ses bras.

– Tu dis ça comme si c'était si simple.

– Tu n'as pas à faire tant d'efforts. Sois juste là, avec lui. Laisse-moi t'aider encore un peu avec Noah.

Il recula légèrement pour la regarder dans les yeux.

– Le Festival de Printemps arrive bientôt, pourquoi on ne l'emmènerait pas tous les deux ? proposa-t-elle.

Elle avait envisagé de tenir la boutique pendant le festival, mais elle pourrait sans doute trouver une autre solution. Peut-être que sa mère pourrait la remplacer et aider Georgia.

– Offrons à Noah une autre chance de voir à quel point tu es drôle.

– Merci d'avoir confiance en moi.

– C'est facile d'avoir confiance en toi. Tu es un homme merveilleux.

Il ouvrit la bouche comme s'il allait dire quelque chose, mais sembla y renoncer. Il se contenta de se baisser pour déposer un baiser sur son nez.

– On retourne voir les autres ?

Alors qu'ils redescendaient le chemin de terre aux deux bandes aplaties par le passage de véhicules, Liam ne lâcha pas sa main.

– Merci de m'avoir permis de prendre des photos à la ferme aujourd'hui, dit-elle.

– Avec plaisir. Je suis juste content d'avoir pu t'aider à résoudre ce problème au travail, répondit-il avant de s'arrêter. Je devrais t'emmener boire un verre en ville ce soir pour fêter ça. Ça te dirait ?

– Absolument.

Tandis qu'ils arrivaient au bout de leur promenade, elle se demanda quelle route ils allaient bien pouvoir emprunter maintenant.

Après la séance photo, Hannah passa à l'hôpital voir sa grand-mère. À son étage, elle croisa son infirmière, Lanelle, devant la porte de sa chambre, vide. La situation était étrange et Hannah s'inquiéta aussitôt.

– Où est mamie ? demanda Hannah, l'estomac noué à l'idée que quelque chose ait pu mal tourner et que mamie ait pu être transférée quelque part en urgence.

Depuis sa dernière visite, elle avait été occupée par l'inscription de Christie et elle à des cours de danse, par des discussions avec sa mère autour d'un café et par sa séance photo, alors qu'elle aurait pu être ici… Elle ne se pardonnerait jamais s'il était arrivé quoi que ce soit à sa grand-mère.

– Pas de panique, ma chérie, la rassura Lanelle avec un sourire qui éclairait tout son visage, rendant impossible la moindre appréhension. Mme Faye se promène dans l'unité.

– Attendez, elle se promène ? répéta Hannah, soudain envahie par une bouffée d'espoir.

– Oui. Elle va tellement mieux avec ses nouveaux médicaments qu'elle fait de l'exercice. Ni déambulateur ni rien.

– Vraiment ? se retint de crier Hannah.

Elle ne put se contenir plus longtemps : elle prit l'infirmière dans ses bras, et celle-ci lui rendit son étreinte.

– Elle va vraiment bien.

– À quel point ? Au point de rentrer bientôt à la maison ?

Lanelle laissa échapper un rire de bonheur contagieux.

– On lui a donné un nouveau médicament pour le cœur et si elle le tolère bien, elle pourra rentrer chez elle, expliqua-t-elle avant de brandir un doigt en l'air. À une condition, cependant. Elle ne pourra pas travailler. Je sais que ça va la rendre folle, mais elle ne peut plus rester debout comme avant. Elle devra se ménager et prendre son traitement.

– Elle ne sera jamais d'accord, s'affola Hannah à voix haute.

– Elle sera bien obligée.

S'ils réussissaient à gagner assez d'argent pour embaucher Georgia, ils auraient assez d'aide pour faire le travail, et mamie pourrait toujours passer et profiter de la boutique. Hannah ne savait pas si c'était réaliste, mais elle ferait tout pour y parvenir.

Chapitre 27

Joliment coiffée et maquillée, Hannah avait enfilé son nouveau pull et les nouvelles bottes qu'elle avait achetées dans une boutique du centre, ainsi que son jean le plus élégant. Elle se contempla dans le miroir en pied, tout en tripotant ses boucles d'oreilles. Lorsque Liam avait parlé d'un verre, avait-il pensé à un rendez-vous galant ? Ou bien allaient-ils juste boire une bière au bar du coin ? Elle espérait vraiment que ce soit un rendez-vous.

Hannah passa dans le couloir pour voir comment allait Georgia avant de partir.

– Oh, tu es sublime !

Georgia était plus habillée que d'habitude, ses cheveux retenus en arrière par une pince, de fines mèches entourant délicatement son visage. Elle s'était poudré le nez et avait mis du brillant à lèvres.

– Mais toi aussi, répondit Hannah. Tu vas quelque part ?

– Pendant que Liam et toi étiez dehors à la ferme, Mary et moi n'avons pas arrêté de parler. Elle est si gentille ! Elle devait aller en ville pour faire quelques courses, et comme Liam et toi sortez ce soir, elle m'a demandé de venir dîner chez elle. Elle passe me prendre dans une dizaine de minutes.

– C'est génial.

– Elle me laisse emmener Jerry aussi. J'ai sa laisse, pour qu'il ne se perde pas dans les champs à courir après les lapins.

Hannah gloussa.

– On dirait que tu vas passer une bonne soirée.

– J'en suis certaine ! confirma-t-elle avant de changer de sujet. Avant que tu ne partes, je voulais te parler de la collection de fleurs dans la chambre où je dors.

– Mon cadre vitrine ?

– Oui ! C'est superbe. Je me demandais, est-ce que ce ne serait pas super de décorer toute la boutique dans un thème floral vintage ? On pourrait recouvrir le mur en face des paniers avec ce genre de cadres. Avec la fresque dans le fond et le vieux tourne-disque bien en vue des clients, ce serait incroyable. Je pourrais prendre des photos de bouquets et faire de jolis tirages à poser sur les tables et dans la vitrine. Je peux ajouter des filtres pour leur donner un air rétro-vintage...

– Quelle excellente idée ! Ça irait tellement bien avec la peinture de la ville historique que je voudrais faire peindre à Ethan. Mamie avait l'habitude de donner des noms aux différents arrangements. Ce ne serait pas super de concevoir un catalogue pour que chaque arrangement soit immortalisé ?

– J'adore tes idées. J'ai déjà appelé pour avoir une idée des délais pour les impressions nécessaires pour le festival de printemps.

– Oh, top !

On frappa à la porte d'entrée et Hannah se précipita pour ouvrir.

– J'ai hâte de discuter de tout ça. On se voit plus tard !

Elle ouvrit la porte et salua Liam, avant de le suivre dans la nuit.

– Où est-ce qu'on est ? demanda Hannah, alors que Liam et elle grimpaient un chemin escarpé dans un quartier résidentiel de Nashville.

– Tu verras, dit-il en remontant la sangle du sac à dos sur son épaule.

Lorsqu'il avait parlé d'aller boire un verre en ville, elle avait enfilé ses nouvelles bottes, consciente que leurs talons plats conviendraient davantage pour déambuler dans la ville. Elle se réjouissait de leur confort maintenant. Ils avaient garé la voiture sur une route secondaire et s'étaient engagés sur le sentier asphalté qui longeait la route. Ils prirent un virage et se retrouvèrent face à une autre colline au flanc verdoyant.

– C'est la dernière, annonça-t-il tandis qu'ils commençaient l'ascension. Je te promets que ça en vaut la peine.

Ils finirent de gravir la dernière étape de leur périple.

– Ferme les yeux, demanda-t-il en la guidant par la main. Tiens-toi à moi.

Hannah avança à pas prudents dans l'herbe, les yeux fermés, et se demandait bien ce qu'il mijotait. Elle ne craignait rien, car Liam était tout près d'elle, les mains doucement posées sur ses épaules, son visage contre son oreille.

– Prête ? Ouvre les yeux.

Hannah sursauta devant la vue.

– Mais où est-ce qu'on est ? répéta-t-elle, estomaquée par la ligne d'horizon de la ville devant elle, l'orange et le rouge striant le ciel comme une violente protestation contre le coucher du soleil.

– À sept cent quarante-quatre mètres au-dessus du niveau de la mer, répondit-il dans son dos. C'est l'un des points les plus élevés de Nashville.

Il recula et extirpa de son sac à dos une grande couverture à carreaux. Elle se mit à onduler sous la brise lorsqu'il la déplia et la posa au sol. Puis il sortit une tasse de camping qu'il lui tendit.

– Assieds-toi.

Lorsqu'elle s'exécuta, il drapa ses jambes d'une autre couverture avant de récupérer un thermos et de remplir sa tasse, ainsi que la sienne.

Elle se pencha dessus et respira le doux parfum chocolaté.

– Du chocolat chaud ?

Il leva un doigt pour lui indiquer qu'il avait autre chose. Puis il fouilla dans le sac et sortit un plateau en bois pliable, vida plusieurs sachets de fromage et de crackers, de cookies et des tranches de pain, et les disposa dessus.

– J'ai aussi des marshmallows.

– Tu as pensé à tout.

– Tu n'as pas idée, dit-il en brandissant une pièce de monnaie. Tu veux deviner quelle main ? Je me suis entraîné.

Il frotta rapidement ses paumes l'une contre l'autre et les écarta en deux poings, avec un petit rire.

Hannah ignorait totalement dans quelle main il tenait la pièce, mais elle tenta sa chance et tapota la main droite de Liam. Il l'ouvrit. Vide.

– L'autre est sûrement vide aussi, n'est-ce pas ?

– Absolument pas.

Il ouvrit sa main gauche, mais à la place de la pièce se trouvait un pendentif rond et transparent. Hannah le saisit et le brandit. À l'intérieur du cercle transparent se trouvait une minuscule fleur pressée.

– Je l'ai vu en ville l'autre jour, et il m'a rappelé ta collection, alors je voulais te l'offrir. Il ressemble un peu à un papillon, tu ne trouves pas ?

Elle l'admira en pensant à ce que mamie avait dit à propos des chenilles et des papillons. Le temps qu'elle avait passé avec

Liam et Noah à la balançoire, à jouer au base-ball, à lire l'histoire du coucher de Noah, puis à danser dans la cuisine – elle s'était fabriqué plus de souvenirs ces derniers jours qu'au cours de ces dernières années.

– C'est très joli. Je te remercie. J'aimerais pouvoir le porter maintenant.

– J'ai pensé à ça aussi, dit-il en prenant une boîte dans son sac à dos et en la lui tendant.

Hannah l'ouvrit et découvrit une délicate chaîne argentée.

Liam l'aida à la retirer de la boîte. Il ouvrit le fermoir et elle y glissa le pendentif. Puis il se mit à genoux et se plaça derrière elle tandis qu'elle relevait ses cheveux pour qu'il puisse lui passer autour du cou.

– Où est passée la pièce de monnaie ? demanda-t-elle en ajustant la chaîne, tout émue.

– Aucune idée, s'esclaffa-t-il. Je l'ai balancée dans l'herbe.

Hannah éclata de rire. Elle tripotait le pendentif pour se familiariser avec sa sensation autour de son cou.

– Merci d'avoir pensé à moi.

– Ah, ça m'arrive souvent ces derniers temps.

Il se rassit près d'elle. Hannah se pencha et l'embrassa sur la joue. Elle s'attarda un peu – elle voulait l'embrasser sur les lèvres, mais était peu sûre d'elle. Lentement, il tourna la tête, ses lèvres frôlèrent les siennes, son haleine l'enivra, et la chaleur de ses mains sur ses bras lui donna le vertige.

– Le problème quand je t'embrasse, murmura-t-il, c'est qu'à chaque fois, j'ai de plus en plus de mal à attendre le baiser suivant.

Il recula et elle reprit son souffle.

– Et c'est terrifiant.

– Tenir à quelqu'un, ça ne devrait pas être terrifiant.

Il se pencha un peu en arrière, appuyé sur ses mains, manifestement confus.

– Je porte ce fardeau constant de devoir m'assurer que j'honore la mémoire de ma femme. Mais je n'arrivais pas à te chasser de mon esprit, et la seule question que je me posais, c'était de savoir si c'était trop tôt. Ai-je déjà réussi à prouver à Alison à quel point sa vie comptait pour moi ? C'est si difficile de tourner la page.

– Tu te souviens quand on a discuté de l'univers qui œuvrait pour aligner nos étoiles ? C'est peut-être pour ça que je suis montée en voiture avec toi à l'aéroport. Peut-être que c'était un signe pour dire que c'est bon.

– Je suis resté longtemps dans ce magasin l'autre jour, à regarder le pendentif en me demandant si je devais l'acheter, et j'ai continué à penser à ce qui aurait pu se passer si j'avais eu le courage de te parler à toi plutôt qu'à ton amie Morgan, il y a toutes ces années.

Elle plongea dans ses yeux émeraude.

Liam posa une main sur sa joue et l'attira à lui, pressant ses lèvres contre les siennes, tandis que son autre main passait derrière sa tête et l'allongeait délicatement sur la couverture. Sous un ciel d'un violet profond, le soleil désormais sous la ligne d'horizon de la ville, sa bouche se posa sur la sienne avec insistance, avec un goût de paradis. Ses doigts trouvèrent les siens et elle les entrelaça, leurs souffles se mêlèrent tandis que leurs lèvres dansaient en harmonie. Son parfum de propre et d'épices l'enivrait, et Hannah sut à cet instant qu'elle ne voulait plus jamais se passer de ces sensations. C'était le début d'une histoire incroyable.

Chapitre 28

Hannah était confortablement installée dans un fauteuil à bascule sous le porche de sa grand-mère, une tasse de café à la main, son ordinateur portable posé sur les genoux. La lumière du soleil matinal filtrait à travers les arbres bourgeonnants du jardin et leur donnait un éclat doré. La journée s'annonçait radieuse.

– Coucou, la salua Georgia en sortant et en s'asseyant sur le deuxième fauteuil avec sa propre tasse de café.

Jerry fit le tour du porche en reniflant.

– Je viens d'envoyer les magnifiques photos que tu as prises à mon département artistique, pour qu'ils les recadrent et les filtrent pour le magazine. Et, euh…

Son cœur battait la chamade rien qu'à ces quelques mots. Elle déglutit.

Georgia se pencha vers elle.

– Quoi ?

– J'ai envoyé ma démission.

Georgia ouvrit les yeux comme des soucoupes.

Quel moment très étrange. Elle avait envoyé les photos pour le reportage prévu, avait expliqué à Amanda sa vision et comment les nouvelles images pourraient remplacer certaines anciennes. Puis, comme en pilote automatique, elle avait ouvert un autre e-mail pour son patron et lui avait annoncé qu'elle avait pris la décision d'explorer d'autres opportunités. Elle était restée interdite pendant une seconde, avant de se rendre compte que son cerveau avait enfin rattrapé son cœur.

– Tu as fait quoi ?

Hannah hocha la tête, submergée à la fois par la peur et l'excitation, et, prise dans ce tourbillon d'émotions, elle se sentait vivante.

– Je leur ai proposé de faire mon préavis de deux semaines, mais quand j'ai dit que je devais être là pour ma mamie, mon patron a répondu que comme je n'avais jamais pris un jour de congé depuis que je travaillais là-bas et que j'avais été d'astreinte sept jours sur sept pendant des années, alors il allait me faire passer ce mois en congés payés. Il m'a ensuite souhaité bonne chance et beaucoup de bonheur dans ma nouvelle vie. Mon adjointe, Amanda, va prendre immédiatement le relais. Je n'arrivais pas à y croire.

– Comment tu te sens ?

– Nerveuse, répondit-elle honnêtement. Mais c'est génial. Il est temps de commencer un nouveau chapitre de ma vie.

Georgia replia ses jambes sur l'assise.

– Tu sais, j'ai pensé pareil. Je me suis raccrochée à ce besoin de trouver des gens qui me ressemblent, je me suis cramponnée à n'importe quoi pour comprendre pourquoi mon père a laissé ces photos. Mais en fin de compte, mes parents ont signé ce refus de divulgation et ne voulaient pas que je les retrouve. C'est peut-être parce que même s'ils sont des gens bien et honnêtes et qu'ils veulent que je sache d'où je viens, ils ne sont pas vraiment comme moi. Je te regarde, toi et tous ceux que j'ai rencontrés ici en si peu de temps, et je me sens plus proche de vous tous que je ne l'ai jamais été de personne.

Et je fais des bouquets, je prends des photos, j'organise la boutique – que des activités pour lesquelles je suis douée. Je me sens bien ici.

– J'aimerais pouvoir te garantir un emploi au *Bouquet de Souvenirs*, répondit Hannah en toute honnêteté.

– Même si ce n'est pas possible, je sais que ma place est ici. Je trouverai une solution.

– *On* trouvera une solution, la corrigea son amie.

Georgia se pencha vers elle et la serra dans ses bras. À cet instant, Hannah sut que sa place aussi était ici.

– Oh mon Dieu ! s'écria Hannah en entrant dans la boutique après un saut à l'hôpital pour voir sa grand-mère. C'est magnifique, Liam !

Il était debout sur la toute nouvelle échelle coulissante qu'il avait modifiée pour elles et réglait la roulette sur l'ancien rail.

– Surprise ! Je suis content que ça te plaise.

Il tira un crayon de derrière son oreille, marqua un point et le remit en place, puis la regarda avec un sourire affectueux. Il poussa contre le rail et enclencha un montant de l'échelle.

– Des nouvelles de Confetti ? demanda Hannah à Georgia en jetant un coup d'œil par la porte arrière.

– On dirait qu'il y a un peu moins de lait, mais je n'en mettrai pas ma main à couper.

Hannah se dirigea vers l'ordinateur et l'écran s'alluma. Elle ouvrit la boîte de réception et parcourut les messages reçus, s'arrêtant sur l'échéance de loyer. Elle l'ouvrit, et toute sa bonne humeur s'envola.

– Regarde ça, lança-t-elle à Georgia en affichant la dernière quittance sur l'ordinateur de la boutique. Le loyer vient encore d'augmenter.

Liam la dévisagea, silencieux et préoccupé.

– On ne pourra jamais avoir assez d'argent pour couvrir le loyer et faire un bénéfice ce mois-ci.

Hannah se sentit découragée, comme si tout ce pour quoi elles avaient travaillé jusqu'à présent n'avait servi à rien. Liam descendit de l'échelle et posa ses outils et le crayon sur le comptoir.

– Pourquoi n'essaies-tu pas d'appeler le bailleur ? suggéra Georgia.

Hannah baissa les yeux sur la signature de l'e-mail de Mercer Properties et nota leur numéro de téléphone.

– Tu sais quoi ? Je crois que je vais le faire !

Liam s'approcha d'elle, mais elle leva un doigt pour le stopper. Elle composa le numéro et attendit que quelqu'un décroche.

À l'instant où la tonalité se mit à résonner dans son oreille, le téléphone de Liam se mit à sonner dans sa poche. Hannah tourna rapidement les yeux vers lui.

– J'ai fait transférer les appels sur mon portable en cas d'absence de notre réceptionniste. Mercer Properties, c'est la société que je possède avec Jonathan Mercer, le frère d'Alison.

Hannah recula d'un pas et raccrocha, et le téléphone de Liam se tut aussitôt.

– Quoi ?

Là, elle avait besoin de comprendre. Il savait depuis le début que c'était la boutique de mamie, et il n'avait rien dit ? À aucun moment malgré les innombrables moments passés ensemble. Elle lui avait dit qu'ils seraient probablement contraints de fermer à cause du loyer, mais il avait quand même envoyé la dernière échéance. Il avait même dormi sous le toit de mamie ! Pourquoi n'avait-il pas proposé son aide ?

Elle pria pour obtenir une explication et ne pas avoir à admettre que c'était bien son entreprise qui avait ruiné sa grand-mère. Il se tut juste assez longtemps pour qu'Hannah se demande si elle n'avait pas fait une erreur colossale en lui accordant sa confiance.

– Toi ? souffla-t-elle, et la douleur dans sa voix semblait palpable.

– Oui, confirma-t-il encore une fois d'un ton posé.

Elle recula, s'efforçant de réprimer sa profonde déception, redressa les épaules et le fixa du regard.

– J'ai une plainte à formuler au sujet de la hausse du loyer, lâcha-t-elle d'une voix plate, avec le sentiment d'avoir été trahie.

– Je suis vraiment désolé..., répondit-il en faisant un pas vers elle.

– Tu es le propriétaire de cette entreprise, tu l'as dit toi-même, alors tu peux arranger les choses.

Après la nuit dernière, elle n'arrivait pas à croire qu'ils avaient cette conversation. N'aurait-il pas voulu faire tout son possible pour tout régler, compte tenu de leurs sentiments grandissants l'un pour l'autre ? Ou bien avait-il prévu depuis le début de retourner à Charleston sans la moindre arrière-pensée ?

– Ce n'est pas si simple...

– Alors tu t'en fiches qu'on soit contraintes de fermer ?

Elle avait l'impression que son cœur se brisait, et ce moment ne fit qu'ajouter à l'anxiété qu'elle ressentait déjà à cause de tout ce qu'elle avait vécu.

– Ce n'est pas juste. Le loyer n'est pas plus élevé que dans le reste de Main Street. J'en ai déjà parlé à Jonathan et il n'est pas possible de le baisser.

Elle avait appris que Liam choisissait le travail plutôt que la famille, et maintenant elle le voyait de ses propres yeux. Quand il était question de gros sous, il préférait son portefeuille aux gens, et qu'il ait tort ou raison, elle ne pouvait pas supporter cette situation pour l'instant.

– Ça dépasse le cadre de ce seul commerce, insista-t-il, mais son excuse ne valait rien.

En fin de compte, même si elle adorait ses qualités, elle n'avait pas besoin de ça.

– Tu sais, j'ai déjà été avec quelqu'un qui faisait passer le développement de son entreprise avant nous. Je ne veux pas refaire cette erreur, dit-elle, gênée par une boule dans la gorge.

– Hannah…

Il tendit une main vers elle, mais elle se dégagea.

– Merci pour l'échelle. Je serais ravie de te la payer.

Il secoua la tête, visiblement submergé par ses pensées.

– Ce n'est pas la peine, dit-il en levant les yeux et en croisant enfin son regard. J'essaie de voir ce que je peux faire.

Mais elle ne voulait plus l'écouter. Essayer quoi ? Oui, il avait laissé Hannah entrer, abattre un peu ses murs, mais elle avait besoin de quelqu'un qui serait là pour elle à travers toutes les épreuves. Cette boutique comptait tant pour elle.

– Je suis coincé entre le marteau et l'enclume. J'essaie, là…

Elle le fit taire. Elle ne voulait pas entendre ses explications. Même si elle voulait céder, elle resta sur ses positions et secoua la tête.

– Je vais y aller, souffla-t-il, la défaite dans les yeux.

Il se retourna, mais elle refusa de bouger.

Et malgré le pincement au fond de son cœur, elle le laissa partir.

Hannah s'arrêta devant le ranch d'Ethan et Christie, à la sortie de la ville. La maison était bien entretenue, avec une couronne de printemps sur la porte, où le mot « Bienvenue » était tressé en fleurs roses. Elle n'en voyait que la moitié, car Ethan se tenait devant la porte, les mains sur les hanches.

Il portait un jean tombant sur la vieille paire de bottes d'équitation éclaboussée de peinture qu'il avait l'habitude de porter lorsqu'il réalisait ses peintures murales.

– Bon, si Christie et toi êtes allées danser, alors ça veut dire que je ferais mieux d'aller peindre.

– Je t'ai déjà dit que je t'adorais ?

– Aucune importance.

Il marcha vers elle.

– Je note que tu as toujours tes bottes pour peindre.

– Pure coïncidence.

– Tu me fais marrer.

Elle secoua la tête, amusée, et lui donna un petit coup de poing dans le bras.

– Tu devrais faire gaffe avec ta dragouille, la taquina-t-il. Christie est très possessive. Mais c'est pour ça que je l'aime. Je savais qu'elle était la bonne à la seconde où je l'ai rencontrée. Tu sais pourquoi ?

– Nan, dis-moi ?

– J'étais en train de discuter avec une fille quelconque au bar du centre-ville, et Christie s'est approchée d'elle et lui a dit : « Pardon, mais cet homme est déjà pris. » J'ai cru qu'elle m'avait confondu avec un autre, mais je m'en fichais, elle était si jolie. Après quoi, elle s'est assise à côté de moi et a pris une bière sur mon ardoise. J'ai cru qu'elle avait perdu la tête.

Ethan se mit à rire en repensant à cette anecdote.

– Elle a pointé du doigt l'arrière du bar et a dit : « J'ai attendu là-bas toute la soirée que tu viennes m'inviter à sortir, mais tu as trop tardé, alors j'ai dû prendre les choses en main. » Je n'ai pas passé un jour loin d'elle depuis ce moment.

– J'aurais aimé être à votre mariage.

– J'aurais dû t'inviter. Mais j'étais trop occupé à être en rogne contre toi.

– Tu avais tout à fait le droit d'être en rogne contre moi. J'étais tellement obnubilée par la réalisation de mes rêves que j'ai oublié ce qui comptait vraiment pendant un certain temps, mais je m'en souviens maintenant. Je te promets de ne plus jamais oublier.

Ethan acquiesça, manifestement ému.

– Eh bien, se ressaisit-il, je crois que j'ai une fresque à faire…

– Merci. Mamie va l'adorer.

Chapitre 29

– Tu es vraiment douée, tu sais ? Tu as vraiment le sens du rythme, lança Hannah à Christie, alors qu'elles revenaient vers la voiture de son père après leur premier cours de danse. Ce soir, elles avaient appris les bases de la salsa, et Christie avait suivi tous les pas comme une vraie pro.

– Je suis rouillée, répondit Christie modestement. Et je ne faisais pas de salsa quand j'étais petite. Mais j'aime bien.

– Il ne te faudra pas longtemps pour retrouver ton niveau, estima Hannah tandis qu'elles grimpaient dans le pick-up. Je crois que tu devrais essayer d'apprendre à Ethan à danser.

Christie rejeta la tête en arrière dans un grand éclat de rire.

– Il sait danser ?

– À ton avis ? pouffa Hannah. Une fois, je l'ai obligé à m'emmener à un bal de l'école parce qu'on ne pouvait pas y entrer sans cavalier, et je voulais passer du temps avec mes amis. Il m'a laissée là et il s'est éclipsé par la porte arrière du gymnase pour s'acheter une pizza. Je l'ai retrouvé en train de manger des parts en cachette avec ses copains dans les vestiaires. Je ne l'ai jamais vu aussi près d'une piste de danse.

– Ça lui ressemble, en effet, dit Christie en levant les yeux au ciel, mais son amour pour lui était flagrant.

– Est-ce que tu veux qu'on passe voir comment il se débrouille à la boutique ?

– Bien sûr.

Hannah passa une vitesse et prit la route du *Bouquet de Souvenirs*.

– Je peux te poser une question ? demanda Christie. Pourquoi tu fais tout ça ? Soyons honnêtes. Même si l'idée ne m'enchantait pas, Ethan aurait probablement repeint la boutique si tu avais continué à insister. Tu n'avais pas besoin de nous payer des cours de danse. Alors, pourquoi le faire quand même ?

– Parce que j'aurais dû être là. Pour votre mariage, pour la naissance de Wesley, pour tout ça. Toi et moi, on aurait dû devenir amies. Tu as épousé mon meilleur ami, et ça fait de toi un membre de ma famille. Alors maintenant, j'essaie de me rattraper, je crois. Quand tu es entrée dans la boutique et que j'ai compris que tu me voyais comme une menace, je n'arrivais pas à y croire.

– Désolée d'avoir tiré des conclusions hâtives. Je m'inquiète toujours de savoir si Ethan reste avec moi par amour ou par devoir.

– Avant de partir pour le cours de danse, il m'a parlé de votre rencontre, reprit Hannah en roulant. Il m'a dit qu'il avait tout de suite su que tu étais la bonne. Ethan ne dit pas ça à la légère. J'ai été son amie pendant un nombre incalculable de petites amies et de ruptures, et je ne l'ai jamais entendu dire un truc du genre.

Les yeux de Christie brillèrent d'émotions.

– J'ai toujours eu l'impression de l'empêcher d'aller de l'avant. De le retenir.

– Pas du tout, protesta-t-elle en se garant, sans pour autant mettre un terme à leur conversation. Et tu ne pourrais pas le retenir, de toute façon. Si l'un de vous deux a quelque chose à faire, vous devriez essayer de le faire ensemble. Il ne faut pas se retenir au sol, mais plutôt s'élever dans les airs.

– J'aime bien cette image. Merci.

Hannah coupa le moteur.

– Allons voir où il en est, d'accord ?

Les paysagistes étaient intervenus – la pelouse avait été entièrement redessinée, avec des fleurs dans les massifs bordant l'allée menant à la boutique – et l'enseigne était en train d'être repeinte. Savoir qu'Ethan était à l'intérieur donnait à Hannah le sentiment que tout allait s'arranger et que l'affaire tournerait bien, même si tout n'était pas qu'une question d'esthétique. Elle ouvrit la porte, et Christie et elle pénétrèrent à l'intérieur.

– Oh mon Dieu, Ethan, souffla Hannah, ébaubie. C'est magnifique.

Christie resta bouche bée.

– C'est toi qui as fait ça ? demanda-t-elle en montrant la fresque. Je n'aurais jamais imaginé…

Le mur du fond était illuminé par un motif vintage dans les tons fauves, orangés et bruns – subtil comme une vieille photo, mais plein de vie et de cachet. Les bâtiments de la rue principale s'incurvaient comme des notes de musique dansant sur toute la surface. Des foules de gens se pressaient aux portes et aux fenêtres. Un vieux camion était garé sur le trottoir devant l'une des boutiques. Le soleil se couchait, dessinant de longues ombres sur la chaussée.

Hannah applaudit avec enthousiasme.

– Je savais que tu en avais encore dans le ventre !

Elle se dirigea vers Ethan pour le serrer dans ses bras, mais il l'arrêta.

– Je suis plein de peinture, l'avertit-il. Tu vas abîmer ton pull.

– Ça m'est égal.

Elle le serra fort et sentit la peinture froide et humide pénétrer jusqu'à sa peau. Puis elle se retourna.

– Christie, c'est ton tour maintenant, lança-t-elle en ouvrant les bras maculés de peinture. Merci d'avoir dansé avec moi et d'avoir encouragé Ethan à peindre pour moi.

– Pas de souci, répondit Christie en reculant. Mais ne me touche pas avec ces vêtements tout sales.

– Oh, allez, tu sais que tu veux un gros câlin, la taquina Hannah.

– C'est clair, elle en meurt d'envie, renchérit Ethan en s'approchant de sa femme.

Christie leva les mains en l'air et les agita.

– Ethan, si tu oses… J'espère que tu aimes dormir sur le canapé !

Elle se mit à courir dans la boutique, Ethan à ses trousses, et elle rit aux éclats.

Il la rattrapa et l'enlaça, et malgré un petit cri aigu, elle lui rendit son étreinte et l'embrassa.

Hannah se dirigea vers le vieux tourne-disque et choisit un quarante-cinq tours avec un rythme compatible avec des mouvements de salsa.

– Viens, on va montrer à Ethan ce qu'on a appris, Christie.

Affublée d'une tache de peinture blanche sur la joue, Christie attrapa les mains d'Ethan et l'attira vers le centre de la pièce. Christie le mit en position.

– À quoi tu joues ? Je ne danse pas… Je ne danse pas, répéta-t-il en la faisant tourner. Mais je le ferai pour toi.

Il se pencha vers elle et l'embrassa une nouvelle fois.

Christie recula.

– On aura tout le temps de parler de tout ça, mais pour l'instant, on danse. Bouge ton pied gauche comme moi, dit-elle en lui montrant.

Alors qu'Ethan et Christie se trémoussaient au son de la musique dans la boutique vide, la nouvelle peinture murale dans leur dos, Hannah aperçut l'enseigne fraîchement repeinte : *Le Bouquet de Souvenirs*. Tant de souvenirs déjà fabriqués.

– Je t'en supplie, ne me tue pas, s'écria Georgia lorsque Hannah s'approcha de la porte en arrivant à la maison.

Georgia déposa Jerry sur le porche et le laissa renifler autour de lui. Il inspecta le pied d'un des fauteuils à bascule de mamie.

Hannah monta les marches en sautillant.

– Qu'est-ce qui se passe ?

– Je discutais avec Mary, et elle m'a dit que Noah était très enthousiaste à l'idée d'aller avec toi au Festival de Printemps demain.

Hannah s'assit sur la balancelle, en plein désarroi – elle avait complètement oublié son invitation.

– Je ne savais pas vraiment si tu pourrais supporter d'être près de Liam après cette histoire de loyer…, poursuivit Georgia, les dents serrées, surjouant l'agitation. Je vais aller la voir après le dîner, donc si tu ne veux vraiment pas, je peux trouver une excuse pour annuler.

Liam l'avait blessée, et l'idée de passer avec lui quelques heures gênantes qui auraient dû être merveilleuses lui faisait un peu peur. Ses épaules s'affaissèrent sous le poids de ce bonheur qu'elle avait perdu.

– Non, ne t'inquiète pas, la rassura Hannah. Si Noah veut que j'y aille, je me sentirais très mal de me débiner.

Elle n'aimait pas l'idée de passer tout un après-midi avec Liam, mais elle était une adulte et pouvait se conduire comme telle.

Georgia prit Jerry dans ses bras avant qu'il ne descende les marches vers le jardin.

– Mary sera ravie. Elle avait l'air tout aussi excitée.

– Tu as vraiment beaucoup papoté avec elle, remarqua Hannah.

– Oui, admit Georgia en passant Jerry sur son autre bras pour ouvrir la porte et les laisser entrer. C'est la femme la plus adorable du monde.

Elles passèrent au salon et s'installèrent sur le canapé. Jerry était blotti sur les genoux de Georgia quand Chuck les rejoignit. Jerry se réveilla aussitôt et sauta pour le saluer. Chuck prit le chien dans ses bras et lui caressa la tête.

– Maura est à la supérette et je mourais d'envie d'avoir de la compagnie, dit-il en s'installant dans un fauteuil rembourré que mamie avait décoré d'un coussin jaune et bleu marine.

– Tu sais, j'ai dit à Hannah que je me sentais très à l'aise avec votre famille depuis mon arrivée ici, répondit Georgia. Mes parents biologiques m'ont mise au monde, mais je dois admettre que si je ne les retrouve pas, et même si je ne suis pas là depuis très longtemps, j'ai l'impression que vous êtes tous ma famille. Je n'avais jamais connu ce sentiment d'appartenance jusqu'à maintenant.

– Alors peut-être que tu as trouvé ta famille, répondit Chuck.

– Je crois, oui.

– Moi aussi, ajouta Hannah. Et j'aimerais beaucoup qu'elle travaille à la boutique.

Chuck releva les yeux vers sa fille.

– Georgia m'a parlé de cette idée géniale de minibouquets et de photos que vous allez prendre ce soir pour le festival.

Mais je suis à peu près sûr qu'elle ne voudra pas bosser bénévolement, répliqua-t-il en adressant un sourire complice à Georgia. Je veux dire, il faut bien le nourrir, ce petit chihuahua, hein ?

Il caressa la tête de Jerry.

– Tu as raison, approuva Hannah, prise d'un élan d'optimisme débordant, malgré les problèmes de loyer. Georgia et moi allons travailler ensemble au *Bouquet de Souvenirs*, et ça va tellement bien marcher qu'on pourra l'embaucher pour de bon. J'ai quitté mon emploi pour m'occuper de la boutique à plein temps.

– Oh bonté divine ! s'écria-t-il en reposant le chien par terre. Tu vas rester ici, à Franklin ? – Oui, confirma Hannah, tandis qu'une vague d'amour pour ses proches, la boutique et la ville de son enfance déferlait en elle. Je pourrai reprendre la boutique et mamie en profitera jusqu'à la fin de sa vie.

Les yeux de Chuck se remplirent de larmes.

– Oh, Hannah, c'est la meilleure nouvelle du monde. Mamie sera aux anges, s'exclama-t-il en la prenant dans ses bras. Je t'aime, ma chérie.

– Moi aussi je t'aime, papa, répondit-elle avant de s'écarter. Le soleil va se coucher dans une heure. Si on veut préparer les bouquets pour les photos, il va falloir qu'on se dépêche.

Hannah et Georgia avaient pris de magnifiques clichés au coucher du soleil. Elles avaient photographié leurs petits bouquets devant des chevaux s'attardant dans des prairies de fleurs sauvages, de vieux silos et des granges rouges, des balançoires en corde suspendues aux arbres, des fermes nichées dans les collines, les sommets violets des montagnes à l'horizon formant une toile de fond sur un ciel aux stries éclatantes. L'imprimerie avait fait une faveur à Hannah : si elle leur envoyait les images ce soir, elle pourrait les récupérer le lendemain matin à neuf heures, juste à temps pour les exposer à dix heures.

Georgia était dans sa chambre avec Jerry, et Hannah avait enfin pris le temps d'envoyer un e-mail à Amanda pour la féliciter de sa promotion. Ensuite, elle décida de profiter des températures douces que le mois de mars avait apportées pour se détendre dans l'un des fauteuils à bascule du porche à l'arrière de la maison, et qui était en passe de devenir l'un de ses endroits préférés pour décompresser. Elle avait sorti la couverture jaune que mamie utilisait chaque fois qu'elle s'asseyait dehors pour protéger ses jambes et s'installa avec le journal intime. Quelle vie merveilleuse sa grand-mère s'était construite ici !

Elle remarqua que trois ans et demi s'étaient écoulés entre la dernière entrée qu'elle avait lue et la suivante.

5 juin 1947

Bonjour, cher journal, mon plus ancien confident. Je n'ai rien écrit depuis plusieurs années, car j'ai préféré passer mon temps libre avec Warren à bâtir cette vie incroyable, au lieu de griffonner mes pensées. Il s'est passé tant de choses depuis la demande en mariage que je t'ai racontée la dernière fois. Warren et moi avons déménagé à Nashville, et en arrivant ici, je sens au fond de moi que j'ai trouvé qui je suis destinée à être. Warren s'est fait quelques amis dans l'industrie musicale grâce à son travail ici, et l'un d'entre eux nous a proposé de nous marier dans sa somptueuse maison ancienne, un vieux domaine de plus de mille hectares avec des cheminées en marbre et des lustres en cristal dans chaque pièce ! J'avais l'impression d'être une princesse. On a dansé jusqu'au bout de la nuit, on a discuté avec de nouveaux amis et bu du champagne français, une première pour moi. C'était une véritable apothéose. Ce que je n'ai jamais dit à personne jusqu'à maintenant, c'est que j'ai pensé à Charles cette nuit-là. Juste une fois. J'ai compris à quel point ma vie aurait été différente s'il était revenu de la guerre pour m'épouser.

Je me suis sentie terriblement coupable à cette idée. À l'époque, je voulais absolument devenir une femme au foyer dans le Kentucky, et ma vie aurait été très honnête, et même heureuse. Toutefois, ça n'aurait pas été la vie pour laquelle j'étais faite... Je n'ai même pas cherché cette vie ; je dirais plutôt qu'elle m'a trouvée. Et j'en suis très heureuse.

Mamie avait eu son dénouement heureux. Hannah feuilleta le reste du journal, mais les pages suivantes étaient vierges. Pour autant, Hannah savait qu'il s'était passé bien des événements après ce dernier épisode documenté.

Elle écouta le chant des grillons dans les bois voisins. Chaque jour qu'elle passait dans sa ville natale, sa vie prenait des allures de dénouement heureux, mais elle ne pouvait ignorer le trou béant sur son chemin, ce vide laissé par Liam. Elle se disait que c'était peut-être parce qu'ils étaient liés à ce lieu, mais au fond, elle savait qu'il y avait autre chose. Hannah tripota le pendentif qu'il lui avait offert et se rappela la sensation de ses bras autour d'elle cette nuit-là. Le jour suivant, ils allaient passer leurs derniers moments ensemble, puis il rentrerait chez lui avec Noah, emportant avec lui une partie d'elle. Noah lui manquerait tellement. Elle l'adorait. Peut-être pourrait-elle revoir le petit garçon lorsqu'il rendrait visite à Mary...

Elle ferma les yeux et se cala au fond de son fauteuil, songeuse.

Sans crier gare, elle sentit un mouvement contre ses genoux et sursauta. Elle ouvrit les yeux et aperçut un chat noir qui ronronnait. Le félin se blottit dans la couverture tandis qu'elle restait là, stupéfaite.

– Confetti ? murmura-t-elle.

Le chat miaula.

– Oh mon Dieu, souffla-t-elle en le caressant, soulagée. Tu cherchais mamie, c'est ça ? Tu as bu ton lait ?

La petite boule de poils ronronna de plus belle.

– Mamie sera ravie d'apprendre que tu es revenue. Elle devrait bientôt rentrer à la maison, tu sais.

Hannah posa le journal sur la table à côté d'elle et caressa Confetti tout en se balançant d'avant en arrière comme mamie l'avait fait si souvent quand Hannah était petite. Devant ce jardin bordé d'arbres, ce doux chat contre elle, elle éprouva la même sérénité que mamie avait dû connaître à cette place. Quel sentiment merveilleux.

Chapitre 30

– Comment va ma personne préférée au monde ? demanda Hannah en posant le bouquet de tulipes fraîches sur la table de la chambre d'hôpital de mamie.

Elle avait fait cet arrangement ce matin pour fêter la sortie de sa grand-mère, après avoir tout préparé avec Georgia pour le festival.

– Je vais bien, répondit-elle en se redressant en position assise.

Elle avait enfilé son gilet rose plutôt que sa blouse d'hôpital, ce qui donnait à Hannah un petit frisson de bonheur.

– J'ai marché jusqu'à la cafétéria ce matin sans aide.

– Incroyable ! s'écria Hannah en tirant une chaise à côté du lit. J'ai hâte que tu rentres à la maison.

– Oh, moi aussi. Comment se porte la boutique ?

– Plutôt... bien.

Mamie se pencha en avant.

– Qu'est-ce que tu veux dire par « bien » ?

– Ben, avant de t'en dire plus, je voulais que tu saches que Confetti a débarqué chez toi hier. Elle s'est assise sur mes genoux sous le porche.

Sa grand-mère croisa les mains devant elle, ravie.

– Oh, je suis tellement contente d'entendre ça.

– Cette petite chatte m'a donné du fil à retordre. C'était la première fois que je la voyais depuis mon retour. Je ne voulais pas que tu t'inquiètes, alors je ne t'avais rien dit.

– Je me serais inquiétée, confirma sa grand-mère.

– Je sais.

– Et est-ce que tu m'as tout dit au sujet du *Bouquet de Souvenirs* ? Hannah, je sais que l'endroit a l'air prêt à tomber en ruine. Ma pire crainte, c'était de perdre la boutique avant d'être assez en forme pour en refaire un endroit sublime. Même si je sais que je rêve beaucoup.

– Peut-être pas tout à fait, réagit Hannah. J'ai décidé de rester et de m'en occuper avec toi.

Mamie porta une main à son cœur.

– Oh, ma chérie ! Vraiment ?

Sans crier gare, elle se mit à sangloter.

Hannah saisit un mouchoir en papier, le lui tendit et l'enveloppa dans une étreinte aimante.

Mamie se rassit, mais les larmes continuèrent de couler.

– Tu sais, reprit-elle en reniflant, *Le Bouquet de Souvenirs* est comme un rappel tangible de la vie que j'ai vécue. Et quand j'ai cru devoir fermer, j'ai été choquée de voir que tout ce que j'avais construit pendant mon temps sur terre était ruiné. J'ai attendu que tu rentres à la maison pendant des années, en priant pour que tu comprennes que c'est ici que tu dois être. Je le sentais au plus profond de moi.

Hannah avait du mal à contenir ses émotions. Comme toujours, mamie avait raison.

Le son de la musique se frayait un chemin entre les rires et les conversations de la foule qui s'amassait autour des stands de limonade et s'intéressait aux tentes d'artisanat. Les parfums des beignets, du maïs caramélisé et de barbecue flottaient dans l'air.

Une petite fille passa devant Hannah, accrochée à un ballon argenté, le visage peint de couleurs vives. Elle disparut au milieu des habitants, à côté d'un artiste de rue qui faisait tourner un cerceau au sommet de sa tête. Le Festival de Printemps était lancé.

Hannah s'arrêta au kiosque des jus de fruits et s'offrit une glace à la framboise, qu'elle savoura lentement tout en cherchant Mary, Noah et Liam. Darlene se fraya un chemin, les bras chargés de sacs en provenance des divers stands.

– Comment vas-tu ? lui lança-t-elle en la rejoignant.

– Je vais bien, répondit Hannah. On dirait que la journée est plutôt bonne.

– Oui, madame, dit-elle en agitant les bras avec enthousiasme. J'ai aussi reçu un bouquet et une impression de la boutique ! Ta nouvelle employée Georgia le garde pour moi pendant que je fais un tour ici pour ne pas qu'il finisse écrasé.

– C'est formidable, approuva Hannah en léchant sa glace.

– J'adore ce que tu as fait du *Bouquet de Souvenirs*. Ta grand-mère doit être si fière de toi.

– Merci.

– C'est sûr que ça fait décoller les affaires ! Georgia avait du mal à garder la tête hors de l'eau.

– Vraiment ?

Hannah avait envisagé l'idée que la tente à l'extérieur puisse améliorer le passage, mais pas à ce point.

– Oui, tu ferais mieux d'aller l'aider. Elle avait une dizaine de commandes de retard quand je l'ai quittée. Elles arrivent plus vite qu'elle ne peut les honorer.

– Oh mon Dieu ! Merci de m'avoir prévenue, s'exclama-t-elle en jetant sa glace dans une poubelle à proximité, surexcitée à l'idée que leur projet fonctionne. Je vais y aller tout de suite. C'était super de vous revoir, Darlene.

– Moi aussi !

Impatiente de voir de ses yeux ce que Darlene avait décrit, Hannah se précipita vers Main Street et tourna au coin en direction de la boutique, se faufila entre les gens tout en envoyant un texto à Liam pour lui dire de la rejoindre au *Bouquet de Souvenirs*. Elle s'arrêta au bord de la pelouse pour admirer le spectacle qui s'offrait à elle.

Georgia discutait avec un groupe de clients sous la tente, un bouquet inachevé trônait sur la table dans le fond. Elle s'agitait avec enthousiasme en expliquant le concept des tirages, distribuait des minibouquets et récoltait de l'argent. Des festivaliers avaient les mains en coupe autour de la vitrine de la boutique et regardaient à l'intérieur, et d'autres encore s'étaient installés aux tables et aux chaises désormais disposées à l'avant de la tente. Hannah caressa ses lèvres souriantes, envahie par un frisson inédit. Même si elle savait pertinemment qu'il n'y aurait pas de festival tous les jours, elles avaient peut-être assez fait parler de la boutique pour susciter l'intérêt pérenne des habitants.

– Un coup de main ? demanda-t-elle à Georgia, en passant derrière la table, avant de poser son sac à main.

– Oui, s'esclaffa Georgia, visiblement tout aussi abasourdie par leur succès.

Hannah saisit le vase à moitié rempli derrière elle et le brandit.

– C'est pour qui cet arrangement ? lança-t-elle à la ronde.

Deux dames âgées levèrent la main.

– Elles ont déjà réglé, intervint Georgia, concentrée sur la commande qu'elle prenait.

Hannah déverrouilla la porte et leur fit signe d'entrer.

– Suivez-moi à l'intérieur, les invita-t-elle avant d'ajouter pour la foule : La salle d'exposition est maintenant ouverte ! N'hésitez pas à jeter un coup d'œil. Nous offrons de la limonade artisanale en direct de la ferme à tous nos visiteurs.

Elle posa le bouquet sur le comptoir d'époque et alluma le tourne-disque à faible volume pour les imprégner de l'ambiance festive qu'elle n'avait plus connue depuis les jours passés ici avec mamie. Puis elle commença à remplir des verres de limonade sortie du réfrigérateur du bar et les aligna sur un plateau argenté.

– Alors, il semble que vous ayez commandé notre composition intitulée « Les deux iris », dit-elle aux deux femmes, en prenant le bouquet à bout de bras pour observer les fleurs que Georgia avait commencé à assembler.

– Oui, madame, confirma l'une des femmes, tout en balayant la boutique des yeux. C'est très joli ici.

– Merci, répondit Hannah en prenant les fleurs manquantes dans les différents paniers accrochés au mur, là où se trouvaient autrefois les seaux en acier inoxydable, pour les ajouter à la composition. Puis-je vous offrir un verre de limonade ?

Les deux clientes en prirent chacune un verre.

Hannah tailla les extrémités des tiges puis les glissa dans le vase.

– C'est un bouquet magnifique. L'un de mes préférés.

Elle mit une dernière touche à l'ensemble et leur tendit le vase.

Le carillon tinta et Mary, Noah et Liam entrèrent. Liam laissa paraître sa surprise en découvrant la récente transformation, mais resta en retrait près de la porte. Noah passa en courant devant les tables d'exposition et derrière le comptoir, et jeta ses bras autour d'Hannah. Sans même réfléchir, elle lui saisit les mains et le fit voler autour d'elle, au rythme de la chanson du tourne-disque, comme mamie avait l'habitude de le faire avec elle.

Noah rejeta la tête en arrière, se tortilla en riant aux éclats.

– Encore ! Encore !

Hannah s'était tellement laissé emporter par l'excitation du succès de la boutique qu'elle ne comprit qu'à cet instant que c'était ce que mamie avait dû ressentir tous les jours. Elle fit tourner Noah encore une fois, et il gloussa de plus belle.

– Je suis déjà passée devant cette boutique, intervint Mary, je mesure donc tout ce que vous avez fait ici. C'est tout simplement magnifique, Hannah.

– Merci. Je n'aurais jamais réussi sans Georgia.

Elle jeta un œil vers la vitrine fraîchement conçue à sa nouvelle amie, toujours aussi occupée à l'extérieur.

L'attention d'Hannah se reporta sur Liam. Il était toujours près de l'entrée, les yeux rivés sur elle. Cette impression de gâchis dévorait Hannah. Rien qu'en le regardant, elle avait l'impression d'être enfin là où elle était censée être, et elle voulait courir vers lui, se réjouir avec lui de l'effervescence de la journée, mais ses décisions professionnelles flottaient entre eux comme un brouillard épais. Elle voulait passer outre, mais c'était impossible.

– Tu es prête à venir ? demanda Noah en lui prenant la main.

– Je ne suis pas sûre de pouvoir partir tout de suite, répondit-elle en terminant le bouquet.

Elle voulait plus que tout suivre Noah et profiter du festival, mais elle ne pouvait pas laisser Georgia toute seule.

– Il y a beaucoup plus de monde que prévu. Mais je vais demander à quelqu'un de venir nous aider pour pouvoir vous rejoindre très vite, d'accord ?

Maura viendrait certainement la soulager si Hannah lui expliquait la situation.

– Pourquoi je n'emmènerais pas Noah faire quelques jeux en attendant que tu sois prête ? proposa Mary. Il voulait essayer de gagner le grand sombrero au lancer de l'anneau.

Hannah sourit en se rappelant son appel le jour de son anniversaire.

– Liam peut rester ici et te donner un coup de main jusqu'à ce que l'aide arrive.

– D'accord, approuva Hannah alors que deux autres personnes entraient, obligeant Liam à se rapprocher d'elle. Je m'en occupe. Je vais envoyer un message à ma mère pour qu'elle vienne. Liam n'a pas besoin de rester.

– Non, non, je peux le faire, dit-il en se dirigeant vers le comptoir, avant de se tourner vers Mary. Quand la mère d'Hannah sera là, Hannah et moi, on vous rejoindra pour faire le tour du festival avec Noah. Laisse-nous le trampoline, d'accord ? On le fera tous ensemble.

– Ensemble ? répéta Hannah, heureuse de voir que Liam avait pris l'initiative d'un moment de complicité avec son fils.

– Oui.

Ce simple mot semblait contenir bien plus de pensées qu'il n'en laissait paraître. Il passa derrière le comptoir, la rejoignit et jeta un coup d'œil à la caisse enregistreuse.

– Montre-moi comment encaisser, et Georgia pourra envoyer les clients ici pour les faire payer.

– Très bien.

– Je vais prévenir Georgia, proposa Mary. Bon, Noah, laissons-leur un peu de temps pour se dépêtrer du plus gros de la foule. Toi et moi, on peut aller manger une glace et chercher tous les trucs rigolos à leur montrer quand ils nous rejoindront.

– J'arrive ! cria le petit garçon en courant vers sa grand-mère.

Mary et Liam tinrent la porte pour un autre groupe de clients. Hannah envoya un SMS à sa mère qui lui répondit aussitôt qu'elle se mettait en route.

– C'est magnifique ici, dit Liam à Hannah. Tu as fait un travail incroyable.

– Merci.

Il baissa les yeux sur son collier, puis les releva pour la regarder en face. Un homme âgé entra avec un bouquet et un tirage, interrompant ce moment. Il les posa sur la table et sortit son portefeuille de sa poche arrière.

– C'est pour ma femme, annonça-t-il en souriant. On est mariés depuis soixante-cinq ans.

– C'est incroyable, s'exclama Hannah.

– Être avec elle, c'est le choix le plus facile que j'aie jamais fait. Vous voulez connaître le secret ?

– Oh oui, confirma Hannah, tout ouïe.

– Il faut toujours faire ressortir ce qu'il y a de meilleur chez l'autre et ne pas se laisser ronger par les soucis du quotidien. Quand on rencontre une personne exceptionnelle, on s'accroche pour la vie et on traverse le monde ensemble.

– C'est très beau, dit-elle à l'homme au bouquet. J'espère que votre femme aimera ces fleurs.

– J'en suis certain !

L'homme tendit sa carte de crédit et Hannah montra à Liam comment enregistrer la transaction. Tandis qu'elle rendait sa carte au client, trois autres débarquèrent et firent la queue au comptoir pour régler.

Les affaires allaient vraiment bon train.

L'affluence au *Bouquet de Souvenirs* était enfin redescendue à un niveau plus raisonnable, et une fois la mère d'Hannah arrivée et la situation sous contrôle à l'intérieur, Liam et Hannah se mirent en quête de Noah. Un silence tendu s'installa entre eux alors qu'ils marchaient côte à côte dans la rue désormais plus calme. C'était déroutant après avoir travaillé de front dans la boutique en pleine effervescence. Hannah se sentait un peu mal à l'aise et ne savait pas quoi dire. Rien ne lui semblait approprié.

Au coin de la rue, Liam s'arrêta brusquement.

– Quand on était jeunes, je voulais te dire ce que je ressentais pour toi, mais je ne l'ai jamais fait, et j'ai retenu la leçon, lança-t-il, une lueur intense dans les yeux. J'ai aussi appris que les « si » deviennent de plus en plus gros avec l'âge, et je ne veux pas que tu t'en ailles sans savoir ce que j'ai à te dire maintenant.

Elle attendit qu'il s'exprime.

– J'ai pas mal discuté avec Jonathan pour voir ce qu'on pourrait faire, le cas échéant, pour baisser le loyer du *Bouquet de Souvenirs*. Jonathan refuse tout geste, et je me suis battu pour qu'il m'écoute. Les loyers de Main Street et des environs sont élevés en raison de la demande. Je ne peux pas le baisser parce que c'est déjà vraiment un prix compétitif.

Hannah acquiesça, incapable de cacher sa déception.

– Je savais que tu serais contrariée, c'est pour ça que je ne voulais pas t'en parler avant.

– Merci d'avoir essayé.

– Tu te souviens de ce que j'ai dit à propos des « si » ?

– Oui.

– Je t'ai dit qu'ils devenaient plus gros. Si je n'arrange pas la situation, je le regretterai toute ma vie. Je croyais que ce serait trop dur d'aller de l'avant après Alison, mais tu m'as aidé à comprendre qu'avec la bonne personne, ce n'est pas aussi difficile que ce que je redoutais. La dernière facette de ma vie avec Alison que j'avais encore à gérer concernait mon beau-frère. Je t'ai déjà dit qu'Alison et lui avaient mis sur pied ensemble la genèse de Mercer Properties. Lorsque j'ai pris la relève après sa mort, on s'est soudain retrouvés à administrer des biens immobiliers assez conséquents. Jonathan comptait sur mon héritage pour acheter l'immeuble à Chicago – c'est ce dont nous avions convenu – et j'ai eu l'impression que si je me retirais, ça n'aurait pas été ce qu'Alison aurait voulu pour son frère, alors j'ai persévéré. Mais après avoir passé du temps avec toi, je me suis couché un soir et je n'ai plus pensé qu'à cette ville, à la ferme… à toi.

Hannah était suspendue au moindre de ses mots, dans l'espoir qu'il réussisse d'une manière ou d'une autre à arranger la situation, parce qu'elle avait désespérément envie de savoir où leur histoire allait les mener.

– Et donc hier soir, j'ai proposé à Jonathan de racheter mes parts de l'entreprise. Une offre pareille, ça ne se refuse pas. Après tout, c'était son rêve à Alison et à lui, pas le mien. Mais j'ai posé une condition.

– Laquelle ? osa-t-elle, le souffle coupé.

– Qu'il me laisse racheter le 110, Ivy Lane.

D'une main, elle dissimula sa bouche bée.

– Et qu'est-ce qu'il a dit ?

– Il est d'accord.

Elle poussa un petit cri.

– Tu es propriétaire du *Bouquet de Souvenirs* ?

Il secoua la tête.

– Non, c'est *toi.*

– Quoi ?

– Je vais te rembourser le coût des rénovations et la dette de ta grand-mère que tu as réglée, puis tu pourras me faire une offre d'achat pour la propriété.

Il tendit la main et la prit par la taille, l'attirant à lui.

– Et j'accepterai toutes tes conditions.

Elle leva les yeux vers lui, la bouche en cœur.

– Toutes mes conditions, vraiment ?

– Absolument.

– Alors, je peux exiger une clause qui dirait que Noah et toi devez rester à Franklin ?

Il éclata de rire.

– C'est assez inhabituel pour un contrat de vente, mais bon, je crois que tu peux demander ce que tu veux.

– C'est ce que je veux.

Il resserra son étreinte et se pencha vers elle, et leurs bouches se frôlèrent.

– Alors on est d'accord.

Au milieu des rires et des jeux gonflables, au son des cloches des jeux de carnaval qui résonnaient dès qu'un gagnant touchait une cible, Liam pressa ses lèvres contre celles d'Hannah et soudain, son chemin lui sembla très clair.

La foule s'était un peu clairsemée, les festivaliers peu à peu dispersés dans toute la ville. Depuis le trottoir opposé, elle aperçut Ethan et Christie qui la saluaient. Ethan avait son fils sur les épaules, et Christie venait de lui dire quelque chose qui le fit rire. Hannah n'aurait pas pu rêver plus adorable spectacle. Les lumières des stands festifs et le son de la musique country tourbillonnaient tandis que Liam et elle s'approchaient de Noah et Mary. Le petit garçon leur fit un signe de la main, la bouche brillante de sucre, un sombrero sur la tête et un animal en peluche dans les bras.

– Noah a gagné une pomme d'amour à la parade des gâteaux ! raconta Mary.

– Et j'ai fait plein de jeux ! Regarde ce que j'ai gagné, Hannah ! s'exclama-t-il en bougeant la tête de droite à gauche pour lui montrer son chapeau.

– C'est génial, Noah. Les trampolines sont là-bas.

Elle désigna une plate-forme gonflable sur laquelle des enfants reliés à des harnais élastiques s'élançaient dans le ciel.

– Ça te dit ? Il n'y a pas beaucoup d'attente pour le moment.

– Oui ! cria Noah en sautant sur place.

– Eh bien, c'est parti ! décida Liam en lui prenant la main.

Quand ils atteignirent l'attraction, la file s'était dissoute, le dernier enfant déjà descendu de la grande structure. Liam paya le jeune employé.

– Trois personnes, s'il vous plaît.

– Tu vas vraiment sauter ? s'étonna Hannah.

– Bien sûr.

Le visage de Noah s'illumina, à la fois joyeux et stupéfait. Il ôta ses chaussures à toute allure et posa les objets gagnés aux différents stands à côté.

Liam enleva ses chaussures et grimpa sur la plate-forme gonflable, avant de se pencher vers le bord pour hisser Noah. Il aida ensuite Hannah à monter, et leurs visages se trouvèrent tout près l'un de l'autre, ce qui lui rappela aussitôt toutes les autres fois où ils avaient été aussi proches. Elle déglutit, se redressa et se dirigea vers son harnais élastique.

Une fois tous bien attachés, le préposé leur donna le feu vert et les élastiques se tendirent et Hannah put enfin déplier les genoux. Postée à côté de la structure, Mary leur fit un petit signe de la main. Noah s'élança le premier, et son petit corps s'envola dans les airs jusqu'à ce que l'élastique se tende et le ramène au sol. Il tapa le sol des deux pieds et remonta à toute vitesse, sans jamais cesser de rire.

– Saute, papa, saute !

Noah encourageait son père comme si c'était tout à fait normal maintenant. Liam poussa contre le sol et s'éleva en l'air à côté de son fils, tous les deux pliés de rire. Hannah n'aurait jamais imaginé spectacle plus parfait. Elle se mit à rebondir, et tous trois se croisaient au gré de leurs sauts. Hannah le savait : elle se souviendrait pendant très longtemps de ce moment de joie pure.

Chapitre 31

Le soleil matinal illuminait le toit en zinc de la vieille grange de Nell Winter, transformée en pépinière pour les habitants du coin. La structure rouge foncé bordée d'un blanc éclatant se dressait au milieu d'un champ luxuriant. Toutes les grandes fenêtres et les portes étaient ouvertes, débordant de pots de fleurs dans un arc-en-ciel éclatant, des sacs de terreau empilés près de l'entrée principale.

Mamie avait appelé tôt ce matin-là pour annoncer qu'elle rentrerait à la maison vers midi, et Hannah voulait s'assurer qu'elle serait accueillie par une avalanche de fleurs. Elle avait tapé les coussins du porche, acheté quelques nouvelles bougies pour l'intérieur, et Georgia et elle étaient désormais à la recherche de deux plantes vivaces aux couleurs vives pour remplir les jardinières de la petite maison.

Georgia attrapa un panier blanc avec un hortensia framboise et le montra à Hannah pour avoir son avis.

– Il est magnifique.

– Tu crois que ta grand-mère sera surprise de ce que nous avons fait au *Bouquet de Souvenirs* ?

– Elle va sûrement pleurer de joie, confirma Hannah. J'ai hâte de lui montrer. Mais j'ai autre chose à lui annoncer…

Hannah expliqua alors à Georgia que Liam lui avait vendu la boutique.

– Oh mon Dieu ! Il est amoureux de toi, la taquina-t-elle.

Hannah secoua la tête en souriant, mais cette fois, elle croyait Georgia. Et ses sentiments pour Liam étaient aussi intenses.

– Prenons ça, décida-t-elle en montrant l'hortensia.

Il était temps de fabriquer des souvenirs.

– Ferme les yeux.

Hannah aida mamie à remonter lentement la petite allée menant au *Bouquet de Souvenirs* et la plaça bien au milieu pour qu'elle saisisse d'un seul coup d'œil toute l'étendue des transformations. Maura et Chuck étaient là, ainsi que Georgia, Christie, Liam et Ethan. Ils étaient tous venus pour voir sa réaction et célébrer ce moment avec elle.

– Tu peux les ouvrir.

Mamie sursauta en voyant l'extérieur de la boutique, et ses yeux s'embuèrent. Elle regarda l'enseigne fraîchement repeinte en lettres jaune vif, tourna la tête vers la nouvelle balancelle sous le porche, décorée de coussins jaunes et sarcelle coordonnés, puis vers la vitrine que Georgia avait créée avec une étonnante gamme de bouquets dans toutes les nouvelles teintes printanières. Hannah prit le coude de mamie et la guida avec précaution jusqu'en haut de la cour avant paysagée, et tint son bras pour l'aider à monter les deux marches et à franchir la porte de la boutique.

Lorsqu'elles entrèrent, mamie ne put contenir ses larmes, qui se mirent à couler sur ses joues, comme Hannah l'avait prédit. La vieille dame se dirigea lentement vers les cadres de fleurs pressées, les caressa du bout des doigts, se penchant vers l'intérieur pour voir de plus près les différents pétales. Elle s'approcha ensuite de la fresque murale d'Ethan.

– C'est toi qui as fait ça, n'est-ce pas ? demanda-t-elle au jeune homme, une main tremblante pressée sur sa poitrine. Je reconnaîtrais ta patte au milieu de toutes les œuvres d'art du monde. Tu as beaucoup de talent, Ethan.

– Merci, madame Townshend, répondit-il avec un sourire de gratitude également adressé à Hannah.

Mamie se retourna et fit face à l'échelle, et porta aussitôt ses deux mains à la bouche pour couvrir sa surprise. De nouvelles larmes brillèrent.

– Qui a fait ça ? murmura-t-elle en touchant délicatement l'échelle, en suivant le grain du bois.

– Liam McGuire, expliqua Hannah en présentant Liam. L'homme qui m'a ramenée ici pour te voir.

Mamie tendit la main et prit celle de Liam.

– Merci.

Elle s'accrocha à l'échelle et la poussa légèrement de droite à gauche, les yeux fermés.

– Je revois Warren là, en train de déplacer l'échelle pour descendre des fleurs que je lui ai demandées.

Elle rouvrit les yeux et ouvrit grand les bras à sa petite-fille.

– Je n'aurais jamais pu rêver d'une meilleure surprise. Mon cœur déborde. Et quel miracle que le ciel m'ait donné plus de temps à passer dans cette belle boutique. Je suis tellement bénie.

– Je n'ai pas fait tout ça moi-même. Georgia m'a aidée, rectifia Hannah. Et la surprise n'est pas terminée.

Elle prit les mains de sa grand-mère et la fit tourner doucement, ce qui la fit rire.

– Tu danseras ici pendant de nombreuses années, mais pas parce que Georgia et moi avons embelli la boutique : Liam me vend les murs. Mamie, le local nous appartient.

La vieille dame resta un instant interdite, puis serra Hannah dans ses bras et se mit à sangloter sur son épaule. Elle attrapa Liam et l'attira dans leur étreinte.

– Je n'arrive pas à y croire, hoqueta-t-elle, le souffle court.

– Regardez ! s'exclama soudain Georgia.

Derrière la porte vitrée, Confetti lapait son lait dans le petit bol laissé à sa disposition.

Mamie soupira d'aise.

– Prête à rentrer à la maison, à te détendre chez toi et à profiter d'un grand dîner de fête ? demanda Maura à sa belle-mère.

– Allez-y, vous. J'aimerais rester ici un peu plus longtemps.

– Je vais rester ici avec Liam, proposa Hannah.

Une fois tout le monde reparti, Hannah se posta à côté de sa grand-mère.

– La vie est décidément pleine de surprises, n'est-ce pas ? lança mamie.

– C'est vrai.

Hannah repensa à tout ce qui avait changé depuis ce matin où elle s'était préparée à faire une surprise à Miles à l'aéroport. Elle se sentait tellement mieux maintenant.

– J'ai moi aussi une surprise, intervint Liam. Madame Townshend, j'espère que vous serez d'accord pour que Georgia garde la boutique à la place d'Hannah pendant une semaine.

– Bien sûr, mon cher, mais pourquoi donc ?

– Eh bien, la compagnie aérienne que j'aurais dû prendre m'a appelé et m'a offert un bon pour mon prochain voyage. Je peux utiliser le coût du vol raté à n'importe quel trajet. J'ai donc pris deux billets pour la Barbade… puisque Hannah n'a jamais pu y aller pour son anniversaire.

– Tu as fait ça ?! se retint de crier Hannah.

Mamie appuya ses doigts parcheminés contre ses lèvres souriantes.

– Absolument, mais tu devras attendre un peu. J'ai prévu le voyage pour le mois de mai, lui sourit-il. Pas de risque de tempête de neige.

Hannah repensa aux nombreuses tempêtes qui l'avaient menée jusqu'à cet instant. Elle se souvint aussi du conseil de sa grand-mère : « Pour atteindre le trésor, il faut parfois traverser des mers déchaînées. » Hannah en était certaine : son trésor était ici. Et elle avait hâte de passer chaque jour à découvrir à quel point sa vie pouvait être riche.

Épilogue

– Le tracteur est prêt, annonça Liam en arrivant dans le dos d'Hannah dans la cuisine de la ferme, entourant de ses bras son ventre arrondi.

Il l'embrassa dans le cou et elle se tortilla en gloussant.

Lorsque Liam avait décidé de s'occuper de la ferme, Mary avait pris sa retraite et s'était installée dans un petit appartement du centre-ville, parfaitement bien placé pour déjeuner avec ses amies et acheter ses propres bouteilles de chez Mickey pour le club de lecture. Elle avait légué la ferme à Liam, Noah et Hannah. Ils y avaient célébré leur mariage, et pour l'occasion, l'allée bordée d'arbres menant à la ferme avait été ornée de compositions florales à base de magnolias que mamie l'avait aidée à concevoir à la boutique. Ils avaient fait tout un tour en calèche jusqu'aux marches de la ferme et prononcé leurs vœux avec Noah, en petit costume-cravate, à leurs côtés.

– Tu as eu assez de foin ? demanda-t-elle en s'appuyant contre lui, la tête contre son torse.

Elle était fatiguée ces derniers temps, car leur futur bébé lui prenait toute son énergie. Mais aujourd'hui, c'était le sixième anniversaire de Noah et ils offraient des promenades en charrette à foin dans toute la ferme à tous les enfants.

– Oui. Ethan m'a aidé à le charger. En revanche, il n'a pas réussi à faire descendre Wesley du tracteur, raconta-t-il avec un sourire, tout en la retournant vers lui.

– Et que fait Noah ?

– Il joue sur la balançoire avec maman et Georgia.

– J'aurais dû m'en douter.

Liam avait monté la balançoire pour Noah il y a quelques semaines, et tous deux profitaient de tout leur temps libre à l'extérieur. Ils restaient dehors jusqu'à ce que la seule lumière alentour soit celle des lucioles au bord des champs.

– Salut, salut, lança Ethan, entrant dans la cuisine avec Wesley. J'ai amené mon nouveau poney pour que les enfants puissent faire des balades.

– Oh, mais génial, s'exclama Hannah. Je sais que tu craignais qu'il ne soit pas encore arrivé.

– Je l'ai acheté cette semaine. Avec l'argent de ma première vente de peinture. Je l'ai appelé Flash.

– Oh, se rappela Hannah, Flash était le cheval que je préférais monter.

– Je sais, je m'en souviens. C'était aussi mon cheval préféré. Je me demande si Wesley et Noah aimeront autant monter celui-ci.

– Je l'espère.

– Je suis là ! s'écria mamie depuis le couloir, avant qu'elle n'entre en boitillant, aidée d'une canne, un cadeau pour Noah à la main.

Maura et Chuck la suivaient de près pour s'assurer qu'elle ne perde pas l'équilibre. Grand-mère s'assit et caressa du doigt le bord du journal en cuir posé sur la table de la cuisine.

– Qu'est-ce que c'est ?

Hannah baissa les yeux sur le nouveau carnet qu'elle avait acheté l'autre jour. Le papillon gravé dans le cuir de la couverture lui avait beaucoup plu.

– C'est un journal que j'ai acheté. Je me suis dit que j'allais écrire la première entrée ce soir.

Hannah se demanda ce que les pages de ce journal allaient un jour raconter à ses propres petits-enfants. Elle contempla sa famille et la vie si douce qu'elle menait, et sut que son futur petit garçon serait entouré de tant d'amour qu'elle aurait sans doute bien des choses à écrire. Mais elle n'allait pas s'y mettre tout de suite. Pour l'instant, c'était l'heure de se régaler d'un gâteau d'anniversaire, de faire des promenades en charrette et de fabriquer des souvenirs.

Un mot de Jenny

Mille mercis d'avoir lu *Un cocktail d'étoiles de neige*. J'espère vraiment que cette histoire vous a mis du baume au cœur, blotti bien confortablement pendant quelques heures avec un chocolat, et qu'elle vous a donné envie de fabriquer des souvenirs avec votre propre famille et vos amis, anciens et nouveaux.

Si vous souhaitez connaître la date de sortie de mon prochain roman, vous pouvez vous inscrire à ma newsletter mensuelle et aux alertes sur les nouvelles parutions ici :

www.itsjennyhale.com/email-signup

Je ne partage jamais vos informations personnelles et je ne vous enverrai qu'un petit message par e-mail une fois par mois avec ma lettre d'information, puis à chaque nouvelle parution. C'est le meilleur moyen de suivre mon actualité, et vous profiterez de plein de surprises au passage, comme des cadeaux, des livres dédicacés, des recettes, et bien d'autres choses encore.

Si vous avez aimé *Un cocktail d'étoiles de neige*, je vous serais très reconnaissante de rédiger un avis en ligne. C'est extraordinaire de lire les retours des lecteurs et lectrices, et ces quelques lignes aident aussi à convaincre d'autres personnes de découvrir l'un de mes livres. C'est l'un des plus beaux cadeaux que vous puissiez me faire.

Si vous avez aimé cette histoire et que vous souhaitez lire d'autres fins heureuses, jetez un coup d'œil à mes autres romans sur www.itsjennyhale.com.

À très bientôt,

Jenny

Remerciements

Je suis à jamais reconnaissante envers Oliver Rhodes et ses équipes, avec lesquelles j'ai eu la chance de travailler au fil des ans, d'avoir fait de moi l'autrice que je suis aujourd'hui et d'avoir placé la barre très haut dans le domaine de l'édition. Son exemple a inspiré tous les choix que j'ai faits depuis notre rencontre.

Un immense merci à Ami McConnell qui a su écouter mes premières idées pour ce livre et à Harpeth Road Press pour leurs suggestions et leurs encouragements dès le début. Je n'aurais jamais franchi le pas de l'écriture et de la publication de ce roman sans elle.

À mes incroyables éditrices – Emily Ruston, qui a supervisé plusieurs de mes œuvres jusqu'à aujourd'hui ; Kelli Martin, sans qui je n'aurais pas pu donner à ce livre sa meilleure forme ; Claire Gatzen, littéralement la plus fabuleuse de toutes les préparatrices de copie ; et mon adorable correctrice, Lauren Finger –, je vous suis vraiment reconnaissante. Je n'aurais pas pu rêver d'une meilleure équipe pour m'aider à faire naître la meilleure version possible de cette histoire.

À Tia Field, l'une de mes plus anciennes amies : merci d'être toujours là pour répondre à mes innombrables textos sur des questions médicales à mesure que j'avançais dans l'intrigue.

Au milieu de la crise sanitaire la plus intense de l'histoire récente, elle était toujours là pour m'offrir ses connaissances. C'est une véritable amie et une personne formidable.

Et à mon mari Justin, qui a dû vivre avec moi en confinement (sans possibilité d'évasion) pendant que j'écrivais deux livres en même temps, que je lançais une collection éditoriale et que je faisais l'école à la maison en ligne pour deux enfants. Quelle chance j'ai d'avoir son soutien ! Il a su naviguer au milieu de toute cette folie comme un pro et a toujours été présent pour m'encourager à poursuivre mes rêves aussi loin qu'ils me mèneront.

Du même auteur

La Délicatesse des papillons
Le Murmure des copeaux de bois givrés
La Magie des éclats de verre poli

Sous la direction de : Ambre Rouvière
Assistante éditoriale : Brune Valton
Correction : Nord Compo
Composition : Nord Compo
Conception graphique de la couverture : Nord Compo
Illustration de couverture : © Kanako

PEFC
10-31-1601
Ce produit est issu de forêts gérées durablement et de sources contrôlées

FABRIQUÉ EN FRANCE

Depuis 2009, Prisma Media met en place une politique d'achat éco-responsable. Ainsi, près de 100 % du papier de nos magazines est certifié PEFC (gestion durable des forêts). La fabrication des livres des Éditions Prisma s'inscrit également dans cette démarche.

Dépôt légal : octobre 2025 – n° d'impression 2507.0042
Achevé d'imprimer en France par : Aubin Imprimeur